跡を消す

特殊清掃専門会社デッドモーニング

前川ほまれ

ポプラ文庫

DEAD MORNING

特殊清掃専門会社デッドモーニング

跡を消す

「目次」

ドアが開く前から、辺りに漂う死の気配は強烈だった。隙間《すきま》から滲《にじ》み出た臭いが、部屋の中に入ろうとする全ての人間を拒んでいる。その異臭はすぐに肺を濁《にご》らせ、吐き気を催させながら、正常な思考を麻痺させていく。

「それじゃ、入ろうか」

不快な音を響かせながらドアが開いた。薄暗い部屋の中を覗《のぞ》き込み、恐る恐る足を踏み出す。一層強くなっていく異臭は、数日前まで存在していた誰かの生活を、すっぽりと覆い隠していた。一歩、一歩がひどく重い。まるで泥沼を歩いているみたいだ。狭く短い廊下を黒い生物が飛び回り、その残像だけが視界の至る所で弧を描く。

そして、アレは唐突に視界に飛び込んできた。

生活の跡が散らばった部屋の片隅で、敷布団に張り付いた黒い影……。

第一章

青い月曜日

着ている喪服からは、線香の臭いが微《かす》かに漂っていた。隣の座席には誰も座っていないし、この車両もまばらにしか人はいない。他人に迷惑がられることはないと思うが、その臭いは決して気分の良いものではない。

東京駅に到着するアナウンスが聞こえて、俺はゆっくりと立ち上がった。母親が無理やり詰め込んだレトルト食品や野菜ジュースが入っているせいで、背負ったバックパックが妙に重く肩に食い込む。

こんな物、どこでも売っているのに。

誰にも聞こえない小さな舌打ちをしてから、俺は降車口に向けて歩き出した。


夜風は、毛穴が閉じるような冷たさを孕《はら》んでいる。もうそろそろ冬服の準備が必要かもしれない。

今夜は映画のＤＶＤでも借りて、やり過ごすことに決めた。気になっていたゾンビ映画とエロＤＶＤを借りて、眠気が訪れるまでつけっ放しにしようか。葬式の当日にゾンビ映画なんて不謹慎な気がしたが、他に見たい作品は思いつかなかった。

ＴＳＵＴＡＹＡのカウンターにいたのは、無愛想な男の店員だった。今日はエロＤＶＤが借りやすい。早速、常連の居酒屋にでも顔を出すように、店の奥にあるアダルトコーナーの暖簾《のれん》をくぐる。

四本借りると千円というサービスにつられ、ゾンビ映画三本とエロＤＶＤ一本を手に取ってレジに向かった。精算をしている時に、また線香の臭いが鼻先をかすめたが、いつの間にか慣れ始めていた。

帰り道の途中、ふと一杯だけ酒を飲んで帰ろうと思った。居酒屋に寄ってビールでも飲みながら、死んだ祖母《ばあ》ちゃんとの思い出に浸るようなことをしたっていい。実家にいた頃は小遣いをせびってばかりだった。俺からなにか祖母ちゃんにプレゼントをあげたことなんてない。せめて、祖母ちゃんのことを思いながらしんみりと乾杯しないと、今夜気持ち良くゾンビ映画もエロＤＶＤも見ることはできない。

大通りを流れ去る車列を横目に、どこに入ろうか考えていると、以前から気になっていた店を思い出した。

少し前に偶然見かけた小料理屋だった。それなりに高い店だとは思うが、ビール一杯だけなら財布に打撃はないだろう。それに、今日はいつもの汚いパーカとデニムと違って喪服を着ている。

俺は黒いネクタイを外しながら、踵《きびす》を返して歩き出した。

いつかの記憶を辿《たど》りながら、さまよい歩くこと数分。辿り着いた店の暖簾には『花瓶《かびん》』という文字が記されていた。古風な店名だが、なんとなく繊細でセンスの良い響きだ。入り口の引き戸の横には竹造りのライトが控えめに灯《とも》され、小皿に載った真っ白な盛り塩が置かれている。

財布の中身を確認すると、五千円札が一枚だけ入っていた。

こんな洒落《しやれ》た店、普段使いできないな。

引き戸を開けると、カラカラと軽やかな音が響いて、食欲をそそる煮物の匂いが鼻先をかすめた。

店内は一枚板のカウンターと四人掛けのテーブルが三卓だけの、こぢんまりとした空間だった。ＢＧＭは流れていない。鍋が煮立つ音が微かに聞こえるだけだった。

「こんばんは」

カウンターの中から割烹着《かつぽうぎ》を着た女に声を掛けられた。三十代前半くらいだろうか、鼻すじの通った薄い顔立ちの美人だ。

「一人なんですけど」

「どうぞ、好きな席にお掛けください」

カウンターではスーツを着た男が、独りで酒を飲んでいた。他に客はいない。常連なのか、その男の佇《たたず》まいはこの店によく馴染んでいた。俺は三つほど男から席を空けて、カウンター席に腰を下ろした。

「何飲みます？」

女がカウンター越しに微笑《ほほえ》んだ。菜箸《さいばし》を持ち、幾つかの惣菜を小鉢に盛っている。

「ビールで」

「瓶ビールしか置いてないんですけど、いいですか？」

「はい」

瓶ビールが運ばれてくるまで、店内を控えめに見回した。メニューは七夕《たなばた》の短冊のように、壁に等間隔で貼り付けてあった。思っていた以上に安く、品数も多い。カウンターの一番端《はし》に置かれた薄いブルーの花瓶には、名前の知らない花が一輪挿してあった。

「はい、どうぞ」

女が瓶ビールを傾けるような仕草をしたので、受け取ったグラスを遠慮しながら差し出した。

「初めてですよね？　うちにいらっしゃるのは」

「はい。以前この辺りを通った時に偶然見つけて、一度入ってみたくて」

「そうですか。嬉《うれ》しい。ゆっくりしていってくださいね」

グラスが透き通った黄金色で満たされていく。喉《のど》の奥が急速な渇きを覚える。お通しの小鉢は俺の好きなサトイモの煮物だった。ビールを一口飲んでから口に運ぶ。よく味が染み込んでいて、美味《うま》い。

ビールを一気に飲み干した後で、祖母ちゃんのことを全く考えていなかったことを思い出した。

祖母ちゃんごめんな。こんな小洒落た店あんま来たことないから、完全に雰囲気にのまれてたよ。あの世に行っても元気でやってくれよ。

そう胸の中で言い訳をしてから、二杯目のビールを自ら注ぐ。

「ねえ、それ喪服？」

ポケットからスマホを取り出そうとした時、横の男から声を掛けられた。男はぼんやりとした瞳で、俺の胸元辺りを見つめていた。

「はい。今日、祖母ちゃんの葬式があったんで」

そう咄嗟《とっさ》に答えてから、怒られるかもと思った。喪服を着て小料理屋に来ることは、非常識のような気がしたからだ。

男は俺の返事を聞いても黙っていた。暗に俺の非常識さを責めているようで、徐々に居心地の悪さが強くなっていく。

「同じじゃん。僕と」

男はうっすらと笑って、自分のグラスを口に運んだ。俺は驚いて目を見張った。男の着ている服は、確かに濃い黒の上下だった。それにネクタイも黒だ。

「葬式だったんですか？」

「いや。僕はいつも喪服を着て生活してるんだ。だから今日も着てるだけさ」

冗談なのか本気なのかよくわからなかったので、愛想笑いを返すだけにした。

「君のお祖母ちゃんのご供養も込めて、なにか奢《おご》るよ。一緒に少し飲まないかい？」

男の髪はパーマをかけているのか、強いくせ毛なのか、毛先がかなりうねっている。

「もう、笹《ささ》ちゃん。若い子に絡むのはやめなさいよ。一人でゆっくり飲みたいに決まってるでしょ」

女がカウンター越しに、呆《あき》れ顔で言った。女の言う通り、見ず知らずの男の相手をするのは正直面倒臭い。元々一杯だけ飲んで帰るつもりだったし、隣の椅子《いす》に置いた袋の中で、ゾンビ映画とエロＤＶＤが再生されるのを待っている。

「そんなことないよね？　タダ酒より美味《うま》い酒はないからね」

そんな風に言われてしまったら、頷《うなず》くことしかできない。俺は、内心面倒臭いなと思いながらも、自分の瓶ビールを持って男の隣の席に移動した。

近くで見ると男は意外と若そうだった。多分三十代前半。後半には到底見えない。

「えっちゃん、日本酒としめ鯖《さば》追加で。君はまだ、ビールある？」

「はい。大丈夫です」

一緒に飲もうと誘ったくせに、男はすぐに黙りこみ、緩慢な動作で紫煙を吐き出していた。なんなんだよと思いながらも、なにか話題を探す。

「あのー。俺、お清めの塩とか喪服にかけてないんですけど、大丈夫ですかね？」

「ああ、いいのいいの、そんなのしなくて。葬儀の後に塩をかけるのは、死を穢《けが》れたものとして捉えて、塩で清めるって考えから来てるんだから。死は穢れたものじゃないしね。どんな人間にもいずれは訪れる、当たり前の現象だから」

グラスを口に運びながら、男は飄々《ひょうひょう》と続ける。

「塩をかけるのなんて、スイカか天ぷらぐらいで十分だよ」

男の言ったことが本当かどうかはわからないが、とりあえず不快な思いをしていなそうな表情に安堵《あんど》した。よく考えればこの男だって喪服を着ているんだから、怒られる道理はない。

注文した日本酒が運ばれてくると、男は慣れた感じで女におちょこを差し出し、酒を注いでもらっていた。

「えっちゃんって美人だろ？　悦子《えつこ》って名前がぴったりだ。名は体を表すってやつだね」

女は悦子さんと言うらしい。男の軽口に慣れているのか、呆れたような表情を浮かべるだけだった。

「それじゃ、君のお祖母ちゃんが迷わず天国に行けるように献杯」

「献杯？」

「故人を悼《いた》み、敬意を表すことさ。献杯ではグラスを高く掲げないし、お互いに打ち鳴らすこともしない」

俺は男の真似《まね》をしながら、軽くグラスを持ち上げ、生前の祖母ちゃんの顔を思い浮かべようとした。でも、脳裏に浮かんだのは遺影の表情だけだった。

「そういえば、君の名前は？」

「俺は浅井《あさい》航《わたる》って言います」

「よろしく。僕は笹川《ささがわ》」

笹川はたれ目で、そのせいか優しそうな顔つきをしていた。

「笹川さんはよくこの店に来るんですか？」

「まあね。ほぼ毎日。変な客が来ないように監視しているのさ」

カウンターでなにやら作業していた悦子さんが「また、そんなこと言って」と苦笑いを浮かべていた。俺は一番面倒臭い客はお前だろというセリフを、ビールとともに飲み込む。

「いつも喪服を着てるって言ってましたけど、本当ですか？　俺なんて久しぶりにネクタイを締めただけで居心地が悪いのに」

「本当さ。要は慣れだよ、慣れ。物事を習慣化すれば、大概はどうってことないね」

「笹川さんって、もしかして葬儀屋とか？」

「違うよ。僕の仕事は清掃業だからね」

清掃業という返事は意外だった。毎日喪服を着る清掃員なんて、今まで見たことがない。

「へえ。清掃業ってことは街のゴミとかを回収するんですか？」

「ちょっと違うけど、整理して綺麗《きれい》にするっていう点では一緒かな。まあ僕のことはどうでもいいんだよ。浅井くんは学生さん？」

痛い質問だ。フリーターを細々とやっているなんて話したら、今時のチャラい若者と思われるかもしれない。でも、どうせこの男とはもう会うことはないだろうし、どう思われても構わないと開き直った。

「フリーターなんです。バイトだけやって生活してます。毎日、気楽で自由を謳歌《おうか》中です」

「へえ。僕もそういう時期があったよ。ほんとに金がない時なんて、デパートの試食コーナー回ったり、よくわからない雑草を煮込んで食べたりしたこともあるな。あれは今まで口にした中で一番不味《まず》かった」

笹川が幾つか独特な苦労話をし始めた。俺は適当に頷きながらビールを口に運んだ。見ず知らずの人間の苦労話を聞かされるのが、一番つまらない。

「君の実家は近くなの？」

「いや、東北のど田舎《いなか》です」

「いいなあ、東北っていったら米が美味いだろ。それに珍しい地酒もあるし」

「俺の地元は海沿いなんで、一番盛んなのは漁業ですね。でも、それだけ。本当クソつまらないですよ。ゲーセンも映画館も洒落たファッションビルもありませんから。どこもかしこも潮風で錆《さ》び付いてる」

地元の小さな商店街が脳裏に浮かぶ。シャッターの下りた店が軒を連ね、夜七時を過ぎれば野良猫さえ見かけない。

「普通に道路を牛とか歩いてますから。潮風の匂いもきついし、洗濯物に交じって干物も干してある。東京とは全然違います」

「へえ、風情があっていいじゃないか」

「笹川さんは住んだことないから、そんな呑気《のんき》なこと言えるんですよ。見渡したって濁った海しかありませんから」

「僕はそんな場所で、波の音を聞きながら静かな時間を過ごしてみたいけどね」

「静かっていうか……退屈を煮詰めてできたような街ですよ。子どもの頃から、あんな街、ずっと逃げ出したかった。だから、とりあえず上京したんです」

とりあえず。今まで何回この言葉を使っただろう。とりあえずを繋《つな》ぎ合わせたような人生だ。

「へえ、東京で何かやりたいことがあるから上京した訳じゃないんだ」

「はい。最初は東京で生活していれば、すぐに何か見つかると思ったんですけどね……最近は、このままでいいかなって。だって、自分の夢とか熱く語ってる奴って、薄ら寒いじゃないですか。別に適当でいいんです。友達と好きな時に酒飲んで、笑えればそれでいいかなって。結局、大層な夢や希望がなくたって生きていけるじゃないですか。クラゲみたいに」

「クラゲ？」

笹川が静かな声で聞き返した。酔い始めているのか、自分が少し喋《しゃべ》りすぎな気もするが止まらない。

「俺が目指しているのって、地元の海に漂っているクラゲみたいな生活なんです。ただぼんやりと都会を漂う。そんな人生も有りかなって」

「浅井くんはなかなか面白いこと言うね」

笹川はおちょこを口に運びながら笑っていた。てっきり、夢を持てとか、今時の若者は、というような言葉を投げかけられると予想していたから拍子抜けした。

「人生への過度な期待は、毒になりますから」

少しだけ俯《うつむ》きながら、グラスを軽く揺らす。今口にした台詞《せりふ》は、何かの雑誌で読んだ映像クリエイターの言葉だった。格好良くて、いつか誰かに言ってやろうと胸にしまい込んでいたのだ。

「確かに、期待さえしなければ、落胆することもない。過度な希望がなければ、大きな絶望もないね」

「そうそう、それですよ」

同意するような笹川の態度が意外だった。みんなどこかで、夢や希望に邪魔されながら生活しているのかもしれない。

「それにしても浅井くんは、言葉に訛《なま》りがないね」

笹川の言葉に、俺は得意気に返事をした。

「地元にいた時は、かなり訛ってましたけどね。舐《な》められないように、毎日標準語を練習したんですよ。コレでね」

俺は喪服のポケットから、いつも持ち歩いているある物を取り出した。掌《てのひら》サイズで、表面は鈍い銀色だ。それに小傷も目立つ。

「なんだいこれ？」

「合成音声が入っている電子辞書です。二百文字までなら、打ち込んだ言葉を標準語のアクセントで読み上げてくれるんですよ。例えば……」

俺は電子辞書に『ビールが美味《おい》しいです』と打ち込んだ。ボタンを押すと、アナウンサーのような声でその文章が読み上げられる。

「へえ、すごいねコレ。本当に人間が喋ってるみたいだ」

「ですよね。普通はアナウンサーとか声優のような、声を仕事にする人がよく使ってるみたいなんですけど……俺みたいに訛りの矯正《きょうせい》で使ってる人は少ないだろうな」

「でも、もう必要ないんじゃない？」

「ずっと持ち歩いてたから、ポケットに入っていないと落ち着かないんです。まぁ、スマホみたいな感覚ですね。今も暇つぶしによく弄《いじ》ってるんで」

「ちょっと貸してよ」

笹川は俺から電子辞書を受け取ると、何やら打ち込み、読み上げのボタンを押した。

『亡くなったお祖母ちゃんには、優しくしてもらったのかい？』

聞き慣れた合成音声が聞こえた。また祖母ちゃんの顔を思い出そうとしてみる。

やはり、遺影しか浮かんでこない。

「小さい頃は、一緒に暮らしていたんですけどね。父方の祖母なんですけど、俺の母親とあまり仲が良くなくて、ここ数年は疎遠で……もうちょっと気にかけていれば良かったです」

嘘だ。訃報を聞くまで、祖母ちゃんのことなんて少しも思い出すことはなかった。どこかで元気にやっているとばかり思っていた。

「まあ、色々あるからね」

「東北には住んでたんですけど、最後は一人暮らしだったんです。頑固な人で、人の世話になることを嫌がってたみたいなんですよ。だから発見されたのは、死後六日経ってからで……」

少し温《ぬる》くなったビールに口をつけた。祖母ちゃんの葬儀は身内だけでひっそりと行った。腐敗が進んでいたためか、棺《ひつぎ》は閉まったままで、最後まで顔を見ることはできなかった。木魚《もくぎょ》の音が聞こえる室内で、記憶より少しだけ若い祖母ちゃんは、遺影の中でずっと表情を変えずに微笑んでいた。

「ちゃんと葬儀ができたんだから、浅井くんのお祖母ちゃんも天国に行ってるんじゃないかな」

「でも……俺、変なんですよ。祖母ちゃんの生きてた頃の顔が思い出せないんです……どんなに頑張っても」

「今は亡くなったショックで、うまく思い出せないだけだよ」

笹川の淡々とした声が聞こえたが、俺は静かに首を横に振った。

「正直、自分が今どう思えばいいかわからないんです。なんでか素直になれない俺がいるっていうか……」

「人の感情って、絡まった糸のように複雑なんだ。一筋縄ではいかない」

「そうかもしれないですけど……無理やりにでも悲しい振りをしていれば、いつか本当に悲しくなるんですかね？」

笹川から返事はない。吐き出した紫煙が、漫画の吹き出しのように広がっていたが、そこに何も言葉は見つけられなかった。

花瓶を出る時に感じたのは、猛烈な気持ち悪さだけだった。

調子に乗って、笹川に勧められるがままに飲みなれない日本酒を口にしたのがいけなかった。こめかみ辺りの動脈が暴走している。

「大丈夫かい？　日本酒はマズかったかな」

笹川は俺より速いペースで飲んでいたくせに、全然平気そうだった。

「もう、笹ちゃんがあんなに飲ませるから。浅井くん、タクシー呼ぼうか？」

悦子さんの心配する声も聞こえる。俺は最後の力を振り絞りながら、小さく手を振った。

「家はすぐ近くですから……」

「本当に大丈夫？　笹ちゃんに、途中まで送るように言うから」

「大丈夫です……一人で帰れます」

二人を振り払うように、頭を少し下げて歩き出した。まっすぐ歩いているつもりなのに、ふらついてしまう。あれだけ酒を飲んだのに、喉は酷《ひど》く渇いていた。

「気持ちわりい」

俺は何をやっているんだろう。本当だったら、今日わざわざ東京に戻らずに、実家に泊まるべきだった。そうすれば家族や親戚たちと寿司や酒を囲んで、今頃暖かい布団の中だったはずだ。でも、それはできなかった。祖母ちゃんの遺影を見るたびに、今まで気にかけてやれなかった事実が重くのしかかってきて、どうにもこうにも居心地が悪くなってしまったからだ。人はいつか死ぬ。どんな金持ちも貧乏人も美人もブサイクも夢がある奴もない奴も。当たり前のことを当たり前に迎えただけなのに、胸の奥には濁った何かが積もっていく。そんなことを考えていると、急に吐き気が襲ってきて、ふらつきながら近くのガードレールに手をかけた。

「おーい。浅井くーん」

間延びした声が背後から聞こえて、ゆっくりと振り返った。少し離れた所から、笹川が大きく手を振っている。目を凝《こ》らすと、俺が借りたＤＶＤが入っている袋を手に持っていた。

「見失ったと思ったよ」

追いついた笹川が、袋を差し出した。中を見られただろうか？　さっきまであんなに祖母ちゃんの死を語っていた奴が、ゾンビ映画とエロＤＶＤを借りているなんて知られたら、軽蔑《けいべつ》されそうだ。

「わざわざ……すみません」

袋を受け取った瞬間だった。喉の奥の方から酸っぱい何かが、すごい速さでせり上がってくる。口を押さえる暇もなく、俺は嘔吐《おうと》した。

「大丈夫？」

背中がさすられた後、すぐに二発目を吐き出してしまった。視界は潤《うる》んで、喉が熱い。

「全部吐きなよ。そのほうがいい」

笹川の声に誘われるように、三発目が襲ってくる。

顔をやっと上げても、胃の奥底から湧《わ》き上がる不快感は消えることはなかった。

「すみません……」

「飲ませた僕も悪かった。それにしても浅井くんの顔、真っ白だね」

気まずさを感じながら、頭を下げてその場を立ち去ろうとした時、笹川の袖口《そでぐち》に白っぽい小さな染みが付着しているのが見えた。

「笹川さん、袖……」

「え？　何？」

笹川が自分の袖をしげしげと眺める。そこには俺が今吐いたゲロが付着していた。

「すみません、クリーニングして返します」

申し訳なさすぎて、笹川の目をちゃんと見れない。

「いいよ。こういうの慣れてるから」

笹川はなんでもないように返事をした。慣れているとはどういうことだろう。とりあえず今は謝るしかない。

「いや、本当にすみません。クリーニングして返します」

「いいよ、いいよ。大丈夫」

「ダメです、ダメです。クリーニングさせてください」

クリーニング屋の営業マンだって、こんなに必死に頼み込まないはずだ。何度かそんなやりとりがあって、笹川の観念したような声が聞こえた。

「そこまで言うなら、頼もうかな」

笹川は上着のボタンを外し、白いシャツ一枚になった。俺はゲロの付いた上着を、ひたすら恐縮しながら受け取った。

「すぐに、クリーニングに出して届けます。連絡先を教えてください」

「それじゃ、ここに届けてくれるかな」

笹川はポケットから一枚の名刺を取り出して俺に手渡した。受け取った名刺に目をやるが、酔いのせいなのか印字されている文字が滲んで見えて、ちゃんと頭に入ってこない。

「すぐに連絡します。すみませんでした」

名刺をポケットに入れ、逃げるように自宅に向かう。最悪な帰り道だった。

二着の喪服が戻ってきたのは、あれから三日後のことだった。透明のビニールに包まれた喪服からは、もう線香の臭いは消えていた。

笹川の喪服を、カーテンのレールに引っ掛けて吊《つ》るした。袖口は、元通りの深い漆黒を取り戻していた。

思い出しても、あの夜は最低だった。自宅に帰るとすぐに敷きっぱなしの布団に横になって、失神するように眠った。翌朝、目を覚ましても身体《からだ》を破壊するような怠《だる》さは消えず、深夜のカラオケ屋のバイトの最中も、ゾンビのような顔色でカウンターに立っていた。

「えっと、確か……」

笹川から受け取った名刺を捜す。あの夜、酔っ払いながらも無くさないように鍵《かぎ》や印鑑を保管しているクリアボックスに、仕舞ったはずだった。

初めてしっかりと目を通した名刺には、『笹川啓介《けいすけ》』という名前と『特殊清掃専門会社デッドモーニング』という文字が記載されていた。

特殊清掃とはなんだろう？　文字通り受け取れば、特殊な場所を清掃することだろうか。高層ビルの窓とか、危険な場所なんかを。

名刺の裏には、簡略化された事務所の地図もあった。そこは、俺の自宅から十五分もかからずに辿り着ける場所だった。昼飯を食いに出るついでに、喪服を返しに行くか。

名刺をローテーブルの上に置いて、もう一度、布団にもぐりこんだ。


結局、家を出たのは昼過ぎで、まずは近くの牛丼屋に入って並盛りを注文した。待っている間、ふと今持っている喪服が本当に笹川の物なのか心配になってきた。喪服はデザインも似たり寄ったりだし、笹川と俺は背格好が似ている。確か俺の喪服には、買った量販店のタグが内ポケットに張り付いていたはずだ。

表面のビニールをめくって、内ポケット辺りを一度覗いてみた。タグの代わりに、『Y・S』というイニシャルが刺繍《ししゅう》されているのが見えた。

笹川のフルネームは『笹川啓介』だったはずだ。『Y・S』じゃおかしくないかと一瞬思ったが、自分の喪服と間違えていないなら問題ない。

空腹を満たし、もらった名刺を片手に歩き出した。パーカ一枚じゃもう寒い。歩道には枯葉が風に煽《あお》られてクルクルと回っていた。つい最近まで、耳を塞《ふさ》ぎたくなる程に蟬《せみ》が鳴いていたのに、もうこんな季節だ。大きなくしゃみをしてから、鼻をこする。

名刺が示す場所には、古びた雑居ビルが佇んでいた。特殊清掃専門会社デッドモーニングは、ここの二階に事務所を構えているらしい。

その雑居ビルはどこをどう切り取っても、ひと昔前の古臭さを醸し出していた。ベージュのタイル地の壁はくすんでいて、老人の肌の色のようだったし、今時エレベーターすら見当たらない。一階の郵便受けにはたくさんのチラシがクシャクシャになりながら突っ込まれていた。

「ここ……だよな？」

郵便受けの一つに、手書きでデッドモーニングと記載されたガムテープが貼られていた。この場所で間違いないらしいが、こんな適当な郵便受けは今まで見たことがない。

さっさと喪服を返そうと、ビルの階段に足をかけた時、足元を何かが通り抜けていく気配を感じた。その物体は、慣れた様子でトッ、トッ、トッと階段を上っていく。一段上るたびに長い尻尾《しっぽ》が、メトロノームのように左右に揺れている。そいつは少し先の踊り場あたりで俺の方を振り向き、一度小さく鳴いた。茶トラ模様の猫が、ビー玉のような瞳を向けている。

「そっちに行っちゃダメだよ」

首輪はつけていないし、まさかこんな雑居ビルで猫を飼ってはいないだろう。実家では、三匹の猫を飼っていたから、扱いには慣れていた。口笛を吹きながら近づくと、あとちょっとで身体に触れられそうなところで、茶トラは再び階段を駆け上がった。

「ダメだって」

俺もつられてあとに続く。二階に着くと、なんの変哲もないドアが一つあるだけで、人の気配はない。茶トラはそのドアを爪で引っ掻いていた。

またしてもデッドモーニングと汚い字で書かれたガムテープが貼られていることに気づいた瞬間、ゆっくりとドアが開いた。

「おいおい、そんなに引っ掻いたら、すぐにドアがダメになるじゃないか。いつも言ってるだろ」

室内から顔を出した笹川は、なんとなく以前会った時と雰囲気が違っていた。うねりまくっていた髪の毛は、オールバックにまとめられ、喪服ではなくネイビーの作業着を身にまとっている。茶トラは何度も笹川の足に身体をこすりつけていた。

「あのー、汚してしまった喪服を返しに来ました」

俺の声で、笹川が顔を上げた。

「あれ？　浅井くんも来てたの。わざわざありがとう。中に入りなよ」

俺より先に、茶トラがドアの隙間に身体を滑り込ませた。

三和土《たたき》を上がるとすぐ右手にキッチン、左手にトイレやバスルームがあって、普通のアパートのようだ。キッチンにはインスタントコーヒーの瓶やマグカップがあるだけで、殺風景だった。

　短い廊下の先にある部屋は、どうしようもなく薄暗かった。正面にある小さな窓が少しだけ開けてあったが、外の景色は隣のビルに遮断されていた。採光は壊滅的。すぐにカビが生えてしまいそうな湿った空気が、室内に漂っていた。

　一番奥には書類が散らばった大きめのデスクが見えた。一見、よく街中で見かける小さな不動産屋のような感じだ。

「一気に寒くなったね。寒い季節は好きなんだけど、もうちょっと緩やかに気温が下がってくれればいいと思わない？」

　笹川の言葉に曖昧《あいまい》に頷く。茶トラは近くにあった椅子に乗ると、すぐに丸くなっていた。

「この猫って、ここで飼ってるんですか？」

「たまに気が向いた時にこうやって来るんだよ。毛並みも肉付きもいいから、どこかで飼われてるのかもな」

　もう一度、丸くなっている茶トラに視線を移す。確かに野良猫にしては警戒心がなさすぎる。

「名前はあるんですか？」

「毛が茶色いし、なんだかフワフワしてるから、カステラって呼んでるよ。それより、わざわざ、クリーニングに出してもらって悪かったね」

笹川は受け取った喪服を、一番奥に設置してあるデスクの上に置いた。そこはどう見たって、一番偉い人物が座る場所に見えた。

「笹川さんって、社長なんですか？」

「一応ね。社長って言っても、僕ともう一人の従業員しかいない」

「へえ、すごいですね」

笹川は小さく微笑んでからカステラの頭を撫《な》でた。

「そういえば、浅井くんってフリーターだったよね？　今日バイトは？」

「休みです」

「もしよかったら、少し手伝ってくれないかな。バイト代も今日中に手渡しするし。最低でも六千円、働きぶりによっては一万円払うよ」

唐突な誘いに驚きはしたが、今日は特に譲れない予定なんてない。

「清掃のバイトですか？」

「まあ、そうなんだけど、名刺にも書いてある通り、ウチは特殊清掃専門の会社なんだ。だから普通の清掃とは少し違う」

笹川の言葉には圧倒的に説明が足りない。汚い所を綺麗にする。それ以外に『清掃』という言葉からイメージできることはない。

「高いビルの窓ふきとか、危険な場所を清掃するとか？」

「ちょっと違うかな」

「それじゃ、どこを清掃するんですか？」

「亡くなった方々の生活していた場所を清掃するんだ。遺品整理をすることもある」

笹川の口調は今日の天気を話すように平淡なものだったが、思いがけない言葉に俺は目を丸くした。

「死んだ人間が、生活していた場所を綺麗にするんですか？」

「そう。主に孤立死や自殺、時には殺人事件があった場所を清掃することもあるかな。普通にモップで床を拭《ふ》いて、窓を綺麗に磨《みが》くような清掃とは違うんだ。発見が遅れた現場は、腐敗臭が漂っていることも多いし、体液が染み付いた箇所も清掃しなければいけない。まぁ、浅井くんには遺品の搬出とか、ゴミの回収みたいな簡単な仕事を頼むつもりだけどね。今日は孤立死の現場に向かう予定なんだよ」

自分が唾を飲み込む音がはっきりと鼓膜に響く。

死体のある部屋に足を踏み入れる。

普通に生活していれば、そんな場面に出くわすことなんて滅多にないはずだ。股間のあたりがジェットコースターに乗っているような浮遊感を覚えた。

「大丈夫です。やります」

もちろん、臨時収入が魅力的ということもあったが、孤立死と聞いて祖母ちゃんの顔が浮かんだ。他人の死を祖母ちゃんと重ねて弔《とむら》おうなんて綺麗な感情は一切なく、ただ見てみたくなったのだ。同じような境遇で死を迎えた人の部屋を。

「頼んでおいて、こう言うのは変だけど、大丈夫かい？」

「はい。それなりに色々なバイトをやったことはあるし、要領は悪くないと思います」

「助かるよ。それじゃ早速、準備をしようか」

作業着を渡され、バスルームの中で着替えた。作業着の生地は硬いが、袖を通すとゆったりとしたサイズ感だ。

バスルームから出ると、笹川は指先で鍵をクルクルと回しながら椅子に座っていた。

「お、似合うねえ。じゃ、早速向かおうか。車を回してくるから、ビルの前で待っててよ」

笹川と一旦別れて、階段を下る。後から、カステラがついてくる気配を感じた。

「お前も一緒に行くか？」

カステラは俺の方を見向きもせずに、尻尾を振りながらどこかへ消えていった。全くもって愛想のない猫だ。

外に出るとビルの前のガードレールにもたれ掛かった。喪服を返しに来ただけなのに、えらいことになってしまった。今まで様々なバイトをやってきたが、死亡現場に行くなんて初めてだ。

数分もしないうちに、白い軽トラックが目の前に停まった。地元で腐るほど、目にしてきた車種と同じだった。運転席から笹川が軽く手を上げている。俺は小走りにドアに向かい、助手席に乗り込んだ。

「どう、見たこともない高級車だろ？」

笹川が冗談っぽく微笑む。車内には静かに音楽が流れていた。

「そうですね。生きてるうちにこんな高級車に乗れて幸せです」

笹川は声を出して笑ってから、アクセルを踏んだ。

「今日の現場は、車で三十分もかからないと思うよ」

軽トラックは、年季の入ったエンジン音を辺りに撒《ま》き散らしながら進む。

「まず俺は何をすればいいですかね？」

「心配しなくて大丈夫だよ。僕が全部指示するからさ。それより、浅井くんは耐えられるかな？」

「何がですか？」

笹川は少しだけ、流れていた音楽のボリュームを落として、前を見つめて言った。

「色々だよ。まあ、行けばわかるからさ。最後まで手伝ってくれたら、バイト代は一万円払うよ。ダメだったら車に戻っていいから」

「色々って、死体を見ることですか？」

「死体はないよ。警察がとっくに回収してる。残ってるのは、その人の影だけさ」

「影？」

笹川が何を言いたいのかわからなかった。肉体が消えれば、その人間の影も同時に消える。笹川は面白がって、俺を怖がらせているのかもしれない。

「僕は昨日、見積もりのためにそのアパートに行ってきたんだけど、なかなかの状況だった。ご遺体が発見されるまで、三週間。寒くなってきたとはいえ、腐敗は進んでいたんだろうな」

「人間も、すぐに腐っちゃうんですね。死体のある部屋って、どんな感じなんですか？」

「僕たちが現場に入る時には、警察がすでにご遺体を回収しているから、対面することはないんだ。でも、警察はあくまでご遺体だけしか回収しない。その人の剥《は》がれ落ちた皮膚や髪の毛、体液なんかはそのまんま。あとはそっちでやってくれって感じなんだよ。だからそういう部屋は汚染が酷いかな。臭気もあるし、漂ってる空気が違う」

出発する前は死体のある部屋で掃除をするのだと思っていた。警察がすでに死体を回収しているなら、そこまで恐れなくてもいい。さっきまでの緊張感が徐々に薄れていく。

「心臓が止まり血液循環が停止すると、体温は一時間で約0・8度ずつ下がって二、三時間で死後硬直が始まる。その後、角膜が濁りだしたり、死斑《しはん》が出現していくんだ。そして、胃液なんかの消化酵素で自家融解したり、死んだ細胞が原因でバクテリアやら何やらが増えてね、腐敗は進んでいく」

「詳しいんですね」

「まあね。仏教絵画なんかじゃ、九相図《くそうず》っていうものがあってね。死体の変化を九つに区切って描いた絵画なんだけど、興味があるなら見てみるといいよ」

そんな悪趣味な絵を見る気は起きなかったが、俺はとりあえず頷いた。笹川の話を聞いて、死という現象を漠然と思い描いてみる。誰にでも平等に起こる出来事ではあるが、俺にとってはこれっぽっちも現実味はなく、どこか遠い他人事でしかなかった。

軽トラックの車窓からは、徐々に下町の風景が広がり、馴染みのない街を進んでいるのがわかった。

「浅井くんは、この曲知ってる？」

「今流れてる曲ですか？　知らないですね」

リピート設定をしているのか、ずっと同じ曲が車内に流れていた。テクノとでも言えばいいのだろうか、打ち込みの一定のリズムにやけに暗いボーカルの声が重なる曲だった。派手さはないが、繰り返し聞かされるとなんとなく癖になる。

「ブルー・マンデーって曲なんだ。ボーカルが歌うっていうより、誰かに手紙を読んでいるように聞こえないかい。そこが好きなんだよ」

そう言われてみれば、そんな気がした。歌詞は英語なので理解できなかったが、テクノのような打ち込みのダンスビートの割には、漂っている雰囲気は淡々としていて、冷たい印象を受ける。

「もう、着くよ」

ブルー・マンデーをバックに、笹川が呟《つぶや》いた。

フロントガラス越しに見えたのは、古ぼけた共同住宅だった。二階建てで、外階段の手すりも一目で錆びているのがわかった。どの玄関先にも、年季の入った洗濯機が置いてあるが、衣類を綺麗にする道具には到底見えない。

「古そうなアパートですね」

「そうかな。比較的マシな方だよ」

外階段の近くに、一人の老人が立っていた。頭はハゲていて、ニットのベストを着ている。その表情は険しく、腕を組んで落ち着きなく辺りを窺っていた。

「あの人が大家さんだよ。今日も機嫌が悪そうだ」

笹川は軽トラックを停めると、すぐに頭を下げながらその大家に近づいていく。

俺も急いで、笹川の後に続いた。

「もうさぁ、遅いんじゃないの！　早くこの臭いをどうにかしてくれよ！」

大家は俺と笹川を見るなり、大声で怒鳴り始めた。かなりイラついているのか、片足で小刻みに地面を踏みつけている。

「大変失礼しました。しかし、約束の時間まで、まだ十五分ありますが」

笹川が落ち着いた口調で返事をしても、大家の表情は変わらなかった。

「そんなこと知ってるよ！　でも、周りの住民からもこの臭いをどうにかしろって苦情が来てるんだよ！　あんたもこの商売長いならわかるだろ。もっとこうさぁ、客に対して一分、一秒でも早く対応しようっていう真心を見せないと！」

大家はより興奮した様子で、一方的に声を荒らげた。笹川の言うことが正しければ、約束の時間には遅刻していない。いきなり、こんなに怒鳴られるとは思っていなかったから、俺は笹川の横で立ちすくむことしかできなかった。

「こちらも、誠意が足りませんでした。大変申し訳ありません」

「とっとと始めちゃってよ。これ以上苦情が来ないうちにさ！」

大家は最後にそう怒鳴ると、落ち着かない様子で煙草《たばこ》に火をつけた。

「わかりました。早速作業を始めます。できるだけ早く完了致しますので」

笹川は大家から合鍵を受け取ると、軽トラックの方に小走りに戻る。まるで状況が理解できなかった。

「昨日もあんな感じだったんだよ」

「クソうるさいジジイですね」

「あの人の気持ちはわからなくもないけどね。孤立死したのは高齢の男性なんだけど、家族はいないらしいからさ。そのままにしておく訳にもいかないから、あの大家さんが清掃費用やら廃棄費用やらを立て替えてるんだ。気が立つのもわかるよ」

「だからって、人が死んでるんですよ」

「他人の死より、自分の金が減る方がリアリティはあるさ」

そんなもんなのかなと思っているうちに、走り出した車はすぐにコインパーキングに到着した。

エンジンが止まると、急に辺りが沈黙に包まれた。それほど、この軽トラックのエンジン音はうるさかったし、繰り返しリピートされていたブルー・マンデーのせいもあるのかもしれない。

「まずは、荷台から清掃道具を運び出そうか」

笹川に促され、軽トラックから降りて荷台に向かった。荷台にかけてあったグリーンのシートをめくると、数々の清掃道具が詰め込まれていた。バケツ、ゴム手袋、ガムテープ、ビニールの養生材、箒《ほうき》。畑に農薬を撒くようなノズルの付いた機械もあった。

「これで全部ですか?」

「そう。何度か往復しなきゃ、持ち込めないよ」

俺は清掃道具を一度に持てるだけ運んだ。ここからさっきの共同住宅までは三分もかからないが、結構な体力がいる。建物の前に着くと、もう大家の姿は消えていた。

現場は外階段を上って、一番奥の部屋らしい。笹川と一緒に、今にも崩れ落ちそうな階段を一歩一歩、上っていく。

「うっ……」

外階段を上りきった途端、思わず息を止めてしまった。形容しがたい異臭が辺りに立ち込めていたからだ。

「臭うねえ。まあ、こんなもんか」

笹川はなんでもないように、奥の部屋に向かって歩き出した。

「ちょっと、待ってください」

単純に何かが腐った臭いとも違う。鼻の粘膜が焼かれるような、ほんの少しだけ甘ったるいような、脳をかき混ぜられるような異臭だった。

「キツい？　これが、誰にも気づかれずに亡くなった人間の臭いだ」

笹川の声が酷く遠くに感じた。まだ部屋の外だぞ。これから、室内に入るなんて考えられない。

息を止めながら部屋の前に立つ。笹川は玄関前に手際よく養生材を敷き、ビニールテープでマスキングをした。

「この上に荷物を置いていいから。あともう一往復で全部運び込めるよ」

鼻をもぎ取りたくなるような異臭は相変わらず漂っていた。荷物を養生材の上に置きながら、目の前の玄関を見つめる。他の部屋と何ら変わりない白いドアだった。外には汚れた旧式の洗濯機と、むき出しの電気メーターが沈黙していた。

玄関前に掃除道具を全て運び終わる頃には、うっすらと額に汗が滲んでいた。今日は秋晴れとでも言えばいいのか、雲のない水色の空が広がっている。この異臭がなければ、深呼吸でもしたい陽気だった。

「疲れた？　まだ、始まってもいないけど」

全く息の上がっていない笹川が、少しだけ俺を挑発するように言った。

「余裕っすよ。すぐ慣れます」

そうは言いながらも、気づくと息を止めてしまう。

笹川は運び込んだ清掃道具の中から、丈の長い防護服や、ゴム手袋、簡易的なゴーグルを取り出した。黒光りした防毒マスクも視界に映る。

「まずはカッパを着て、ゴム手袋をはめる。体液や蠅《はえ》が入ってこないように、袖口はビニールテープでしっかりと塞ぐこと」

渡されたビニールテープは赤い色をしていた。念には念を入れて、うっ血するぐらいにビニールテープを袖口に巻く。

「そんなに虫がいるんですか？」

「いるよ。蠅や蛆《うじ》がね。夏場ほどは酷くないけど、死後三週間は経っているからな。昨日、見積もりの時に殺虫剤を撒いておいたから、ほとんど死んでいると思うけど」

笹川の話を聞いて、袖口にビニールテープをもう一周巻いた。背筋を冷たい汗が流れ落ちていく。

「あとは、靴にビニールの保護カバーを付けて、ゴーグルと防毒マスクを装着すれば完了だ」

靴用の保護カバーとゴーグルを装着してから、防毒マスクに手を伸ばす。これでやっとまともに呼吸ができる。

「それじゃ、入ろうか」

笹川は手を合わせると、持っていた荷物の中から一輪の花を取り出した。そして、玄関前にゆっくりと置いた。

「スイートピーの造花だよ。有名な歌もあるだろ。あっ、浅井くんはそんな世代じゃないか」

玄関前に置かれた造花のスイートピーは薄いピンクの花弁だった。俺の精神状態によるのかもしれないが、あまり綺麗な花には見えなかった。

「失礼します」

何かが擦《こす》れるような不快な音がして、ドアが開いた。台風でも来れば簡単に吹き飛びそうな薄っぺらいドアだ。すぐにむき出しのコンクリートの三和土《たたき》が目に飛び込んでくる。汚れた健康サンダルが、寂しそうに揃《そろ》えて置いてあるのが見えた。

「まずは、死骸の掃除からだ」

三和土から顔を上げると、居間へと続く短い廊下に、黒い点のような物体が大量に転がっていた。

無数の蝿の死骸だった。

瞬時に鳥肌が立つ。

「腐敗臭に誘われて、蝿は死体に卵を産みつけに来るんだ。蝿の卵は一日もあれば孵化《ふか》するからね。蛆、蛹《さなぎ》を経て、すぐに羽音を響かせ始める」

目の前に広がる光景は日常とかけ離れていた。無数の蝿が存在しているだけで、何の変哲もない部屋が地獄に様変わりしている。

「浅井くん、ちりとりと箒。それに七十リットルのビニール袋も」

「は、はいっ」

「玄関先に置いといた荷物を、中に入れて」

慣れているとはいえ、平然としている笹川に気味の悪さを感じる。なんとか玄関先に出て、頼まれた道具を笹川に手渡す。

「蝿を踏むと、余計汚れるからね」

笹川は廊下に散らばった蝿の死骸を箒で掃いて、ちりとりに入れていく。いつものこと、慣れていることといった様子で、手早く死骸を処理していた。ビニール袋の口を広げるのは俺の役目で、顔を背けながら次々と除去される蝿の死骸を横目でやりすごした。

数分もしないうちに、短い廊下から蠅の死骸は消えた。その分、ビニール袋の中には地獄絵図が広がっている。

「これでいいか。次は初期消毒だ。薬品噴霧器を取ってくれるかな」

笹川が指差す方に、ノズルの付いた機械があった。持つとずっしりと重く、中で液体が揺れる感触がした。

「農薬を撒く機械みたいですね……」

地元の田園風景が目に浮かぶ。子どもの頃に手伝っていた農作業を今から始めるとしたら、どんなに気が楽か。

「うまく使いこなすには、結構コツがいるんだ」

笹川は薬品噴霧器のノズルを天井に向けると、本体に付いているポンプを押した。シュッという音と共に、薬品が霧のように散布される。

「これから、ご遺体があった場所まで行くよ。大丈夫かい」

「もちろんです。早く片付けましょうよ」

精一杯の強がりだった。本音は今すぐ逃げ出して、家に帰りたい。

笹川の背中に隠れるようにして後に続く。蠅の大群のせいで一瞬忘れていたが、防毒マスクをしていても腐敗臭が襲ってくるような気がした。笹川が消毒液を散布するたびに、この臭いがすぐに消えればいいのにと本気で願ってしまう。

玄関を入ってすぐに、古びた流しが見えた。そこにはカレーがこびりついた白い皿と、猫のキャラクターが描かれているマグカップが放置されていた。その上にも、笹川はためらいなく消毒液を散布する。

「最後の食事は、レトルトのカレーかな」

シンクの端の方に、銀色のレトルトの空き容器が口を開けて放置されていた。

「人生最後の食事にしては、あまりにも味気なさすぎますね」

「誰だって、いつ死ぬかなんてわからないからな。こんな最後の食事だってあるのさ」

流しを横目に、居間に足を踏み入れた。採光の良い窓には数匹の蠅が張り付き、外の世界を遮断している。六畳一間。そっけない程に、物が少ない部屋だった。棚やタンス等の家具すら見当たらない。畳の上に放置されたももひきと、灰皿の中に散らばった数本の吸い殻がやけに目に付く。なんとなく視線を感じて部屋の端にあるアナログテレビを見ると、真っ暗な画面に俺の姿が映っていた。一体、何年前のものなんだろう。

「ここで、亡くなったんだ」

笹川が、俺が見ている反対側を指差した。それを見た瞬間、生き残っていた数匹の蠅の羽音だけが、脳内に響きわたった。

乱雑に敷かれた敷布団には、濃淡のある黒い染みが人間の形で残っていた。手も足も顔の形もはっきりとわかる。顔があったと思われる場所の染みは濃く、足先に行けば行く程、薄いコーヒーのような黒色に変化していた。その染みを見ただけで、布団が重く湿っているのが想像できる。どれ程の時間が経過すれば、人間の身体からこんな色が滲み出すのかわからない。

旋回していた蠅が、顔があったと思われる部分に着地する。その染みは、実体が存在しない影のようだった。

「人間も溶けるんだよ。そして、流れ出た体液がはっきりと跡を残すんだ」

その染みが今にも動き出しそうで、俺は思わずその場から後ずさった。

「すみません」

気づくと、そう叫びながら玄関へ早足で向かっていた。数匹の蠅と共に外に飛び出して、勢いよく外階段を下る。とにかくあの部屋から少しでも離れたい。どこに行けば良いかわからないまま走っていると、胃が痙攣を始め、防毒マスクを外した瞬間に、近くの排水溝に向けて思いっきり吐いてしまった。

嘔吐物は網目状の蓋《ふた》を伝って、暗い闇《やみ》の中に消えていく。口の中には昼飯に食べた牛丼の味が微かに広がっていた。

「最近、吐いてばっかりだ……」

脳裏には、影のような人形《ひとがた》の染みが鮮明にこびりついているが、それを形容する言葉が上手《うま》く出てこない。俺は目眩《めまい》を感じ、近くのブロック塀に腰かけた。

「おい、なんで油売ってんだよ？」

顔を上げると、いつの間にか先ほどの大家が目の前に立っていた。便所に張り付いたガムを見ているような視線を向けてくる。

「いや、あの……」

「本当、迷惑なんだよ。とっとと片付けてくれ。臭くて、臭くて。他の住人に変な噂《うわさ》が広がって退去でもされたら、こっちが干上がっちまうよ！」

相変わらず、大家は辺りを気にせずに怒鳴り散らした。目は充血していて、鼓膜を破壊しそうなほど声がデカい。

「あの……俺はバイトでして……」

「バイトでも！　へったくれでも！　なんだっていいんだよ！　こっちは、赤の他人に身銭切ってんだから！　本当、なんでよりによって、あの部屋で死ぬかね？　自分の死期が近いことがわかったら、誰にも迷惑がかからない場所で死んでもらいたかったよ！」

誰かが死んで、こんなにも怒鳴り散らす人間がいることが不思議だった。祖母ちゃんが発見された時も、こんな風に誰かに迷惑がられたんだろうか。

「戻ります……」

大家ではなく自分自身に言い聞かせるように立ち上がった。胃は空っぽで、もう吐くことはないはずだ。

ポケットティッシュを丸めて鼻に突っ込んだ。余計なことを考えずに外階段を上る。前に進むスピードはナメクジのようだったが、何とか部屋の前に立つことができた。防毒マスクも、痛いぐらいに口元と鼻に密着させた。

「南無阿弥陀仏《なむあみだぶつ》」

知っている念仏のフレーズを呟いてからドアを開けた。室内から、もう蠅は飛んでこなかった。

「急に腹が痛くなって、トイレに行ってました！」

気づくとそんなバレバレな嘘を叫んでいた。防毒マスクをしているせいで、自分の声じゃないように響く。少しすると居間の方から笹川が顔を出した。

「大丈夫かい？　腹は良くなった？」

「もう大丈夫です。出すもの出しましたから」

「約束通り、バイト代が一万円になるかもしれないな」

笹川はそう呑気に言った。目元は少しだけ、飲み屋で見た時のような垂れ目になっていた。

床を歩く時は、できるだけ足元を見ないようにした。時々、スニーカーの底で何かを踏み潰す感触がする。蠅の死骸かもしれないし、俺の想像できる範囲外の何かかもしれない。

「初期消毒は終わってるからさ、動線の確保をして廃品をまとめようか」

「遺品の整理ってことですか？」

「そう。この方の遺品は、すべて廃棄処分になるんだ。さっきのビニール袋を三枚重ねて、可燃と不燃に分別しながら、その中に入れていってよ。浅井くんには玄関と流しの方を頼もうかな」

「はい……」

幸いなことにここからじゃ、あの影のような染みは視界には入らない。頭を空っぽにしながら玄関周りにある生活用品をビニール袋に入れていく。

立てかけてあった傘をビニール袋に入れる。視界に映る生活用品は全て薄汚れていた。今捨てた傘だって骨組みが折れているし、靴箱に入っていた革靴は変な形に底がすり減っていた。倹約家だったのか、単純に金がなかったのか、会ったこともない誰かの生活の欠片《かけら》を次々とビニール袋に詰め込んでいく。いるもの、いらないものを選別する必要がないから、すぐに玄関先の遺品はビニール袋の中に消えていった。

次に廊下に面した、流しの品々を片付けた。流し台の下の扉を開けると、調理器具は凹んだ鍋が一つと持ち手が黒ずんだフライパンしかない。その代わりに、缶詰やカップラーメン、レトルト食品の類が大量に目に映る。まるで、自宅の戸棚の引き戸を開けているような錯覚を感じた。調味料が一つもない。ずっと独りぼっちで食事をしていたことが手に取るようにわかった。

「こんなのばっか食ってたら、身体に悪いはずだよ……」

　このままじゃ俺も何十年後かに独りぼっちで死んでしまうのかもしれない。母ちゃんからこの前持たされた野菜ジュースが、急に飲みたくなってしまう。

「浅井くん、ちょっと」

　居間の方から笹川の呼ぶ声が聞こえた。どうしても、あの布団の近くに行きたくなくて、玄関先から返事をした。

「なんですか？」

「あの布団を撤去しようと思うんだ。手伝って」

　ついにまた、あの布団と対峙《たいじ》する時が来た。

　俺は目を細めて鉛《なまり》のように重くなった両足をなんとか前に進めた。

　居間に入ると、できるだけ天井の方を見ながら、あの布団が視界に入らないようにした。

「浅井くんの顔、なんか変だよ。大丈夫？」

　薄目にしているせいで、どうしても俺はしかめっ面になってしまう。

「まだ、腹の調子が……なんか変なものでも食ったのかな」

　そんなことを言いながら、痛くもない腹をさすった。

「浅井くんも感じてると思うけど、ここで亡くなった方は、だいぶ几帳面な気がするな。経験から言うと、男の一人暮らしはもっと悲惨な状況なんだよ。ここは、僕が来た家の中で、一、二を争うくらいに物が少ないね」

「確かに、派手に散らかってもいないし、物が少ないですね。死んじゃう前に大掃除でもしたのかな」

「さっき、押入れからペースメーカ手帳を見つけたから心疾患を患《わずら》っていたんだろう」

「ペースメーカ?」

「簡単に言うと心臓の動きを監視する医療機器だよ。心臓に留置して、心拍数が低下した時に電気刺激を与えるんだ」

「へえ……」

「もしかしたら、この方は自分の死期を悟って、残された人間に迷惑をかけないように必要最低限の物に囲まれながら生活していたのかもな。真実はもうわからないけどね」

笹川はそれだけ静かに言うと、両手をパンと鳴らした。

「さあ、布団を折って小さくしてから、ビニール袋の中に廃棄しようか」

ゴム手袋をしているとはいえ、体液のついた布団に触れるのは、かなりの勇気が必要だ。それ以前に、俺は問題の布団を直視することすらできていない。

「笹川さん、ちょっとタイム、タイム」

俺は気持ちを落ち着かせるために、固く目を瞑《つむ》った。胃には何も残っていないと思っていたが、また酸っぱい感覚が喉にこみ上げてくる。

「どうした？　また腹が痛いのか？」

笹川の心配する声が聞こえる。俺は恐る恐る薄目を開けた。

「笹川さん……しりとりしながら布団を片付けません？」

俺の唐突な提案に笹川が首をひねる。とにかくどんなことでもいいから、気を紛らわせたかった。

「どうした、急に」

「いや、思いつきで……俺から始めますよ」

意識をしりとりをすることだけに集中した。そうしている間も、喉元の酸っぱい感覚が消えることはない。

「ふとん！」

「浅井くん、いきなり『ん』がついてるじゃないか」

笹川が笑いながら、視界の隅で機敏に動き始める。頭が混乱している。なんで俺はこんな見ず知らずの部屋にいるのだろう。

「端、持ってくれる？」

笹川に言われるがままに、ほとんど目を閉じながら布団に触れた。ちゃんと見えていないから、どこをどう持っているのかわからない。ただ、普通の布団と明らかに違うのがわかる。ゴム手袋越しでも、異様に冷たく湿った感触がした。

「うっ……」

布団の上に小さな白っぽい何かが蠢《うごめ》いているのが見えた。

蛆虫だった。

胃が痙攣しそうな気配を感じて、固く口を閉じながら喉元に力を入れた。

「ビニール袋を広げてくれるかな」

やっとの思いで畳んだ布団を、笹川は手際よくビニール袋の中に入れ始めた。俺は顔を背けながらビニール袋の口を広げる。

「まだですか？」

ビニール袋のガサつく音が悲鳴に聞こえる。全力で顔を背けながらの数秒は、酷く長く感じた。

「終わったよ」

布団がビニール袋の中に廃棄されると、笹川は結び目をガムテープで厳重に巻いた。俺の頬にはいつの間にか汗が幾筋も伝っていた。

「ら、楽勝っすね」

内心は、限界寸前だった。とにかく、あの布団を廃棄できたことで、言いようもない安堵を感じた。

布団を撤去した畳の上にも、黒い染みが付着していた。人間の形ではなく、大量にコーヒーを零《こぼ》したような染みだったが、視界に入ると身震いが起こる。笹川はすぐに染みの付いた畳を剝がし、近くの壁に立てかけると、床下を注意深く観察し始めた。

「なんで、床下なんか覗いているんですか？」

「体液って、砂に水が染み込むようにゆっくりと浸透するんだ。だから畳を通り越して、床下に垂れている場合があるんだよ。それが残っている限り腐敗臭は消えないんだ」

「床下まで汚染されていた場合はどうするんですか？」

「削り取って特殊な道具でコーティングするか、最悪、まるっとリフォームになるね。表面上の体液を除去したって、根本を除去しないと意味ない」

「床下が少し汚れてたって、誰も気づかなそうなのに……」

「この部屋に残っている跡を完璧に消すことが、僕の仕事だからね」

笹川が床下に顔を突っ込んでいる間、改めてこの部屋を見回した。本当に必要最低限の生活用品しかない。趣味や家族の存在を示す、写真や手紙も見当たらなかった。

「なんか、改めて見ても寂しい部屋っすね」

この部屋で死んだ人間はどんなことに喜びを感じて、どんなことに傷ついて生きていたんだろう。何もわからなかった。

「この部屋は日当たりが良いからね。毎日陽が差し込んでいて、鬱陶《うっとう》しかったんじゃないかな」

依然、床下に顔を突っ込んだままで、笹川がそう答えた。確かに、この部屋は日当たりが良い。デッドモーニングの事務所にはない、太陽の光が差し込んでいる。

「そういうことじゃなくて、こんな質素な部屋で一人で何を考えていたのかなって……」

「さあねぇ」

「知りたくならないんですか?」

「いちいち感傷的になっていたら、汚れは落とせないさ。あっ、床下に腐敗液が少し垂れているな。浅井くん、洗剤を取ってくれないか?」

立てかけた畳の前に、幾つか洗剤らしきものが置かれていた。畳が視界に入らないようにしながら近づき、洗剤を手に持って観察すると、どれもドラッグストアで気軽に買えるような物ではなさそうだった。

「幾つかありますけど、どれですか?」

笹川の返事を遮るように、不穏な音が聞こえた。

「え?」

驚いて顔を上げると、立てかけてあった畳が滑り落ちる瞬間だった。逃げる暇もない。

「ちょっ、うわあああ」

あれほど触れたくないと思っていた畳の上に、気づくと俺は倒れ込んでいた。畳の繊維は腐っているのか湿っていて柔らかく、防護服を着ているとはいえ一瞬で鳥肌が立った。立ち上がろうとしても、滑ってしまって、四つん這《ば》いの姿勢のまま動けない。

「おい、大丈夫か？」

笹川が俺の手を引っ張りながら、腐敗液が染み込んだ畳の上から救助してくれた。全ての歯が抜け落ちてしまった感覚がして、舌が干物のように干からびている。

「畳が……急に……」

「僕が悪かった。床下が気になって、ちゃんと畳を立てかけていなかったのかもしれない。怪我はない？」

頷こうとした時、股間辺りが生温かいことに気づいた。恐る恐る防護服をめくってみると、作業着の生地が股間周囲だけ濃く染まっていた。

「笹川さん……」

「どうした？　どこか痛む？」

「予備の作業着ってないですか？」

「車の中に常備してるけど、どうして？」

「おしっこ、漏らしちゃいました」

最後のプライドを振り絞って、斜め四十五度を見据えながら、清々しい表情を笹川に向けた。そうでもしていないと、情けなくて、溶けて消えてしまいそうだった。

部屋から外に出る時は、感染防止のため防護服やゴム手袋を脱がなければならなかった。だからなのか、使用しているほとんどの物品は一回一回、使い捨てできる物だった。

股間にできた染みを隠しながら、一人で軽トラックに向かう。新しい作業着に着替えると、もう一度あの部屋に戻る気持ちは、綺麗さっぱり消失していた。

助手席に乗り込み、ダッシュボードに足を乗せた。パンツを穿いていないせいで、股間辺りがスースーする。このまま帰ってしまいたい。でも、財布も煙草もスマホも、デッドモーニングの事務所に置いてきてしまっていたし、ここがどこかもわからない。

運転席に放置された笹川の煙草を一本拝借して、火をつける。身の回りのものを全て置いてきたくせに、電子辞書だけはいつもの癖でポケットに入っていた。煙草を口にくわえながら文字を打ち込み、読み上げのボタンを押した。

『俺はマーライオンでも、小便小僧の銅像でもねえ』

標準語の合成音声が、真面目くさった響きで聞こえた。最近は、面と向かって言えない自分の中に溜《た》まった不満や怒りを、この電子辞書に読み上げてもらって、ストレスを解消している。

フロントガラスから差し込む太陽の光は、眠気を誘う。柔らかな日差しを受けていると、徐々に瞼《まぶた》が重くなっていった。笹川はこの現場に向かう途中で、無理なら軽トラックで待機してもいいと言っていた。俺にはもうあの部屋に戻る気力はない。それに、俺はノーパンだ。無防備にもほどがある。

欠伸《あくび》を一つすると、午後の光の暖かさを感じながら瞼を閉じた。

エンジンが唸る馬鹿でかい音が聞こえて、目が覚めた。時刻を確認すると、一時間以上も居眠りをしていたらしい。せっかくの昼寝を邪魔されたことに怒りを覚えながら外を眺めると、隣にトラックが停車するところだった。

舌打ちを一度して、また瞼を閉じようとした時、車窓をコツコツとノックする音が聞こえた。驚いて視線を向ける。ピンクの作業着を着た女が、睨《にら》みつけるように俺を見据えていた。駐車の仕方で何か問題があったのかもしれない。俺は焦りながら助手席のドアを開けた。

「あんた、デッドモーニングのバイト?」

外に出るなり、棘《とげ》のある声が聞こえた。女は金髪で、派手目な化粧。両耳にピアスが揺れている。それに若そうだった。俺と同い年ぐらいかもしれない。

「そうですけど……何か?」

「で、現場は?」

「はい?」

「だから、現場はどこ？　連れてってよ」

女の一方的な態度には有無を言わせない迫力があった。作業着を着ているから、関係者だろうとは思うが、女は名乗りすらしない。

「この先をちょっと行ったところです」

「だから、連れてってよ。スマホの充電切れて、場所がわからないの」

断ることができず、面倒だが案内するしかなさそうだ。

「あんた、車で寝てたでしょう」

並んで歩き出してすぐに、女の呆れた声が聞こえた。

「いや……着替えに一度戻ってただけです」

「あっそ。まあ、あんたは記念すべき二十人目になりそうね。おめでとう」

「何がですか？」

「途中で逃げ出した、バイトくんの数よ」

俺は何も言い返せず、それから無言であの建物を目指した。

外階段の前に着くと、俺は女を振り返った。

「ここを上がって、一番奥の部屋です」

「そう。で、あんたも行くんでしょ？　新しい作業着にわざわざ着替えたんだから」

さっきまで、睨みつけるような表情を向けていたくせに、女はその時だけ悪魔のような微笑みを浮かべていた。全て見透かされているようで、腹が立つ。

「も、もちろんですよ。嫌だなー。また車に戻るとでも思ってたんですか？」

「別に。とにかく早く行ってよ」

「レディーファーストです。どうぞ」

女は再び無言で俺を睨みつけると、先に立って外階段を上っていく。何でこんなことになったんだ。俺はただクラゲみたいな生活をしたいだけなのに……女の小ぶりな尻を見つめつつ、そんなことを思いながら後に続いた。

部屋の前に着くと、女はなんの躊躇《ためら》いもなく玄関を開け、大きな声で呼びかけた。

「笹ちゃん、お疲れ。玄関先にある遺品を運ぶから」

恐る恐る室内を覗き込む。短い廊下はつい数時間前まで、蝿の死骸が転がっていたとは思えないほど綺麗になっていた。腐敗臭もほとんどしない。

「楓《かえで》ちゃん、お疲れ。一人で大丈夫かい？」

居間の方から笹川が顔を出したのが見えた。オールバックが若干乱れている。

「大丈夫、大丈夫。車で呑気に昼寝していたバイトくんを連れ戻してきたから」

俺が反論をする前に、楓と呼ばれた女は廊下に放置された遺品入りのビニール袋を、四つ軽々と持ち上げた。

「あんたも突っ立ってないで、早く運んでよ」

「はい……」

俺も目に付いたビニール袋を持ち上げようとした。二つが限界だ。

「トラックの荷台に積んで」

楓はピアスを揺らし、軽快に外階段を下っていく。笹川に対する馴れ馴れしさといい、若そうに見えるが、意外とベテランなのかもしれない。

楓のトラックまでそれほど距離はなかったが、普通に歩くのと、遺品を持って歩くのとでは話が違う。やっとの思いで辿り着くと、息は上がり、腕は痺れ、ビニール袋が食い込んだ指先に鈍い痛みを感じた。楓は、すでにビニール袋を荷台に積み込んだところだった。

「なんであんたは二つしか持ってきてないの？　か弱い女子が倍も運ぶなんておかしくない？」

「これが限界っすよ」

「限界とか言っちゃって、みっともない」

遺品の入ったビニール袋を荷台にいる楓に手渡した。軽々と受け取られると、本当に自分が情けなくなってくる。

「あと、部屋にある遺品はどれぐらい？」

「えっと、小さい冷蔵庫と、アナログテレビ。多分、居間にも遺品が入ったビニール袋があると思います。大きいタンスとかはなかったと……」

「外に洗濯機があったけど、あれもでしょ？　他に体液が付着した畳とかはなかった？」

「ありました。すみません」

「そんな、すぐ謝らないの。少しペースを上げるよ」

荷台から降りた楓の後に続いて、またあの建物に向かう。あと何回、往復すればいいんだろう。うんざりしながら、どうやったら逃げ出せるか考えるが、疲れと楓の強気な態度のせいで、うまい言い訳が思いつかない。

部屋に戻ると、廊下の壁を笹川が洗剤を吹き付けながら拭いていた。

「笹ちゃん、今日は遺品が少ないんじゃない？」

「そうなんだよ。かなり質素な生活をしていたみたいでね。ああ、居間に体液が染み付いた畳があるけど僕も手伝おうか？」

「大丈夫。このひ弱なバイトと運ぶからさ。笹ちゃんは部屋の清掃を続けて」

「ひ弱って、楓ちゃんと比べたら誰だってひ弱に見えるよ」

かなり失礼なことを言っているような気がしたが、楓は満更でもなさそうに微笑んでいた。笹川の言葉のどこをどう探したって、普通の女子が喜びそうなワードは見当たらない。

「大物は最後にして、まずは細々した物を運ぶよ」

楓に促されてビニール袋をやはり二つだけ持って、外に出た。楓は一人で洗濯機を運んでいる。彼女の中で洗濯機は、細々した物という認識らしかった。

遺品をトラックの荷台まで運び続けていると、いつの間にか作業着に汗が滲んでいた。俺は、楓が二往復する頃にやっとトラックに辿り着く有様だった。

楓に追い抜かれる時に、毎回小言を言われるのには辟易《へきえき》したが、遺品を運び出すだけの単純作業で助かった。あの人形の染みや、その人の生活を考えなくて済む。ほとんど楓の活躍によって、あとは腐敗液が染み込んだ畳と、俺が今運び出そうとしている遺品を残すだけになった。これをわざとゆっくり運べば、楓が畳も一人で運んでいくだろう。あんな汚い畳なんて、視界に入れるのも嫌だった。触れるなんて考えられない。

俺は最後に残っていたビニール袋を持って外に出ると、必要以上にゆっくりと歩き出した。上手く手が握れないほどに腕が痺れている。外階段を下ってから遺品の入ったビニール袋をドサッと地面に投げ出すと、一度大きく背伸びをした。もうこんな奇妙なバイトは一生ごめんだった。

「ねえ」

声がした方を向くと、楓が無表情で数メートル先から近づいてくる姿が見えた。

「あと部屋に残っているのは、あの畳だけですって」

俺が愛想よく声を掛けても、楓から返事はない。ただ、まっすぐに俺の目を見据えていた。

「あんた、なんで遺品を投げてるの？」

楓はつかつかと歩み寄ると、いきなり俺の胸ぐらを摑《つか》んだ。額が触れ合いそうな距離で、突き刺すような視線が痛い。冗談ではなく、足元が数センチ浮いた感覚がして、息ができなかった。

「なんだよ、急に」

「だから、なんで遺品を放り投げたのかって聞いてんだよ！」

鼓膜が破壊されそうな怒鳴り声だった。気づくと俺は、その場にへたり込んでいた。

「もう、あんたどっかに消えて」

楓は、俺が運ぼうとしていたビニール袋を手に取ると踵を返し、コインパーキングの方に歩き出そうとした。

「意味わかんねえんだけど」

突然、怒鳴られた理由が全くわからず、思わず俺は舌打ちをした。楓がゆっくりと振り返る。

「あんたってさ、今まで何かに真剣に取り組んだことも、誰かと真剣に関わったこともないでしょ？」

「は？」

「私はね、納豆と腑《ふ》抜《ぬ》けた男を見ると虫唾《むしず》が走るの」

楓はそう言い放つと、歩み去った。締め付けられた首元が痛む。今放たれた一言が、ゆっくりと深く胸に食い込んでいく。

「納豆と同類かよ……」

わざと冗談めいたことを呟いてみるが、虚しくなるだけだった。立ち上がる気力もない。今日一日で、一生分の恥をかいたような気がして、このまま消えて無くなりたかった。

「楓ちゃん、パンチ効いてるでしょ?」

気づくと笹川がすぐ近くに立っていた。あの畳から救助してくれた時のように、俺に向けて手を差し出した。

「あいつ、一体何者なんですか?」

「楓ちゃんは、廃棄物収集運搬業者なんだ。少し口は悪いけど、まっすぐで誠実な人だよ。それに、よく働いてくれる」

「俺には愛想のない、ギャル女にしか見えませんね」

笹川の手を握り、ゆっくりと立ち上がった。笹川の手は汗で湿っていて熱かった。

「あの部屋で、浅井くんに見せたい場所があるんだ」

笹川はそれだけ言うと、外階段を上り始めた。だいぶ綺麗になったとはいえ、必要以上にあの部屋の中に入りたくはなかった。でも、このまま一人でここに突っ立っているわけにもいかない。戻ってきた楓に罵倒《ばとう》されるのが関の山だ。俺は項垂《うなだ》れながら笹川の後に続いた。

スニーカーに保護カバーを装着し、土足のまま室内に入った。何も物が無くなった部屋の中は、気味が悪くなるほど静かだった。

腐敗臭が染み込んだ畳は上下から黒いビニール袋に覆われ、あの染みは見えなくなっている。俺はホッと胸を撫で下ろした。

「浅井くん、この壁の隅を見てごらん」

笹川が手招きをしてから、反対側の壁の隅を指差した。近づいて目を凝らすと、ミミズが這ったような細い文字が書かれていた。

「寿司を食いたい。でも我慢……？」

思わず声に出して読み上げてしまった。鉛筆のような物で書かれた薄い文字は頼りなく、隙間風で消し飛んでしまいそうだった。

「さっき浅井くんが、ここで生活していた誰かはどんなことを思っていたんだろう？　って知りたがっていただろう」

寿司を食いたい。でも我慢。

部屋を見る限り、質素な生活だったのは明らかだ。『でも、我慢』。この言葉が、この人の生活を表しているような気がした。

「寿司を腹一杯食べたかったんだ……」

「最後はカレーだったよ」

ただの落書きを見ているだけなのに、指先に小さな傷ができたような痛みを感じた。

「清掃が終われば、この部屋に住んでいた誰かの痕跡《こんせき》は消え、また別の誰かが住み始める」

「なんだか、虚しいですね」

「そうかな？　ずっと繰り返されていることさ」

笹川はこの部屋に入って初めて、窓を開けた。緩い風が入り込み、俺の頬を撫でた。

玄関の扉が開く音が聞こえて、居間に楓が入ってきた。

「笹ちゃん。あとはこの畳を運べば終わりでしょ？」

楓は明らかに俺を無視しながら、ビニールで覆われた畳に近づいた。

「彼と運んでくれないかな？」

一人で畳を運び出そうとする楓を、静かに笹川が制した。

「私一人で、十分。こんな腑抜けた男が遺品に触る資格なんてないし」

「そんなことないよ。彼は失禁しながらも最後まで手伝ってくれたんだから」

笹川は俺をフォローしているつもりかもしれないが、抹消したい過去をバラされ、一気に耳たぶが熱くなった。

「笹ちゃんさ、バイトを雇う時、ちゃんと面接とかしたほうがいいよ」

ビニール袋で保護されているとはいえ、体液の染み込んだ畳に触れることはやっぱり嫌だった。俺が躊躇《ちゆうちよ》していると、楓の冷たい声が聞こえた。

「で、運ぶの？　運ばないの？　それともオムツしてないと無理？」

楓に馬鹿にされ、一気に頭の血が沸騰した。

「運ぶって！」

もう、どうにでもなれ。恐る恐る畳の端に触れる。思ったより軽いが妙に腕に力が入ってしまった。反対側を持ち上げた楓が、俺の目を真っ直ぐに見つめていた。

「誰かの一部なんだから、丁寧にね」

さっきまでの金切声とは違った優しい声だった。

その言葉は思いがけず、俺の胸の奥に染み込んだ。

祖母ちゃんの一部もこんな風に見知らぬ人間に運ばれていったのだろうか。畳に染み付いているのは、誰かが生きていた跡だ。そう思い直すと、徐々にさっきまで感じていた気持ち悪さは薄れていった。

トラックの荷台に積み込む時も、できるだけ静かに積み込んだ。ただの畳なのに、壊れやすいガラスでも運んでいるかのような気分だった。

楓は早々とトラックの運転席に戻ると、窓を開け、一枚の紙切れを差し出した。

「伝票。サインしてよ」

「俺でいいの？」

「いいから。後が詰まってんのよ」

言われるがままに伝票にサインした。トラックのダッシュボードには縫いぐるみが敷き詰められていて、バックミラーにはファンシーなデザインの芳香剤が吊り下げてあった。運転するだけの空間で、こんな自己主張をしなくてもいいんじゃないか。

楓がキーを回すと、轟音《ごうおん》のようなエンジン音が俺の鼓膜を振動させた。

「笹ちゃんによろしく。あんた力はないけど、最後の畳だけは運び方が丁寧だったよ」

けたたましい音を立てながら、トラックは発進した。楓が車窓から手を出して、何度か俺に向けて振っているのが見えた。

「なんだよ、アイツ……」

徐々に小さくなるトラックを見ながら、掌を二回開いたり、閉じたりしてみる。運び出した畳の感触がまだ残っていた。

再びあの部屋に戻ると、笹川は玉の汗を額に浮かべながら、流し周りを磨いていた。

「これで、終わったよ」

流しを拭き終わると、笹川は雑巾をビニール袋の中に廃棄し、肩にかけていたタオルで汗を拭った。

「四時間ぐらいかかりましたかね？」

「ああ。荷物が少なかったから、早く終わったよ。あとは大家さんに報告かな」

俺は部屋を見回した。つい数時間前まで、蛆が這い回り蝿が飛び回っていたようには見えない。話したことも、顔を見たこともない誰かの痕跡は綺麗に消えていた。畳が剝ぎ取られ、むき出しになった床が、さっきまで存在していた影のような染みを微かに思い出させるだけだった。

笹川が電話で作業終了を告げると、すぐに大家が現れた。あからさまに鼻をひくつかせながら、部屋の中に入ってくる。

「まだ、ちょっと臭うね」

「壁や床にどうしても染み付いてしまうんですよ。壁紙を交換したり、畳を替えれば消えます」

「そうか。まあ、だいぶマシだな」

大家は野良犬のように鼻をひくつかせながら部屋中を嗅《か》ぎまわった後、満足したかのように一人で頷いていた。

「最後に十五分だけ、仕上げをしてもよろしいでしょうか？」

「わかったよ。近くにいるから帰る時に、鍵の返却を頼む。まったく災難だ」

最後まで大家は、ぶつぶつと文句を言っていたが、出会った時のように怒鳴りはしなかった。

「まだ、仕上げがあるんですか？」

「最後のね。浅井くんは、待っててくれるかな。すぐ戻ってくるから」

笹川は足早に部屋から出て行った。そんな後ろ姿を見送ってから俺も外に出る。もう辺りに腐敗臭はしない。遠くの方から、五時を告げる町内放送が微かに聞こえてきた。

数分、外の風にあたり、再び玄関のドアを開けた時の気持ちは、自分でもはっきりと説明がつかない。

コンクリートの三和土の上から、もうあの健康サンダルは消えていた。

三和土に立って室内を見つめた。窓は開け放たれていたが、カーテンがないので、風が入ってきているかは玄関先からではわからない。

シンクの蛇口から水滴がポツリ、ポツリと一定のリズムで落下していた。俺はその音に少しの間、耳を澄ませた。なんだか妙に胸が騒ぐ。

あんな大家だから蛇口が緩んでいた程度でも、後で何を言われるかわからない。蛇口を閉めようと、部屋の中に入ろうとして、少し躊躇した。

清掃中は靴に保護カバーを装着していたから、何も気にせずに土足で部屋に入っていた。だけど今は、スニーカーのままだ。

土足でもいいかな……。

蛇口を閉めるだけだ。自分の家だってスニーカーを脱ぐのが面倒臭くて、そのまま土足で踏み入れることもある。

俺は少しの間、水滴が落下する音に再び耳を澄ませ、一度ため息をついた。結局スニーカーを脱いで短い廊下に上がった。蛇口を閉めると、キュッという音が鳴って、水滴の落下する音は消えた。

「お待たせ」

玄関の扉が開いて、笹川が顔を出した。走って戻ってきたのか、息が上がっている。手にはコンビニの袋を持ち、俺に見えるように掲げた。

「何、どうした？　そんなとこでボーッとして」

「いや、蛇口がちゃんと閉まってなくて……」

笹川は三和土の上に放置された俺のスニーカーを一瞥《いちべつ》した。

「靴脱いで上がったの？」

「はい、まあ……俺の家じゃないし」

「へえ」

笹川も靴を脱いで、廊下に足を踏み入れる。笹川の黒い靴下には小さな穴が空いていて、ちょっとだけ笑いそうになった。

「浅井くんは、コーヒー飲めるかい？」

「はい。好きです」

笹川は笑顔でビニール袋の中から缶コーヒーを取り出して、俺に渡した。

「どこに行ってたんですか？」

「最後の仕上げを買いにね」

居間に入ると、ある場所で笹川は足を止めた。

「悪いね。コンビニじゃ、これしか置いてなかったんだよ」

笹川はそう呟いた後、コンビニの袋からいなり寿司を取り出した。視線の先にあるくすんだ壁から、あの落書きは綺麗に消えていた。


大家に鍵を返却してから、軽トラックに乗り込んだ。さっき食べたいなり寿司は、コーヒーとの相性は最悪だったが、盛大に吐いて何も残っていない俺の胃袋は、嬉しい悲鳴を上げていた。

「今日はどうだった?」

笹川がハンドルを操作しながら言った。車内には小さくブルー・マンデーがリピートされている。

「なんか、衝撃的でした。臭いも、あの布団に付いた染みも……全部が」

「まあ、初見はきついよな」

「慣れるもんなんですか?」

「慣れるっていうか、耐性がつくかな」

「俺には無理かも……死んでも、思いは残るって言うじゃないですか。俺、オカルトは信じてないんですけど、なんかそんな気持ち、ちょっとわかるような気がしました。いい意味でも悪い意味でも、死んだ後にはその人がまだ漂ってる気配がするっていうか」

　笹川は前だけを見ながら、頷きもせずに俺の話を聞いていた。車窓から見える景色は、もう薄暗くなっていて、コンビニやファミレスのネオンが煌々《こうこう》と灯り始めている。

「死んだら、何も残んないよ。浅井くんが言うような思念みたいなものはね。残るとしても身体だけ。それも腐っていずれ消えていく」

「そんなもんですかね？」

「そんなもんだよ。死んだ人間は成長することもなければ、新しいエピソードを作ることもない。停止したままだ」

　対向車のヘッドライトが少しだけ眩《まぶ》しかった。笹川は死者に対して、現実的な考えを持っていたり、一方でさっきのようにいなり寿司を買ってきたりもする。なんだか不思議な人だった。ずっと流れているブルー・マンデーが、淡々と冷たい響きを奏でる。

「死んだら終わりなんだ」

　笹川がアクセルを踏んで、軽トラックは黄色信号の交差点を駆け抜けた。俺は笹川が話したことに同意も反対もできず、灯りだした街並みをぼんやりと眺めていた。

第二章

悲しみの回路

「マジで？　航すごくねえ？」

武田《たけだ》が紫煙を吐き出しながら、目を見開いた。さっき運ばれてきた焼き鳥は手つかずのまま放置されている。前のめりになった武田の姿を見ていると、いつの間にか饒舌《じょうぜつ》になってしまう。

「マジ、マジ、鼻がもげるかと思ったよ。漫画に出てくるような防毒マスク着けるわ、蠅がうじゃうじゃ死んでるわ」

「気持ち悪っ。それで、死体は？」

「死体は警察に回収されてっから、残ってんのは影だけ」

「影？」

武田が眉をひそめる。俺もこんな表情を、四日前に笹川に向けていたのかもしれない。

「そう、影。布団の上で死んじゃったらしくてさ、腐敗液っつうの？　遺体から滲み出た汁が残っててさ、それが人の形で残ってんの」

「ホラーじゃん……」

「でもさ、そんな状況で焦ったってしょうがないじゃん。やるしかないからさ」

「肝据わってんな」

「別にそんなことねえよ。今まで二十人ぐらいバイトが逃げ出したらしいけど、そこまでじゃなかったよ」

嘔吐や失禁、楓に胸ぐらを摑まれ罵倒されたことを、もちろん武田には伝えない。嘘も繰り返せば、いつか真実に変わるような気がする。

「航って、良い人生経験してるよな。俺なんてさ、就活が面倒で身動きできねえよ。今年はサークルのスノボ旅行も無理だろうし」

武田とはカラオケのバイトで出会った。同い年で、シフトが合うことも多く、こうしてたまに飲んでいる。

「大学って面白いの？」

「別に。結局、モラトリアムの巣窟《そうくつ》だよ。今年は就活一色で終わりそうだし。ってか、なんで航はバイト辞めたんだよ。店長も驚いてたぞ」

カラオケ屋のバイトを辞めたのは、特殊清掃の現場に行ってから二日後だった。特殊清掃の翌日に、シフトが入っていたが疲れすぎて寝坊し、初めて無断欠勤をしてしまった。その後、自分から辞めることを告げた。

「なんか急に面倒臭くなってさ」

本音の本音はあの部屋に行って以来、ふとした瞬間に影のような染みが脳裏を過ぎり、こんな平和な環境で酒に酔った大学生や老人グループの下手くそな歌声を聞いていることに居心地の悪さを覚えたからだ。かと言って、またあんな部屋に足を踏み入れたい訳じゃない。

「あっ、まさかその特殊清掃だっけ？　そっちに乗り換えるとか？」

「まあ、うちで働かないかって、誘われたけどね……」

笹川から、バイトを続けないかと誘われたのは嘘じゃない。特殊清掃が終わって、デッドモーニングの事務所に戻った時に「どう？　またこのバイトやらない？　定期的に来てくれると、ウチは助かるんだけどな」と言われた。

「まあ死体掃除の方が刺激的だもんな」

「別にまだ、やると決めてはいないけどな……」

「やってくれって。また奇妙な話を聞かせてくれよ。毎日毎日、エントリーシートと睨めっこで、吐き気がするほど退屈なんだからさ」

「まあ、考えてみるよ。ちょっと、トイレ」

トイレに向かう最中、デッドモーニング、と胸の中で繰り返してみる。仕事もハードだし、せめて社名ぐらい明るくしたほうがイメージは良い。俺が社長ならフラワーカンパニーとかサンシャイン・フラワーとかにする。花屋に間違えられそうだけど。

小便を済ませ、洗面台で手を洗った後、いつもの癖でポケットを弄った。やはり電子辞書がない。あの現場に行った時はちゃんとあったのに……家をくまなく捜しても見つからなかった。どこかに落としたのだろうか。

俺は一度ため息をつくと、再び居酒屋の喧騒《けんそう》に紛れた。

翌日、昼飯のカップラーメンと野菜ジュースを胃に流し込んだ後、返却し忘れていたＤＶＤを持って外に出た。

ＴＳＵＴＡＹＡ付近の交差点で赤信号に捕まった。俺以外の人間は周りにはいない。平日の昼過ぎだ、勤め人なら昼飯を食って仕事に戻っているんだろう。

クラクションが聞こえたのは、もう少しで信号が変わりそうな時だった。急な爆音に驚いて、慌てて視線を送る。そこには見覚えのあるトラックがエンジンをふかしていた。運転席では目立つピンクの作業着を着た女が、睨みつけるようにハンドルを握っている。

「楓ちゃん？」

トラックは徐行しながら交差点を通りすぎ、少し先の道路脇に停まった。

「あんた、こんなとこで何やってんの？」

楓は助手席に乗り出すようにして、歩道にいる俺を見下ろした。

「何って、借りてたＤＶＤを返しに行く途中だけど」

「どうせ、エロＤＶＤでしょ。しょーもな」

図星を衝かれ、一瞬返事が遅れた。

「違うし、ゾンビ映画だし」

「まあ、どうでもいいけど。それよりデッドモーニングには行かないの？」

「えっと……今の所、行く予定はないかな」

「何で？」

もう一度あんな凄惨な現場に行くのは怖い、なんて返事をしたら、楓は間違いなく俺のことを馬鹿にするはずだ。

「こっちにも色々と予定があるんだよ」

「行ってあげなよ。デッドモーニングはいつも人手不足だからさ」

「まぁ……気が向いたら」

「そんな調子のいいこと言って、どうせビビってるんでしょ。やっぱ、あんたみたいな腑抜けた男を見てると虫唾が走る」

「腑抜けてねーし。予定が合わないだけだし」

「あっそ。そういえば、笹ちゃんがあんたの電子辞書預かってたよ。軽トラの助手席に落ちてたって。落としたのも気づかない程、ビビってたんだね」

俺の返事を待たずに助手席の窓が閉まった。一度クラクションが鳴らされ、トラックは走り出していく。

「ギャル女め」

小さな声で悪態をついてから、電子辞書が見つかったことに安堵した。

あの事務所には、蝿も布団に染み付いた人間の影も存在しない。電子辞書を取りに行くだけだ。緊張することは何もない。

俺はレンタルしたＤＶＤを返却すると、デッドモーニングに向けて歩き出した。

例の薄汚れた雑居ビルに着くと、できるだけ頭を空っぽにしながら階段を上った。何か考えると、引き返してしまいそうだった。

デッドモーニングの事務所のドアに貼られたガムテープは、端の方が少しだけめくれ上がっていた。看板ぐらい作れよ、みっともない。

インターフォンを力強く押した。すぐに室内から足音が聞こえて、目の前のドアが静かに開いた。

「どちら様でしょうか？」

半開きのドアから顔を出したのは、笹川ではなかった。小太りの女で、白いシャツの上にカーディガンを羽織っている。ほっぺたは丸く膨《ふく》らみ、肉まん二つが両頰にひっついているみたいだった。その女の腕にカステラが喉を鳴らしながら抱かれていた。

「この前、笹川さんに誘われて一度アルバイトをした浅井と言います。電子辞書を忘れたようで……」

「君が浅井くんか。入って、入って」

小太りの女は、笑みを浮かべながら半開きのドアを全開にした。

「どうも……それじゃ失礼します」

玄関には女物のパンプスが揃えて置いてあるだけだった。笹川は不在なのかもしれない。室内は相変わらず薄暗く、インスタントコーヒーの香りに混じって、チョコレートのような甘い匂いが漂っていた。

「笹川くんは今、現場に見積もりに行ってるの。もうちょっとで帰ってくると思うから」

「いや、忘れ物を取りに来ただけなので……」

「また来てくれて嬉しい。浅井くんは、コーヒーを飲める？」

「飲めますけど、お構いなく。本当、大丈夫です」

「いいから、いいから。遠慮しないで。カントリーマアムとかっぱえびせんなら、どっちがいい？」

なんだか、会話が成立していない。また遠慮する返事をしようとした時、カステラが足元にまとわりついてきた。この前来た時は、全く俺のところにすり寄ってこなかったのに……頭を撫でて欲しいのか、喉を鳴らしながら俺を見上げている。仕方なく、カステラの相手をしていると、キッチンの方から女の声が聞こえた。

「この前の現場で、浅井くん頑張ったんだって？　笹川くんが褒《ほ》めてたよ」

「いや、どうですかね……」

一応、最後までバイトはしたが、腐敗臭を嗅いで吐いてしまったし、失禁もしてしまった。それに途中抜け出して居眠りもした。笹川が褒めていたとは意外だ。

小太りの女は、盆にインスタントコーヒー二つと、かっぱえびせん、カントリーマアムを載せて現れた。

「どっちが好みかわからなかったから、両方持ってきちゃった。浅井くんは甘いものは好き？」

「えっと、どちらかと言うと苦手です」

「本当？　かなり人生損してるって。もったいない」

小太りの女は、医師から大病でも告知されたような驚きの表情で俺を見つめた。この人は見た目通り菓子が好きなんだろう。ちゃっかり、自分の分までカントリーマアムを用意していた。

「私は望月《もちづき》って言うの。よろしくね。私は事務仕事メインだから、いつも笹川くんが一人で現場に出ていて大変なのよ」

「やっぱり人手不足なんだ」

こんな仕事を続けられるのは、余程忍耐強いか、頭のネジが数本ぶっ飛んでいるかのどちらかだろう。ずっと俺にまとわりついていたカステラが、すぐに望月さんの膝に乗る。全くもって現金な猫だ。

「浅井くんは、即採用って言われているから、後で給料の振込先と連絡先を教えてくれればいいからさ」

「ちょっと、待ってください。俺はただ、この前忘れた電子辞書を取りに来ただけなんですけど」

「え？　そうなの？」

「はい。ずっとそう言ってましたよ」

「残念。若いエネルギーで、この事務所を明るくしてもらいたかったのに」

返事をするようにカステラが一度鳴いた時、玄関の方でドアノブを回す音が聞こえた。

「帰ってきたみたいね」

玄関の方を向くと、作業服姿の笹川が怠そうに靴を脱いでいるのが見えた。今日も、クセの強い髪の毛はオールバックに撫でつけられ、油を塗りたくったようにテカっていた。

「先日はどうも……」

「ああ、浅井くんか。バイトをしてくれる気になったのかな？」

微笑みながら、笹川は近づいてきた。近くにあったカントリーマアムを一つ手に取ると、一番奥のデスクに向かっていく。

「忘れ物を取りに来ただけみたいよ。残念だけど」

「そうか……君が手伝ってくれると、嬉しいんだけどな」

壁に掛かったハンガーには笹川の物と思われる喪服と黒いネクタイが吊り下げてあった。花瓶で言っていた通り、毎日喪服を着て生活しているのは嘘ではないらしい。

笹川は、自分のデスクの引き出しから俺の電子辞書を取り出し手渡した。

「大切なものなんだろ？　もう落とさないことを願っているよ」

「すみませんでした」

手渡された電子辞書は、表面や液晶が綺麗になっているような気がした。よく観察すると、この前まであった汚れや小傷が消えていた。

「これ、磨いてくれたんですか？」

「簡単な汚れだけ。迷惑だったかな」

「いえ……嬉しいです」

デスクの上の電話が鳴った。カステラが両耳をピクリと動かした。

「はい。デッドモーニングです」

俺との話を中断し、笹川が受話器に向かって表情も変えず何やら話し出す。俺はもう一度、綺麗になった電子辞書を見つめてから、カップに入ったコーヒーをすすった。コーヒーは妙に甘く、ブラックが好きな俺には、なかなか飲みきれない。

「浅井くんの誕生日はいつ？」

カントリーマアムを食べ終え、かっぱえびせんに手を伸ばしている望月さんが唐突にそう質問した。一体、この人はどれほど菓子を食べれば気が済むんだろう。

「四月四日です」

「あら、桜の咲くいい季節じゃない」

望月さんは、大量の角砂糖を自分のコーヒーに入れて、ゆっくりとかき混ぜていた。明日にでも糖尿病になってしまうのではないかと心配になるほどの量だった。

「私ね、誕生日だけはちゃんと祝うことにしてるの。身内でも他人でも、仲いい人でも仲が悪い人でも、関係なくね。もしバイトをしてくれるなら、浅井くんの誕生日に美味しいケーキを作ってあげる。甘党じゃない浅井くんでもイケるはずよ」

「望月さんって、お菓子作りが得意なんですね？」

「私の体型を見ればわかるでしょ」

あまり派手に同意しても失礼な気がして、愛想笑いだけを返した。

「この仕事をしているとね、毎年毎年、顔を見て誕生日を祝えるのは、とても特別なことだと感じるの。誕生日ってとても素敵。一年ちゃんと生きた証《あかし》だもんね」

今年の誕生日は何をしていたか思い出そうとしたが、記憶は曖昧だった。どうせ、咥《くわ》え煙草で銀玉の行方《ゆくえ》に一喜一憂していたか、友人と酒でも飲んでいたんだろう。

受話器を置いた笹川は、一度オールバックの髪を撫でつけた。なんだか、表情は少し強張っている。

「望月さん、またこれから現場に向かうよ」

「緊急の依頼？」

「ああ。今日中に清掃してもらいたいっていう依頼が入ったんだ」

一瞬の沈黙の後、望月さんが俺の方に視線を向けるのを感じた。望月さんの体型でジッと見つめられると、結構な圧がある。

「浅井くん、今、緊急の依頼が入ったんだって。笹川くんは、事務所に戻ってきたばっかりなのに、またすぐ出なきゃいけないんだって。大変だよね。本当に大変だよね。大丈夫かな。心配だな。猫の手も借りたいってよく言うけど、カステラじゃ役に立たないし、本当に心配だな。浅井くんもそう思うよね？」

棒読みのくせに、様々な意図がそのセリフには含まれていた。俺は無言のままで、俯きながら電子辞書を見つめた。やはり綺麗になっている。あともう一回だけ行って、話のネタにすればいいか。

「もし良かったら……手伝いましょうか？」

その返事を予想していたように、望月さんから作業着が差し出された。

作業着に着替えてから、軽トラックに乗り込んだ。笹川がエンジンをかけると、ブルー・マンデーが流れ出す。正直、今だけはもっと明るい曲を流したかった。

「今日も孤立死の現場ですか？」

俺の問いかけに、笹川は前を見たままゆっくりと首を横に振った。

「二十代男性、縊首《いしゅ》の現場だよ。発見までに二日。依頼者は故人の母親だ。第一発見者も母親らしい」

「イシュってなんですか？」

「要は、首吊りだ。自殺だよ、自殺」

「マジすか。やっぱり臭いはキツいんですかね？」

俺はとにかく一番気になっていたことをストレートに質問した。

「この前の現場よりは大したことないはず。普通、二十四時間から三十六時間のうちに、腐敗は進んでいくんだ。そして、発生したガスが全身に回り、人間は溶けていく。気温とか季節に左右されるけど、そんな感じさ」

「人間も溶けるなんて不思議だな……」

「人間だって生き物だ。いつかは土に還るようになってんのさ」

車窓から見える人々も、いつかは全員溶けて消えるんだろうか。溶けきった腐敗液がそこらじゅうに広がっている光景を想像しそうになって、慌てて頭を振った。

「自殺の現場は、孤立死とは違う雰囲気があるんだ」

笹川がハンドルを切る。軽トラックは軋《きし》みながら揺れて、尻が少し浮いた。

「どんな感じなんですか？」

「縊首の場合は、全身の筋肉が弛緩《しかん》するからクソも小便も垂れ流し。刃物で自傷行為をしたケースなんかじゃ、床に血だまりができているしね」

「スリラー映画の一場面みたいですね……」

「あながち間違いじゃないかもな。だから、状況に合わせて効果的な洗剤を使っているんだよ。特別に配合してね」

この前の現場でも、何種類もの洗剤が用意してあった。どれもドラッグストアで気軽に買えるような物ではなく、パッケージすらなかった。

「みんな小さなことに悩まないで、クラゲみたいに生きればいいのに」

俺の呟いた声が、すぐにエンジン音に掻き消された。


到着したマンションは、三階建ての比較的綺麗な建物だった。駐輪場には、洒落たクロスバイクや大型スクーターが駐車されている。見るからに単身者用で、近くのゴミ捨て場には、紐で縛った週刊誌が放置されていた。入り口の自動ドアはオートロックで、エントランスの植え込みは綺麗に刈り込まれている。

場所を確認してから、笹川は近くのコインパーキングに軽トラックを停めた。

「ご遺族に到着の連絡をするから、仕事前の一服でもしてなよ」

スマホを耳に当てた笹川の隣で、窓を開けた。紫煙は緩慢に揺れ、窓の外に流れ出ていく。少しすると遺族に連絡がついたのか、笹川は何やら話してから、通話を切った。

「行こうか。ご遺族が到着したみたいだ」

「どんな感じで関わればいいんですかね？　息子が自殺した母親に会った経験がないので」

「淡々としてればいいよ。僕たちは部屋を清掃するだけなんだから」

自殺する人間なんて、俺が飯を食っている時も、クソしている時も、ゾンビ映画を見ている時も、数えきれない程に存在しているはずだ。

そのうちのほんの一人。

ニュースにもならないありふれた出来事。

そうは思ったものの、悲しんでいる人間を見るのは気が重かった。


先程のマンションの前には、一人の女が立っていた。遠目にも野暮ったい服装で、俺の母ちゃんと同じぐらいの年齢だろうか。髪の毛にはまばらな白髪《しらが》が目立っている。その女は俺たちに気づくと深々と頭を下げた。

「白星《しらぼし》さんのお母様ですか？」

笹川が軽く頭を下げながら挨拶をした。

「はい。うちの馬鹿息子のせいで急にお呼び立てしてしまって、本当に申し訳ありません」

「この度は、ご愁傷《しゅうしょう》様です」

笹川のお決まりの言葉とともに俺も頭を下げた。近くで見ると女の顔はやつれていて化粧もしていないが、ハキハキとした口調で背筋は伸びていた。イメージしていた遺族との違いに、ホッと胸を撫で下ろした。

「お辛い時に申し訳ありませんが、早速お部屋の中を見せて頂いてもよろしいでしょうか？」

「はいはい。鍵はどこに入れたっけかな。すみません。最近、物忘れがひどいんですよ。私も棺桶に片足突っ込んでますから」

白星という故人の母親が、冗談交じりにポケットから一つの鍵を取り出した。慌てて捜していたせいか、鍵はアスファルトの上に落下し、硬い音を響かせる。

「ああ、すみません。おっちょこちょいで」

「大丈夫ですよ。ご安心ください。ちゃんと受け取りました」

笹川は地面に落ちた鍵を拾い、母親の目の前に掲げた。

「まずは僕たちだけで室内を拝見致しますので、白星さんは外で待っていてくださいね」

白星さんが頷くのを確認すると、笹川はオートロックに鍵を差し込んだ。

「一番奥から二番目の部屋だよ」

一階には五つ部屋が並んでいた。この前の現場と違って、玄関前に薄汚れた洗濯機はなく、腐敗臭も全くしない。

「臭いがしないですね？」

「発見も早かったし、最近寒かったからかな」

「あのお母さんには、部屋の中を見せないんですか？」

「作業には立ち会ってもらうよ。でも、もし部屋が悲惨な状況なら、わざわざ何度も見せる必要はない。まずは僕たちでざっと確認しよう」

「でも、思ったよりしっかりしてましたね。冗談も言えてたし」

一〇二号。外から見ると普通の玄関だ。茶色で、風が吹いても軋みそうにない厚い扉だった。

笹川が手を合わせてから、造花のスイートピーをポケットから取り出した。この前のように玄関先に静かに置く。そして玄関の鍵穴にゆっくりと鍵を差し込んだ。この瞬間が一番緊張する。俺は蠅からの攻撃に備え、気づかれないように笹川の後ろに隠れた。

扉が開くと、予想に反して蠅の一匹も室内から飛んではこなかった。

「あの異臭がしませんね」

室内はカーテンを閉め切っているようで、真っ暗だった。息苦しいほどに空気が濃いような気がする。トンネルの中を歩いているような湿った空気が、いつの間にか皮膚にまとわりついていた。

「ああ。ブレーカーはどこかな?」

笹川がレバーを引き上げる音が響いて、室内灯の明かりが広がった。

短い廊下を抜けると、八畳程度のワンルームが現れた。対面にはシングルベッドが置かれ、シーツは皺一つなく整えられていた。その他にも小さめのソファー、デスクトップのパソコンが置かれた机が目に映った。

「すげえ整頓されてるなあ。普通に友達の家に遊びに来たような気分になっちゃいますね」

「友達の家にこれはないだろ？」

笹川の声がする方を見ると、部屋の隅にあるクローゼットの前にレジャーシートが敷かれていた。

「クローゼットのドアクローザーにロープを引っ掛けて、首を吊ったんだ。このレジャーシートはクソとか小便で汚れないように敷いていたんだろう。そんな気遣いができるんなら、生きていく方法を考えれば良かったのに」

笹川が何度か、クローゼットの扉を開けたり閉めたりした。その度に、扉の上部に設置された金属製のドアクローザーが変形する。

「こんな、なんでもないような所にロープを……」

「ああ、首を吊ろうと本気で思えばどこだってできるんだ。例えばドアノブなんかでもね。要は頸動脈や気管を圧迫すればいいんだから」

そんな身近なもので首を吊れるなんて考えてもみなかった。ドアクローザーとレジャーシートを見つめながら、どんな気持ちでロープを引っ掛けたんだろうかと考える。諦《あきら》めか？　悔しさか？　それとも解放感か？　その時の気持ちを問いただす相手はもうこの世にはいない。

「なんか、やりきれないっすね」

「死ぬ以外に何も考えられない人間もいるってことだね。他に汚れている箇所がないか点検しようか」

笹川に促されて、室内を見回す。レジャーシートと少しだけ形の歪んだドアクローザー以外は、いたって普通の部屋だった。

「抗うつ薬を内服していたようだね」

笹川は机の隅に投げ出された錠剤の空袋をチラッと見て言った。特殊清掃をしていると薬に詳しくなるのだろうか。

机の近くにある小さい本棚には、幾つかの自己啓発本と漫画が並び、ファッション雑誌が詰め込まれていた。キッチンには必要最低限の調味料が並び、スナック菓子がストックしてある。パソコンのモニターには、高い場所から撮影した日の出の写真が貼り付けてあった。多分、富士山にでも登った時の写真だろう。

登山が好きだったんだ……。

玄関にはトレッキングブーツが一足置かれていた。靴底には乾いた土が付着し、つい最近も使用した形跡が残っていた。何となくそのブーツの中を覗き込むと、小さく折り畳まれた紙切れが目に映った。

「なんだこれ？」

少し躊躇ったが、その紙切れを取り出した。開いてみると『遺書』という文字が目に飛び込んでくる。

「笹川さーん！」

思わず、大きな声を出してしまった。俺の声を聞いた笹川はすぐに近寄ってきた。

「どうかした？」

「これ、ブーツの中から出てきました。遺書って……」

折り皺のついた紙切れは、ノートを乱雑に破ったような感じで、遺書にしてはそっけない。

「ブーツの中にあったの？」

「はい。映画とかドラマの知識でしかないですけど、遺書って普通はもっとわかりやすい場所に残すんじゃないんですか？　枕元とか机の上とか……なんで、ブーツの中から遺書が……」

「普通、遺書や金銭の類は、最初に臨場した警察が回収してご遺族に渡すんだけどね。さすがにブーツの中から、遺書が出てくるとは思わなかったみたいだ」

笹川はその紙切れを様々な角度から観察していた。

「読んでみなよ」

紙切れを受け取り、恐る恐る目を通した。死んだ人間の体温が残っているような気がして気味が悪い。一行目には少し大きな字で『遺書』と書いてあって、その下に短い文章が記されていた。

「僕は強い人間になりたかった。子どもの頃から考えすぎてしまうんです……お母さん、ごめんなさい……」

「わざわざ、強い人間にならなくてもいいのにな」

笹川の淡々とした声が聞こえた。書かれている文字は、少し角ばっていて神経質そうだった。

室内の汚染はほとんどなかったが、腹の底から疲労感が湧き上がる。笹川の手にはさっき見つけた遺書があり、折り皺通りに畳まれていた。

オートロックの扉を出ると、白星さんは先程と同じような格好で突っ立っていた。

「お待たせしました。室内を点検しましたが、汚染はそれほど酷くはないですね。念のため消毒作業をして、遺品整理をすれば、後日壁紙を取り替えるだけで原状回復できると思います」

笹川が室内の状況を説明し、見積もりの金額を伝える。白星さんはしきりに頷いていた。

「良かったです。この部屋を買い取れなんて言われたらどうしようかと思ってましたから。馬鹿息子のせいで老後の貯金が減るんじゃないかって」

「そんなことはないんで、ご安心ください。それと、ブーツの中から遺書を見つけました。警察は気づかなかったみたいです」

白星さんはすぐには受け取ろうとせずに、差し出された紙切れをジッと見つめていた。

「息子さんの、最後のメッセージです」

笹川の説明を聞いた後、白星さんは緩慢な動作で紙切れを受け取り、ゆっくりと文字を追い始めた。俺はそんな白星さんの姿から目を逸らし、地面を見つめる。さすがに白星さんが泣いてしまうと思ったからだ。いくら他人とはいえ、できればそんな姿を見たくない。

「私も息子の遺したものを、整理してもいいでしょうか？」

遺書に数秒目を通した後、白星さんは平淡な声を出した。泣き崩れることも、取り乱すこともない。俺は少しホッとした。

「もちろんです。今、清掃道具を持ってきますので、もう少々ここでお待ちください」

「ヒカルは」

軽トラックに向かおうとする俺たちを、引き止めるような白星さんの声が聞こえた。

「ヒカルは首を吊った時、介護用のオムツを穿いてたんですって。それって、部屋を掃除する人が困らないようにするためですよね？」

「そうだと思いますよ。部屋にはレジャーシートも敷いてありましたので。それも、部屋の汚染を防ぐためだと思います」

「……人様に迷惑だけはかけないようにって、ずっと言い聞かせて育ててきたんです。あの子はここに書いているように、弱い子だったんですね。でも、子どもの頃から私が言い聞かせてきた言葉は最後まで少しは残っていたんでしょうね。弱いけど、優しい子でした。本当に馬鹿な息子ですけど」

白星さんは一度ため息をつくと、静かに微笑んだ。


笹川が薬品噴霧器で室内を消毒するまで、部屋の前で白星さんと待機することになった。今日は防毒マスクを装着せずに、最初から防塵《ぼうじん》マスクだけを装着している。それにゴム手袋とカッパ。この前の現場よりかなり軽装だ。

「あなたはいくつ？」

「この前の誕生日で二十一になりました」

「そう、ヒカルと二つ違いね」

白星さんは、バッグから飴玉《あめだま》を一つ取り出し、俺の手に握らせた。そのあと、大福も勧めてきたがさすがに断った。

「小さい頃から高級な食べ物なんて食べさせてやれなかったから、ヒカルは大人になってても馬鹿舌でね。こんなお菓子ばっかり好きだった。登山に行くようになってからもしょっちゅう、チョコレートや飴玉なんかが、バッグから出てきたから」

白星さんが気さくに話しかけてくる。年齢も俺の母ちゃんぐらいで、初対面だが親近感が持てた。

「やっぱり登山が趣味だったんですか？　玄関にトレッキングブーツがありましたけど」

「そうね。よく登山には行ってたみたい。下山後の温泉が楽しみなんだって。実家に帰ってきても、よくそんな話をしていたわね」

白星さんは呆れたように笑っていた。目元に散らばった年相応のシミが、何かの汚れのように自然と皮膚に張り付いている。

「あの子、小さい頃は喘息《ぜんそく》がひどくて、私と体力作りのために近くの山によくハイキングに行ってたの。うちは離婚して父親がいないから、いつも私が付き添ってた。よく行っていた山はなかなか険しくて、いつも帰りはヒカルがグズって、おんぶして下山していたのよ」

「大変だったんですね」

「そりゃもう、重くて。漬物石を担いでるようだったから」

話している最中、白星さんは笑みを絶やさなかった。

玄関のドアが開き、薬品噴霧器を担いだ笹川が顔を出した。

「消毒が終わりましたので、中へどうぞ」

白星さんは数秒躊躇した後、頭を下げてから足を踏み入れた。

「この部屋には、入居する時にちょこっと来ただけなんです」

部屋に入ると、すぐに白星さんはヒカルさんが息絶えた辺りを見つめていた。着ている小花柄のトレーナーが、痩《や》せた身体には大きすぎる。

「早速、遺品整理を始めようと思いますが、何か要望があればおっしゃってください」

「ヒカルが写っている写真以外は、捨ててください」

部屋の中には、ヒカルさんが遺した品々が沢山あるのに、持ち帰るのは写真だけでいいのだろうか。ちょっと引っかかった。

「わかりました。現金や金券、クレジットカードなどが見つかりましたら、お渡ししますね」

「はい」

笹川は七十リットルのゴミ袋を取り出し、重ねて使うよう俺に指示した。

「この中に、処分する遺品を入れていってくれ。写真や現金、クレジットカードなんかの貴重品があれば取っておくんだ。その他に、処分していいか気になるものがあったら、自己判断せずに白星さんに聞いてくれ」

「わかりました。あの、本当に写真や貴重品以外は処分していいんですかね？」

「ああ。現実を受け入れるために整理する方がいい場合もある」

白星さんの方を見ると、大きく背伸びをしていた。

「さあて、私も馬鹿息子の部屋を掃除しようかしら」

白星さんは笹川からビニール袋を受け取ると、早速フローリングに広げられたレジャーシートを廃棄した。レジャーシートは青色で、見ようによっては四角い水たまりにも見える。

「こんな物広げて、部屋でピクニックでもするつもりだったのかしら」

白星さんの呟く声が、鼓膜の奥で残響した。

レジャーシートを片付けると、俺はクローゼットの中を確認した。ヒカルさんは身なりに気を遣っていたのだろう。清潔感のある洋服が、何着も吊るされていた。その中には、登山用のマウンテンパーカもいくつかあった。

「衣類も全部捨てますか？」

「そうしてちょうだい。私とサイズが全然違うしね。寝巻きにもならないでしょう」

俺は次々と衣類をビニール袋の中に入れていく。服を取り出す時に、うっすらと男物の香水と埃《ほこり》っぽい匂いが鼻先をかすめた。それは他人の匂いだった。

この部屋で首を吊った人間の匂い。

一瞬躊躇ったが、衣類の処分を続ける。この部屋の中から、ヒカルさんの痕跡が消えていくのが、文字通り手に取るようにわかった。

ヒカルさんにとって、この部屋はどんな居心地だったんだろう。友達や恋人が集う楽しい場所だったのだろうか、それとも自分の内面に深く潜り込んでしまうような陰鬱《いんうつ》な場所だったのだろうか。でも、どちらにしろもうわからない。数分もしないうちに、クローゼットから衣類は消えて、隅に埃が溜まったただの狭い空間になっていく。

笹川は、パソコンが置いてある机の引き出しを開けていた。そこから取り出した品々をじっくりと観察している。

「写真ありましたよ」

笹川が、数枚の写真を白星さんに手渡していた。俺はヒカルさんがどんな顔だったのか急に知りたくなってしまって、白星さんの側に寄り、一緒に写真を覗き込んだ。

「少し頬がふっくらしているから、入社してすぐの頃ね」

年齢も近いし、もしかして知っている人間だったらどうしようかと思ったが、写真に写っていたのは見覚えのない他人だった。

「目元が白星さんに似てますね。登山が趣味なだけに、陽に焼けてるな。山の男って感じっすね」

ヒカルさんは綺麗なオフィスの中で一人、椅子に座りながらピースサインを向けていた。満面の笑みを浮かべていて、どう見ても自殺するような人間には見えなかった。

「どんな仕事をしていたんですか？」

写真を見つめている白星さんに、俺は静かに問いかけた。

「証券会社です。忙しいけど、やりがいのある仕事って自慢してたのよ」

「エリートだったんですね。頭が良さそうな顔だなあ」

「何言ってるの。本当に要領の悪い子でね、いつもみんなから尻を叩かれてたんだから」

「白星さん、時間が全てを癒してくれますよ。それまで頑張りましょう」

いつか見た、ドラマのセリフを呟いた。こんなセリフを現実で口にするなんて思ってもみなかったが、少しでも白星さんに前向きになってもらいたかった。俺の励ましを聞いて、白星さんは微笑んだ。


今回の現場は、この前の現場よりも断然楽だった。腐敗臭もなければ、人形の染みも存在しない。目に映るのはどこまでも普通の部屋で、誰かの引越しの手伝いに来て、荷物をまとめているような気分になっていた。

白星さんはずっと明るい笑みを浮かべながら、テキパキと遺品を廃棄していった。『母は強し』とよく言うが、それを体現している。悲しみの峠《とうげ》を越えた人で良かった。遺品を捨てるたびにいちいち泣かれたら、こっちもやりづらい。

玄関先に向かい靴箱を開けてみると、革靴の独特な匂いが鼻についた。ランニングシューズや、高価そうな革靴を無造作にビニール袋の中に入れていく。スニーカーより革靴の方が圧倒的に多かった。俺なんて合皮の安い革靴一足しか持っていない。ヒカルさんはこの革靴を毎日のように履いて、靴底も自分の中の何かも、すり減らしていったんだろうか。そんな使い古された比喩《ひゆ》を脳裏に浮かべながら、作業を続ける。

靴箱の中を空にすると、玄関先にあったトレッキングブーツを手にとった。持ち上げると重く、靴底には固まった土がこびりついていた。

このトレッキングブーツには、何かしらのメッセージが土と一緒にこびりついているような気がした。このまま捨てていいんだろうか。遺書が見つかったのもこのトレッキングブーツの中からだ。

一応、白星さんに確認を取ったほうがいいかもしれない。俺は白星さんの元へ向かった。

「このブーツどうします？」

ベッドの周囲を拭き掃除していた白星さんが、俺とトレッキングブーツを交互に凝視した。

「捨てていいよ。小さいリュックだけで来たから、持ち帰るのが大変なのよ」

「捨てるのは簡単ですけど……ヒカルさん、多分亡くなる直前に登山に行ってると思うんですよ。だから最後に履いた靴かもしれないし。それに、持ち帰れないなら宅配便で送ってもいいし」

「うーん。それでも、捨てようかな」

「でも……」

「持ち帰るのは写真だけでいいの。そうさせて」

「浅井くん、そのブーツも捨てなよ」

デスク周りで作業をしていた笹川が手を止め、俺を諭すように言った。

「わかりました……」

俺は微かにモヤモヤとした気持ちを抱えながら、玄関先に戻っていった。そして、汚れたトレッキングブーツをビニール袋に入れる。乾いた音がして、それは靴の海に沈んでいった。

結局、白星さんが持ち帰ることにした遺品は数枚の写真だけだった。ヒカルさんが身につけていただろう腕時計も、アクセサリーの類も全て処分することに決まった。

「そろそろ、廃棄物運搬業者が来ると思いますので、荷物を運び終えたら終わりです。部屋の壁紙も、知り合いの業者に張り替えるよう依頼しておきましょうか？」

「お願いします。本当、馬鹿息子の親だと苦労が絶えませんよ」

肩を叩きながら、白星さんがため息まじりに言った。

数分後、インターフォンが鳴った。俺は短い廊下を通って、玄関の取っ手に手をかけた。

「あれ？　何であんたがいるの？」

楓の長い付けまつ毛が、瞬《まばた》きをするたびに揺れていた。

「別に。もともとバイトに入る予定だったけど」

「そんなこと、さっき言ってなかったじゃない。それより、今日は荷物は多い？」

「多いよ。一人暮らしの荷物全部だから」

「三十分ってとこね」

楓は余裕のありそうな笑顔を見せてから室内に入って、白星さんに軽くお辞儀をした。早速、部屋中にあるビニール袋を幾つか運び出している。

「あんたも、ぼーっと突っ立ってないで手伝って」

楓に急かされて、玄関先に積み重ねてあるビニール袋を持って外に出た。楓の見立てが正しければ、もう三十分もすれば、この部屋からヒカルさんの痕跡は消え去ってしまう。

楓が小さめのソファーを一人で運び、俺は笹川と二人でベッドを運ぶ。壁やオートロックの扉に傷をつけないように工夫しながら、楓のトラックを目指した。

白星さんの姿が見えなくなると、俺の中で溜まっていた疑問が自然と溢《あふ》れ出した。

「全部、荷物を捨ててくれって……写真以外にも持って帰ればいいのに」

駐車スペースがあまりなかったのか、楓のトラックはマンションから少し離れた場所に停めてあった。

「そうかな。僕には白星さんの気持ちがわかるけどな」

「えー、マジすか。ヒカルさんの立場からすると、少し可哀想《かわいそう》な気がするんですけど」

トラックに辿り着き、協力しながらベッドを荷台に載せた。

「遺品を捨てるのは、一種の自己防衛なんだ。白星さんは必死に悲しみの回路を遮断しようとしているように、僕には見えるけどね」

笹川の視線は、荷台に積み込んだ遺品に向けられていた。

「悲しみの回路？」

「ああ。悲しみを麻痺させないと生きていけない人もいるのさ。電気のスイッチを切るようにね」

「そうかな。だって白星さんは笑顔であの部屋を片付けていたし、もう十分、ヒカルさんが死んだ事実を受け止めているように見えますけどね」

「死と向き合うって、そう簡単にはいかないんだよ」

笹川は少しだけ微笑んだ。話している内容と浮かんだ表情がチグハグで、なんだか戸惑ってしまう。

最後のビニール袋をトラックの荷台に載せた。楓はすでに運転席に乗り込んでいる。笹川は白星さんに作業終了の報告へ行き、辺りには俺と楓しかいなかった。

「ねっ、言った通りでしょ。三十分ピッタリ。もっと頼りになる筋肉ムキムキなバイトくんがいれば、二十分ぐらいで終わったと思うけどね」

「俺だってこの前と違って、三つ一気に遺品の入ったビニール袋を運んだぜ」

「馬鹿じゃないの。数で競ってどうするのよ。仕事の質で語りなさいよ」

楓には口喧嘩《げんか》で勝てそうもない。そもそも数時間前に偶然こいつと出会わなければ、今日このバイトに来ることはなかったのだ……。

「あんた何歳？」

楓が唐突に訊ねた。

「え？　二十一だけど」

「マジ？　年下かと思った。あんたみたいな腑抜けが多いから、私たちの世代が下らないネーミングで馬鹿にされるのよ」

楓の文句を聞き流しながら、ヒカルさんも年齢が近かったことを思い出す。

「あんた、暗い顔してるけど？　疲れて気分でも悪くなっちゃった？」

「いや……この人も俺たちと変わらない年齢だったんだよ。なんか、もう普通に会話したり、声を聞くことはできないんだなぁって……そんな当たり前のことを実感してさ」

ジッと俺を見つめていた楓が、ゆっくりと言った。

「あんたは今、死んだ人間の声を聞くことはできないって言ったけど、それは間違ってる」

「え？」

「耳を澄ませるだけじゃ聞こえない声ってあるの」

「なにそれ？　楓ちゃん霊感でもあるの？」

「まぁ、新人のバイトくんにはわからないか」

楓の言葉は綺麗事のような内容だったが、その表情は真剣だった。ふと、忘れかけていたあのトレッキングブーツが脳裏に浮かんだ。

「あのさ」

「なによ」

「遺族に渡したい遺品があるんだ」

楓は考え込むように腕を組んだ。

「ご遺族はいらないって言ってるの？」

「うん。捨ててくれって……山登り用のブーツなんだけどさ、白星さんが帰ってから捨てたことを後悔するような気がするんだよね。よく、そんなことってあるじゃん。いらないと思って捨てた数日後に、必要になったりすることが」

「まぁ、遺品を最初からゴミとしか見ないご遺族も多いからね」

楓は見た目は派手なくせに、なんだか真っ当なことを言っていて、少しだけ見直した。俺はトラックの後方に向かい、詰め込まれた遺品を見つめた。

「でも、もう遅いか……」

「ねえ、それじゃ本人に任せてみる？」

いつの間にか、すぐ隣に楓が立っていた。

「ヒカルさんは死んでいるんだから、意思表示できるわけないだろ」

「とにかく、私が今から一分間カウントするから、そのうちに見つけ出せれば渡しなよ。カウントが終了したら荷台の鍵を閉めるから」

「こんな荷物が多いのに一分間じゃ無理だって」

「イーチ、ニーイ」

楓が勝手にカウントを始める。俺は慌ててトラックの荷台に飛び乗った。箱型のトラックの荷台は薄暗い。光が入り込むのは入り口付近だけで、視界良好とは言えなかった。

「どれだ……」

黒いビニール袋を使っていたせいで、中は透けて見えない。

「どれだ、どれだ、どれだ」

手当たり次第に近くにあったビニール袋に触れていく。でも、どれからも靴の感触はしなかった。

「サンジュウヨーン、サンジュウゴー」

カウントに焦りながら、辺りを見回す。近くにあったビニール袋はもう確かめていた。

やっぱ無理だ……。

諦めの気持ちに支配されそうになった時、積み込んだソファーの後ろからガサッとビニール袋が擦れる音が聞こえたような気がした。俺は音の鳴った方に歩み寄った。隠れるように置かれた黒いビニール袋に触れてみる。

硬い靴底の感触が伝わった。

「これだ！」

急いで結び目を解きにかかる。固結びで、簡単には解けない。焦りながらも慎重に指先を動かし続けた。

「ゴジュウハチー」

俺が荷台から転がり落ちるように這い出ると、楓の笑い声が聞こえた。

「ねっ、聞こえたでしょ。私の言ったことは嘘じゃない」

荷台で聞こえた音は偶然だろう。でも、俺はトレッキングブーツの重さを感じながら深く頷いた。

必死に捜し当てたトレッキングブーツは、一度デッドモーニングの軽トラックの荷台で保管した。マンションの前では、笹川と白星さんが話をしている。

「無事に荷物は行ったかな？」

「はい。問題ないです」

笹川に嘘の混じった報告をしてから、白星さんを眺めた。手には部屋から持ち出した何枚かの写真が、握られていた。

「本当にありがとうございました。私も時季外れの大掃除をしているようで、肩が凝りましたよ」

「お疲れさまでした。壁紙の件は、知り合いの業者に依頼しておきますので、また連絡がいくと思います」

「私はこれから、部屋を借りた不動産屋に顔を出してきます。馬鹿息子のせいで、本当にご迷惑をお掛けしました」

俺たちがその場から離れると、白星さんは不動産屋に行くためか、反対方向に歩き出した。

軽トラックを目指しながら、笹川と歩き始める。やっぱり白星さんのためにもあのブーツを渡したほうが良いという気持ちは、徐々に強くなっていった。俺は思い切って口を開いた。

「俺、あのブーツを渡したいんです。実は軽トラの荷台に置いてあります」

一瞬の沈黙の後、笹川の平淡な声が聞こえた。

「どうして君はあのブーツを渡したいの？」

「白星さんがいずれ後悔してしまうような気がして。今はあのブーツが必要ないかもしれないけど、いつか大切なものに変わるような気がするんです」

「それは君のエゴじゃないのかな？」

「違いますよ。白星さんもきっと喜んでくれるはずです」

「そう。だったら彼女を見失う前に、行ってくれれば」

笹川の返事が合図だった。俺は軽トラックに向けて走り出した。荷台からトレッキングブーツを取り出して、また来た道を戻る。

「すぐ、戻ります」

笹川は黙って頷くだけだった。

マンションの前を通りすぎて、白星さんが歩いていった方向に進んでいく。まだ、そんなに遠くには行っていないだろう。両手に片方ずつ持ったトレッキングブーツの紐《ひも》が揺れる。触れている手が酷く熱かった。

白星さんの姿が突然視界に飛び込んできたのは、駅前に続く一本道に差し掛かった時だった。

「白星さん！」

その通りの入り口には商店街のアーチが架けられていて、誰が買うのかよくわからない婦人服屋やラーメン屋、インドカレー屋なんかが両脇にひしめいていた。その通りの片隅で、白星さんは行き交う人々をぼんやりと見つめていた。

「間に合ってよかった。急いで走ってきたんですよ」

「ああ……先ほどはどうも……」

「どうしたんですか？　こんなところで立ち止まって」

「ヒカルも毎日、この通りを歩いていたのかなって……こうやって行き交う人々を見ていれば、いつかヒカルが現れて、私に声を掛けてくれるような気がして」

白星さんに先程の笑みは浮かんでいなかった。俺と話している間も、虚ろな視線を人混みに向けている。

「そんなこと言わずに元気出してくださいよ。白星さんには笑顔が似合いますから。そんな白星さんにこれ持ってきました」

俺は意気揚々と両手に持っているブーツを掲げた。白星さんは人混みから視線を外し、ブーツを一瞥した。俺が言葉を継ごうとした時、血色の悪い唇が上下するのが見えた。

「大切に育ててきた子どもがいなくなって、元気な母親っているの？」

白星さんは無表情で、聞き取れないほどの小さな声で言った。

「あの子の苦しみに気づけなくて、どうしようもない後悔を感じている母親に、笑えって言うの？」

「白星さん……？」

俺を見据える目は、すぐに赤く潤み始めた。

「捨てて言ったじゃない！　どうしてそんなことするのよ！」

「あの……どうしたんですか？」

「そのブーツを家に持ち帰ったら……認めちゃうじゃない……あの子がいなくなったこと……認めちゃうじゃない……」

白星さんはその場に蹲《うずくま》りながら号泣した。通りを行き交う人々が、俺たちに向かって冷たい目線と好奇の目線を投げかけている。

「ごめんなさい……あなたにこんなこと言うつもりはなかったの……ごめんなさい、ごめんなさい。本当にごめんなさい……」

泣き崩れながら謝る白星さんに掛ける言葉が見つからなかった。

「帰ります……」

気づくと俺はブーツを両手に持ったまま、駆け出していた。何かから逃げるように、何度も後ろを振り返りながら。

軽トラックに戻ると、笹川が窓を半分だけ開けて、煙草をふかしていた。俺に気づくと表情を変えずに軽く手を上げた。

トレッキングブーツを持ったままの俺を見ても、笹川は何も聞かなかった。俺が助手席に乗り込むと、エンジンキーを回す音が聞こえた。

「渡せなかったです……」

「そっか」

ブルー・マンデーのビートが、いつも以上に冷たく聞こえていた。何度目かの赤信号に捕まった時、自然と俺の口から後悔が溢れ出した。

「俺、何もわかってなかった……優しい言葉を掛けてるつもりだったのに……逆に白星さんを傷つけてました。時間が癒すとか、頑張ってとか、元気出してとか……聞こえのいい言葉ばっかり言って。本当に白星さんのことを考えてたんじゃなくて、俺が言いたい言葉を投げかけてました……」

太ももの上に汚れたトレッキングブーツを置いた。乾いた土が砂塵《さじん》に変わって、クッキーのカスみたいに作業着に付着している。

「そのブーツは共同供養に出して、ちゃんと処分するよ」

「すみません……」

お互いに少し黙り込んだ後、笹川の呟くような声が聞こえた。

「優しい言葉って、何だろうね？」

「俺にはもうわかりません」

「僕は思うよ。最初から優しい言葉なんて存在しないんだ。あるのは優しく聞こえる言葉だけ」

「そうですかね……」

「でもね、どんな不器用な言葉だって、叱《しか》られた時の言葉だって、いつか思い出した時に、その言葉が胸のどこかを温めていたら、それは本当に優しい言葉なんだ」

本当に優しい言葉……。

「すべての言葉は、優しい言葉になる可能性を秘めているよ。だから今日、浅井くんが白星さんに投げかけた言葉たちも、いつか本当の優しい言葉になるかもしれない」

笹川の話を聞いて、もう一度、トレッキングブーツを見つめる。白星さんの泣き声が、鼓膜の奥で繰り返し響いていた。

事務所に到着すると、笹川は知り合いの神社へトレッキングブーツを持ち込みに行くと話し、俺だけを降ろした。

「それじゃ」

そう笹川は言い残し、軽トラックは走り去っていく。

ガムテープが貼られたドアを一瞥し、インターフォンを押した。すぐに望月さんの明るい笑顔がドアの向こうから現れた。

「お疲れ様。寒かったでしょ」

「いや。別に……」

俺はすぐに浴室に向かった。温かいシャワーを浴びていると、少しだけ疲労感が溶け出して、排水口の中に消えていく。

着替えを済ませてから浴室を出ると、デスクの上には、サンドイッチが皿に盛られていた。

「お腹減ったんじゃない？　サンドイッチどう？」

「別に腹は減ってないので、大丈夫です」

「何言ってんの。一人暮らしでしょ？　栄養あるもの食べなきゃ」

望月さんの強引さに負けて、サンドイッチを口に運んだ。素朴な味だったが、一口齧《かじ》ると忘れていた空腹が蘇《よみがえ》ってきて、気づくと夢中で咀嚼《そしゃく》していた。

「カステラはもうどっか行ったんですか？」

ふと思い出して訊ねた。無性にあの柔らかい毛なみに触れていたかった。

「そうね。あの子は気分屋だから」

「今度、生まれ変わるなら猫かクラゲがいいな」

「猫の世界だって大変なのよ。カステラにだって、私たちの知らないしがらみがあるんじゃない。たまにすごい険しい顔して、デッドモーニングに来ることがあるもの」

カステラが険しい顔をしている時なんて、どうせ腹が減っている時ぐらいだろう。

「話は変わるけど、この事務所は暗いと思わない？」

望月さんの言葉に、俺は辺りを見回した。

「まぁ……確かに。地元で見ていた夜の海をなんとなく思い出しますよ」

「やっぱり暗いよね。ずっと、ここで仕事をしているとね、ふとした瞬間に、夜の中に取り残されているような気分になるの。もう朝が来ないいんじゃないかってね」

俺には社名がデッドモーニングという時点で、室内が暗く見えてしまう。

「日当たりの問題って、正直どうしようもないですもんね」

「それだけが問題じゃないの……とにかく、朝の光を感じられるような明るい場所にしたいんだけどね、それには変化が必要なのよ。例えば甘い物が苦手な誰かが、定期的に通ってくれるとか」

俺は返事をせずに、残りのサンドイッチを口に運んだ。

「カステラってああ見えて、意外と人を見てるのよ。普通に浅井くんのところにすり寄っていった時、驚いちゃった」

どうせ、ただの気まぐれだろう。そうは思いながらも、なんだか少しだけ嬉しかった。

「それとね、笹川くんはあまり顔には出さないけど、浅井くんが喪服をクリーニングに出してくれたこと、すごく嬉しかったみたいよ」

手元のサンドイッチから顔を上げた。そんなこと笹川は一言も言ってはいなかった。

「……普通のことをしただけですから」

望月さんは一度微笑むと、軽く首を横に振った。

「袖口をちょっと汚しちゃっただけなんでしょ？　大体の人は謝って終わりだと思うけど。ましてや、偶然、飲み屋で会っただけの他人なんだし。普通はクリーニングまでしないと思うな」

「そうですかね……」

「誰かが大切にしているものを、自分も同じように大切に扱うって、意外と難しいんだよ」

望月さんの呟く声が、薄暗い事務所の中に消えていった。

第三章

彼の欠片

武田が放ったダーツの矢が、的の中心に突き刺さった。

「航さぁ、なんか痩せたんじゃね？」

「そうかな？　そんなに体重は落ちてないけど」

「いや、痩せたって。そりゃ、毎日死体掃除してれば、やつれるかもしんないけどよ」

「死体掃除じゃねえよ。特殊清掃だって」

「どっちでもいいよ。よく続けてんなぁ」

デッドモーニングのバイトを始めて、気づくと二ヶ月が経過していた。現場で嗅ぐ、あの強烈な臭いに慣れることはない。いくら風呂に入っても、身体にこびりついている気がして、俺は自分の手を無意識に嗅ぐことが多くなっていた。「夏じゃなくて良かったね」と笹川はことあるごとに言った。夏だと腐敗臭が凄まじいらしい。作業中はある程度の臭いが取れるまで窓を開けることができないから、かなりの暑さでこっちがやられてしまうとも話していた。

腐敗臭に種類があることに気づいたのは、一ヶ月を過ぎたあたりからだった。太った人間や若い人間の腐敗臭はキツい。それに比べて、高齢者や比較的痩せている人間はマシだった。俺はそんな臭いに慣れることはなかったが、以前のように吐きはしなかった。その理由は俺なりの対処法を見出したからだ。それは喉の奥から酸っぱい感覚がこみ上げてきた時に、女の裸を思い浮かべることだった。そうするとなぜか、吐き気は徐々に引いていった。美しい女の裸は、俺の中で死とは最も遠い存在なのかもしれない。女優とか、グラビアアイドルの美しい裸を思い浮かべながら腐敗臭をやり過ごしていった。一度だけ、楓の裸を思い描いたことがあったが、その時だけは効果がなかった。

「楽勝、楽勝。だいぶ余裕が出てきたね。掃除なんて小学生だってやるじゃん。放課後の掃除と、誰かが死んだ跡の掃除も大きな括《くく》りで考えれば同じだって」

「全然違うだろ。やっぱ退屈な日常に、風穴を開けるような世界が待ってるってか？」

「別にそんなんじゃねえよ。時給がいいし、他のバイトを探すのが面倒なだけだって」

武田と会うのは久しぶりだったが、近況は電話やメールでやりとりしていた。武田は特殊清掃に興味があるのか、いつも俺の体験談を聞きたがる。

「武田は就活うまくいってんの？」

「うまくいってたら、ダーツ投げながらストレス発散してねえって」

武田が投げたダーツの矢が、また中心に突き刺さる。

「企業の面接対策でさ、自己分析ってのをやるんだよ。俺はこういう人間で、こんな経験をしてきて、だから俺を雇えばこんなメリットがありますって」

武田がまたダーツの矢を投げる。今度は中心から少し外れた場所に突き刺さった。

「自己分析していて気づいたよ。俺にはキラキラしているもんなんて何もないことに。二十一年間頑張って生きてきたつもりなんだけどな」

ダーツの矢を渡され、武田のフォームを脳裏に浮かべながら的を狙った。俺の矢は、弧を描きながら的を大きく外れた。

「航って、ダーツやるの初めてじゃないよな？」

「も、もちろん。ちょっと今日は調子悪いな」

地元には、くすんだ赤提《あか》灯《ちようちん》がぶら下がっている飲み屋しかない。内心焦っていると、武田が顔をしかめながら言った。

「さっきからなんか臭くね？　誰かニンニクでも食ってきやがったか？」

俺は反射的に自分の掌を嗅いでしまった。武田が俺を見てにやにや笑った。

「どうした、掌の匂いなんか嗅いで」

「別になんでもないよ」

誤魔化《ごまか》すように、ダーツの矢を放った。やはり的には当たらない。

「とにかくまたバイトの話、聞かせてくれよ」

武田がスマホをいじりながら呟いた。

翌朝、乾いた風を受けながらデッドモーニングに向かった。そろそろ、マフラーを買った方がいいかもしれない。首回りがやけに冷たい。

　ガムテープが貼られたドアを開けると、インスタントコーヒーとチョコレートが混じった匂いが鼻先をかすめた。この仕事を始めて、以前より匂いに敏感になった気がする。

「浅井くん、おはよう」

　薄暗い室内で、望月さんは書類を眺めていた。デスクの上には蓋の開いたチョコレートの箱が置かれている。

「おはようございます。また朝からお菓子を食べてるんですか？」

「糖分補給は大切でしょ。頭が働かなくなるもんね。浅井くんも一個どう？」

「それじゃ、一つだけ」

　甘いものは苦手だったのに、毎朝、望月さんが勧めてくるから、いつの間にか普通に食べられるようになった。

「そういえば、今日で浅井くんがバイトを始めてちょうど二ヶ月ね？」

　俺が頷くと、望月さんが微笑んだ。

「なんだかんだ言いながら頑張ったじゃない。最初は青白い顔で毎朝出社してたから大丈夫かなって思ったけど」

「朝は苦手で、寝起きだからそう見えてたんですよ。きっと……」

「そういうことにしとく。二ヶ月記念日の今日は、腐乱死体の発見された家に行くんでしょ？」

ホワイトボードを見ると、予定現場の欄に「腐乱死体・一軒家」と記されていた。

「そうだった……マジ行きたくねーな」

「今日は、現場確認と見積もりだけでしょ？」

「そうっすね。確か、死後二週間程度で発見されたらしいです」

特殊清掃を実施する際は、ほとんどの現場に下見に行き、見積もりを算出する。持参する道具も汚染の程度によって変わってくるからだ。下見をせずに特殊清掃を実施するケースは、代金の支払者がはっきり決まっていて、比較的現場の汚染が軽いと思われる時が多い。

誰が代金を支払うかはっきりさせないと、後でトラブルになることが多いし、持参
「今回は、依頼者が遺族だから支払いで揉《も》めることはなさそうね」

「そうっすね。この前なんて、数十年も会ってない親戚に連絡して、なんとか清掃代金支払ってもらいましたから。普通は拒否されるケースが多いのに……そんな疎遠な親戚なんて、他人みたいなもんですもんね」

「確かにね。何年も会っていない親戚が、私にも何人かいるし」

「大家と遺族が揉めている姿は、できるだけ見たくないっすよ。仲介役の笹川さんも大変そうだし」

大家は自分の物件に傷がつかないように、早く問題を処理したい。死んだ奴の顔すら覚えていない遺族は、今更、金を払いたくはない。お互いの主張は平行線を辿

り、話し合いは堂々巡りだったが、最終的に泣く泣く大家が代金を支払うケースが多かった。そんな時、話をまとめるのも笹川の仕事の一つだった。

玄関のドアノブを回す音がした。同時に咳き込む声も聞こえる。

「あっ、笹川さん、おはようございます」

「ああ、おはよう……」

笹川は白いマスクをつけていた。声は潰れ、乾いた咳を繰り返している。

「笹川くん、どうしたのその声？　風邪？」

「昨日から……ちょっと熱が出てね……抗生剤を飲んだからそのうち解熱すると思うんだ……」

笹川は目を潤ませながら、また何度か咳き込んだ。望月さんが心配そうに言った。

「随分と体調悪そうだけど……今日の現場確認は延期してもらった方がいいんじゃない？」

「声が上手く出ないだけで……そこまで体調は悪くないんだ……それに……ご遺族を待たせるわけにはいかないよ……」

「でもねえ。辛そうだけど」

「望月さん……すまないがあれを作ってくれないかな……あれを飲めば……そのうち声は戻ると思うんだ……」

笹川は話しながら椅子に深く腰掛けると、怠そうに天井を仰いだ。

「笹川くんは一度決めたら曲げないんだから。そんなに喉が痛いなら、律儀に黒いネクタイなんて締めなきゃいいのに。他人の心配より、まずは自分の心配しなきゃ……とにかく、ちょっと待ってて、急いで材料買ってくるから」

望月さんは体型に似合わない俊敏さで、外に駆け出していった。笹川と二人だけになった薄暗い事務所には、また咳き込む声が響く。

「本当に大丈夫ですか？　やっぱり今日は休んだ方がいいと思いますけど」

「それはできないよ……体調管理ができていなかった僕が悪いんだ……そんな個人的な理由で依頼者に迷惑をかけるわけにはいかない……」

途切れ途切れのかすれた声を聞いていると、笹川は這ってでも現場に向かうような気がした。

「それじゃ、今日は俺が遺族とやりとりをしますよ。詳細な見積もりは笹川さんじゃなきゃ無理ですけど」

作業の流れは大体頭に入っているし、最近は指示される前に、動けることも多くなってきていた。

「それじゃ……頼もうかな……もちろん……フォローはするよ」

笹川の咳が落ち着いたところを見計らって疑問を投げかけた。

「そういえば、さっき望月さんに言っていたあれって、なんですか？」

「ああ……望月スペシャルのことかい？」

「なんすか、その変なネーミング？」

「下手な薬なんかより……よく効くスープさ……今まで何度もあのスープを飲んで体調が回復したことがあるんだ……」

気休め程度にしかならなそうだが、笹川はそのスープを飲めば、すぐにでも体調が回復するように思い込んでいる様子だった。

望月さんが事務所に戻ってきてから十五分も経たずに、そのスープは笹川の前に差し出された。

「はい、どうぞ」

どれどれと覗き込むと、スペシャルという割には具材は何も入っていない。笹川は鼻水をすすりながら、望月スペシャルを口に運んでいた。

「浅井くんも飲む？　元気が出ると思うわよ」

「俺は大丈夫です。朝飯は食ってきましたから」

「そう。美味しいのに」

何度か勧められたが、今何か腹に入れると現場で吐いてしまいそうだ。

「ご馳走さま……これでなんとか頑張れそうだよ……」

笹川は空になったマグカップをデスクの上に置くと作業着に着替え始めた。時刻を確認すると、そろそろ現場に向かわなければいけない頃合いだった。

コインパーキングに軽トラックを停めて、現場の一軒家に向けて歩き出した。風は凍えるように冷たく、作業着の上からダウンジャケットを羽織らなくては、一分も外に立っていられない。

吹き抜ける風が笹川の体調を悪化させそうで、少し心配になった。

「今日は俺がサクッと終わらせますから。任せてください」

「いつも通りで大丈夫だよ……」

現場付近に到着し、依頼者の表札がある家を探した。辺りには年季の入った家々が、どれも同じような趣《おもむき》で軒を連ねていた。

「もう、近くだと思うんだけどな」

乾燥した空気に混じって、あの臭いが鼻先をかすめた。鼻声の笹川も同時に感じ取ったらしく、マスク越しに顔をしかめていた。

「臭いました？」

「ああ……冬場なのにキツい臭いだね……暖房でも入れたまま亡くなったのかな……」

すぐに依頼者と同じ名字の一軒家を見つけることができた。もちろん、そこからは目に見えそうなほど強い腐敗臭が噴出していた。

「絶対この家ですね。依頼者と同じ神谷《かみや》という表札があるし。それに臭いが、ヤバい」

依頼者の神谷さんとは自宅前で待ち合わせる予定になっていたので、そのまま待機する。

改めて目の前の一軒家を眺めた。老朽化が進んでいるのが一目でわかる家だった。玄関先にある小さな庭には、よくわからない雑草が暴力的に伸びていて、何年も手入れがされていないことを証明していた。二階の壁も長年雨風に晒《さら》されたためか変色し、薄汚れている。窓ガラスが破損している箇所も見えた。

「不気味な家っすね」

数分後、玄関の引き戸が開く音が聞こえ、腐敗臭漂う家から髭面《ひげづら》の男が平然と出てきた。

「あんたら掃除屋か？」

無精髭に白髪が交じった男は襟元のよれたグレーのスウェットを着ていて、右手でボリボリと尻を掻いている。男の左手は失われているようだった。袖口から左手は確認できず、わざと隠している様子もない。男に声をかけられても、一瞬返事ができなかった。

「は、はい。ご依頼を頂いた、デッドモーニングです。神谷様ですか？」

俺の挨拶なんて聞いてはいないのか、神谷さんは自分の耳穴を右手でほじくり、取れた耳カスをしばらく眺めていた。

「そうだよ。とりあえず、ちゃっちゃと終わらせてよ。臭くてさ。周りからも苦情が来てるんだ」

神谷さんはすぐに踵を返し、家の中に戻っていった。一方的で偉そうな態度だったが、細かいことは気にしなそうで意外とやりやすいかもしれない。そんなことを思っていると、笹川の呟く声が聞こえた。

「あの人、結構曲者かもしれないね……大丈夫かい……？」

「大丈夫ですって。それより書類の準備頼みますね」

だが、玄関に入ると俺はすぐに言葉を失った。

玄関から視界に入るのはゴミ、ゴミ、ゴミ。足の踏み場もないほどにゴミが散乱している。

「今日は、見積もりだけだろ？　できるだけ安くしてくれ」

神谷さんは煙草をくわえたまま、右手で怠そうに頭を掻いていた。こんなゴミに囲まれた場所で普通に煙草を吸えるなんて信じられないが、気を取り直して訊ねた。

「はい。まずは、現場の状況を確認してからですね。えっと、お亡くなりになった方はどこで……？」

「二階の部屋。本当、参っちゃうよ。警察に取り調べはされるし、部屋は事件性がないことが確認されるまで、封鎖されるしよ。あんた、警察に取り調べされたことある？　カツ丼は出てこなかったなぁ。腹減ってたから、ちょっと期待してたんだけど」

神谷さんは靴箱の上に放置されたカップラーメンの容器の中に、短くなった煙草を入れた。まだスープが残っているのか、火種が消えるジュッという音が微かに聞こえた。

「死んだのは弟なんだけどよ。一緒に暮らしてたのに、死んでんの二週間も気づかなかったんだよ。傑作だろ？　まあ、あいつとは数年喋ってなかったから、仕方ねえけどよ」

「亡くなったのは弟さんなんですか？」

思わず声が上ずる。目の前の神谷さんは一度大きな欠伸をした。

「そう。あいつは朝起きると、まずこの姿見を磨く癖があったんだ。病的なほど几帳面で、おまけに格好つけたがる奴だったからな。俺の部屋は玄関の近くだからよ、毎朝その音で目が覚めちまった。最近、そういえばガチャガチャする音が聞こえないし、なんか臭くてよ、近くで猫でも死んでんのか？　なんて思ってたらあいつが死んでた」

死んだ人間が毎朝磨いていた姿見に目を向けると、俺の戸惑った表情が映っていた。

「二週間も気づかなかったんですか？」

「もちろん、俺は殺してなんかいねえよ。それは警察にもちゃんとわかってもらえたからさ。弟は生まれつき心臓が弱かったんだ。死因は心臓発作だって。人間なんてさ、どこでどう死ぬかなんてわからねえな。あんたは若そうだし、美味いもんいっぱい食って、すけべな女とやりまくった方がいいぜ」

汚い歯をむき出しにして、神谷さんは笑っていた。肩を揺らしながら笑うたびに、左手が確認できない袖口がゆらゆらと揺れる。

「どうせ死ぬんならよ、事故に遭えば良かったのにな。事故死なら、入ってくる金もスゲーからな」

どう返事をしていいかわからなくなって、神谷さんのだらりと垂れた左袖口を見つめてしまった。

「そんなに片手がない人間が珍しいか？」

「いえ……すみません」

「四年前に、プレス機に巻き込まれてな。あっけなくオサラバよ。労災が下りて、たんまり金は貰《もら》ったけどよ」

神谷さんは自慢げに左袖口を捲った。腕は肘辺りから喪失していて、少しだけ突っ張った皮膚が先端を覆っていた。

「今でも左手が痛むような気がすんだよ。不思議だよな。もう、無くなってんのに」

切断された肘の先端をさする姿を横目に、俺は当たり障りのない言葉しか言えなかった。

「そうですか。お気持ちお察しします」

「両手があるあんたに、俺の痛みが理解できるわけねえだろ。適当なこと言うな」

イラついた声とともに、鋭い目つきが向けられる。俺はいつの間にか俯いてしまっていた。

「すみません……とりあえず、弟さんの部屋を拝見してもよろしいでしょうか？」

「おう。安く見積もれよ。弟の部屋は二階だ」

神谷さんはそう念を押すと、奥の部屋に消えていった。俺は声を押し殺して、笹川に言った。

「あいつ、絶対ヤバいタイプの人間ですよ」

「まあ……清潔感はないね……でも、意外とそういうことはよくあるんだよ……家庭内別居していた夫婦のどちらかが亡くなって、何日も気づかないとかね……僕たちは相手を無視しようと思えば……いくらだって自分の中から消し去ることができるのさ……」

「いや、同居している人間が死んでいることに二週間も気づかないなんて、考えられませんって」

そんな人間を目の当たりにして、平然としている笹川も信じられなかった。そんな俺の心中を知ってか知らずか、笹川は淡々と言った。

「あの人は……幻肢痛《げんしつう》が辛そうだね」

「幻肢痛？」

「ああ……失ったはずの身体部位がまだ存在しているような気がして痛むんだ……原因は解明されてないんだけど、脳内の神経回路が関係していると言われてる。痛みを感じている部位は喪失しているから、痛み止めもあまり効果がない……難治性の疼痛《とうつう》さ」

「だとしても、同情はできませんね」

正直、あんなやつの体調なんてどうだっていい。二階へと続く階段の両端にはゴミが積み重なっていて、現場を見る前からうんざりした気分が広がっていった。

土足で室内に踏み入りたい気持ちを押し込み、玄関で靴を脱いで階段を上っていく。

「なんで、あのおっさんは、こんなにもゴミを溜め込んでいるんだよ。ちょっと掃除を怠《なま》けたとか、そんなレベルじゃないでしょ。こんな家潰して、コインパーキングにでもすればいいんだ」

軋む階段を上れば上るほど、強烈な腐敗臭は強くなっていく。本当に最悪な気分だった。

階段を上りきると、TOILETと英語で書かれた扉が目に映った。そして、そのすぐ隣に、閉ざされたドアが一つ沈黙していた。辺りには二ヶ月の間に経験した現場で、一番きつい臭いが漂っていた。多分、腐敗臭だけじゃない。散乱しているゴミの臭いも混じって、本当に鼻がもげそうだ。

「臭っ。俺は絶対、こんな家で暮らせないっすよ」

笹川が慎重にドアを開けると、何匹かの蠅が部屋の中から飛び出てきた。今までに見たこともないようなデカい蠅だった。室内はカーテンが閉め切ってあるせいか、かなり薄暗い。笹川とともに、ドアの前から部屋の中を窺った。喉の奥の方から酸っぱいものがすぐに湧き上がってくる。俺は慌てて、女の裸を思い描いた。

笹川が電気をつけると、室内の様子が浮き彫りになった。

まず、目に飛び込んできたのは、数台のパソコンだった。電源の入っていない画面が俺たちをうっすらと反射している。パソコンの近くには大量のフィギュアが並べてあった。俺も見たことのあるアニメのキャラクターもいれば、胸が妙に強調されている美少女のフィギュアも見える。そして、キャスターの付いた椅子がフローリングに倒れていた。

「酷いな……」

倒れた椅子の周りには、ぼんやりと人形の影のようなものが張り付いていた。溶け出した腐敗液の一部が広がり凝固している。それは一人の人間が溶けて、ドロドロになった跡だった。溶け出した腐敗液の他にも、蠅の蛹が黒い点となって部屋中に散乱していた。

「兄弟なのに。こんなになるまで気づかないなんて、おかしいっすよ」

「お互いに干渉しないのが彼らのルールだったんだろう……そういう生活も世の中にはある。物理的な距離に、お互いの心の距離が比例するとは限らないのが人間だからね……」

「それにしても、ありえないですよ」

「ありえるんだよ、こんな死に方が……現に目の前に広がっている……」

人間は死んだら溶ける。所詮《しょせん》、肉の塊《かたまり》で、心臓が止まればあとは消えていくだけだ。頭ではわかっている。でも……。

笹川はポケットから簡易的なスリッパを取り出して一組を俺に渡した。

「状況を確認しよう……」

笹川がそう呟いた後に、俺は誤って蠅の蛹を踏み潰してしまった。スナック菓子を踏みつけたような乾いた音と、不快な感触が足の裏に広がった。

部屋の中は、一つの完成された王国のように見えた。正面に鎮座するパソコンは見るからに新しくスペックはかなり高そうだし、至る所に配置されているフィギュアにも持ち主のこだわりが感じられた。端にある本棚には大量の映画のＤＶＤや漫画が綺麗に整頓され詰め込まれていた。小さな冷蔵庫の中にはウイスキーと発泡酒が数本残されていて、チーズやサラミ等のつまみもストックされている。この部屋にある全ては、吟味《ぎんみ》され、あるべき所に収まっているように見えた。

「几帳面な人だったんですね」

　この王国を作り上げた人間は、黒い影になってしまった。その代わりに、新しい主として蝿や蛆が部屋を占領している。

　笹川は、フローリングの汚染状態を注意深く観察していた。床には赤茶っぽい何かや黒っぽい腐敗液が広がっている。

「腐敗液が固まっているし、汚染も酷いね……削り取らなきゃならない部分もありそうだ……」

　かなり大変な作業になる予感がして、俺は一度ため息をついた。

「それにしても、こんな至る所にフィギュアがあると、見られているような気がして落ち着きませんね」

　デスクの上だけでなく、本棚の隙間や冷蔵庫の上にも様々なポーズをとったフィギュアが見える。ほとんどが美少女で、着ている服も水着やバニーガール等の際《きわ》どい服装ばかりだ。スカートの皺や持っている通学バッグも妙にリアルにできていて完成度が高い。

「意外とこういうのは高いって、ネットで見たことがありますよ」

　手に取ったフィギュアは、こんな凄惨な部屋の中でも微笑みを浮かべていた。ふと興味が湧いて、俺は美少女が穿いている短めのスカートの中を覗き込んだ。

「え？」

一瞬、白いパンツが動いているように見え、思考が停止してしまう。二秒後には、その正体がわかって瞬時に鳥肌が立った。

スカートの内側にはびっしりと白い蛆虫が張り付き、蠢いていた。

「うわあああっ！」

俺はそのフィギュアを反射的に空中に放り投げていた。美少女は弧を描きながら、パソコンのあるデスクに飛んでいく。そして、デスクの上にあった別のフィギュアに衝突した。

「どうした……？」

笹川が振り返る。

「スカートの中に蛆虫が……」

「まずいな……」

フローリングには、落下したフィギュアが散らばっていた。幾つかのフィギュアは腕が取れたり、顔を腐敗液の中に突っ込んだりしている。

「やべっ。壊しちゃったかな」

階段を踏みつけるような乱暴な音が響いて、神谷さんが現れた。部屋には入らず、ドアの前で様々な美少女たちが散らばったフローリングを睨みつけている。

「でかい音が聞こえて何事かと思ったら、これか」

すぐに笹川が謝罪する声が聞こえた。

「大変、申し訳ありません。こちらのミスで、弟様の大切にしていた遺品の一部を破損してしまいました」

かすれた声を張り上げて、笹川は深々と頭を下げた。俺も遅れて渋々頭を下げる。多分、このフィギュアは明日には廃棄してしまうと思う。今日か明日かの違いなのに、どうしてそこまで頭を下げる必要があるのか、わからなかった。

「まあ、起こってしまったことはしょうがないよな」

「本当に申し訳ありませんでした」

「いいよ、いいよ。でもさ、俺、この人形を自分の部屋に飾ろうと思ってたんだけどな」

「本当に申し訳ありませんでした……」

「謝ることは誰にだってできるんだよ。お前らは、腹の底じゃ何思ってるかわからねえしな。もっとあるだろ、目に見える誠意の示し方が」

神谷さんが表情を歪ませた。この出来事をきっかけに、値引きをさせようとしている魂胆が透けて見える。俺は慌てて割って入った。

「ちょっと待ってくださいよ。絶対、このフィギュアを飾る気なんてないですよね？俺たちが来る前から部屋はそのままだったみたいだし」

間近で見る神谷さんの顔はかなり汚かった。鼻先は毛穴が黒ずんでいるし、口臭もきつい。口元から覗く歯は黄色く変色していた。

「ちゃんと飾るよ。大切な弟が残したもんだしな」

「見えすいた嘘つかないでくださいよ。絶対、こんなフィギュアなんか興味ないですよね？」

「なんだよ。大切な弟の人形をぶっ壊しておいて、挙げ句の果てにホラ吹き扱いかよ」

「でも……大切なものだったら自分で遺品を整理するだろうし」

「うるせーな！！！」

神谷さんの怒鳴り声は、俺の肩を震わせた。腕のない左袖が揺れる。その剣幕に、先ほどまで感じていた軽蔑が瞬時に恐怖に変わった。

「自分の尻は自分で拭け！　ちゃんと誠意をもってな！　俺はお客様なんだよ！　俺が金払わなきゃ、お前らは飯も食えないんだからな！」

こいつは二週間も家族が死んでいることに気づかなかったばかりか、自分で遺品を整理する勇気もない人間なのに……そう思いながらも、俺は言葉を発することができなかった。

「浅井が大変失礼しました。これが今回の見積もりになります」

笹川が電卓を向けると、神谷さんは急に黙り込んだ。鼻孔《びこう》から飛び出た鼻毛が鼻息とともに数本揺れている。

「たけーよ。誠意が足りないな」

「承知致しました。遺品破損の件もありますので、値引きさせていただきます」

笹川が再度電卓を叩き、神谷さんの目の前に掲げた。神谷さんは頭をボリボリと掻いた後、口を開いた。

「この部屋には何があった？」

「パソコン数台の他はＤＶＤや漫画等が大量にありました」

「へえ、スケベなやつか？」

「いや、普通の映画や漫画です」

「まあ、それを売れば幾らかにはなるだろう。しょうがねえからこの金額でいいよ。俺はこう見えて、臭いには敏感なんだ。こんな部屋中臭いと、熟睡できねえしな」

まったく説得力のないことを口にしながら、神谷さんは渋々といった感じで、書類にサインをした。

「その代わり、明日から早速やってくれ」

「承知致しました。早速、明日から作業を開始します」

笹川は丁寧に返事をした後、また頭を下げた。

「ついでにこの家のゴミも持ってけよ」

「この部屋以外の廃品回収には、別途追加料金を頂きますがよろしいですか？　多分、弊社より行政に依頼する方が安く済みますよ」

「なんだよ。ったくよ、サービス精神のない会社だな」

神谷さんは吐き捨てるように言うと、踵を返し階段を下りていった。その音に混じって、低い声が俺の鼓膜に突き刺さった。

「死体に群がる、ハイエナどもが」

俺はただ黙って俯くことしかできなかった。


軽トラックで事務所に戻る最中、笹川は終始無言だった。なんとなく機嫌も悪そうに見える。時折、笹川の咳き込む声だけが気詰まりな車内に響いていた。

「すみませんでした……俺のせいで見積もりが安くなってしまって」

幾つかの信号を通り過ぎた後、俺はやっと口を開いた。あんな依頼者に当たったのは運が悪かったが、結果として俺がフィギュアを壊したせいで値引きをさせられてしまった。

「浅井くんは、そのことを気にしてるのか？」

「はい……あんな蛆虫のついたフィギュアなんて触らなければ良かったです。本当に余計なことをしてすみません。明日にはゴミになるのに……」

俺の返事を聞いた後、はっきりと笹川の表情が曇った。

「浅井くんは、もっと想像力のある人間だと思っていたよ。残念だ」

「え？」

「君が一番謝らなきゃいけないのは、あの亡くなった弟さんにだよ。彼の大切にしていた物を壊したんだから」

笹川はフロントガラスに映る景色を真っ直ぐに見つめている。

「謝るって言ったって、彼は死んでるじゃないですか」

「他人が大切にしている物を、自分の大切にしている物と同じように扱わないと、この仕事は務まらないよ」

その声は、危うく聞き逃してしまうほどに小さかったが、もうかすれてはいなかった。

事務所に到着すると、笹川は用事があると言って、俺だけを降ろした。そして再び軽トラックでどこかに消えていく。あれから会話はなく、事務所に到着するまでぎこちない空気が流れたままだった。

ガムテープの表札を横目に事務所のドアを開けた。室内には微かに朝のスープの香りが残っていた。

「お疲れさまです……」

「あれ、意外と早かったね？」

カステラを抱いた望月さんが、不思議そうな表情を向けてくる。

「ええ。まあ……」

「それに浅井くんの顔、青白いよ。随分とキツい現場だったのね」

望月さんの心配する声を聞くと、ダムが決壊するように、いつの間にか今日の出来事を喋り出していた。俺が話している間中、望月さんはカステラを抱きながら、真剣な表情で聞いてくれた。

「笹川くんらしいね」

俺の話が一段落すると、望月さんはカステラの喉を撫でた。

「朝のスープ残ってるけど、飲む？」

「はい……ありがとうございます」

少しすると湯気の上がっているスープが目の前に置かれた。朝見た時のように澄んだ黄金色の液体が、マグカップになみなみと満たされている。

「いただきます……」

何度かスープに息を吹きかけてから、ゆっくりと口に運んだ。柔らかい湯気が視界を一瞬曇らせる。

「美味いっす……」

口に含んだ瞬間、控えめな塩気が優しく舌を包みこみ、すぐにとろけるような旨《うま》みに変わる。ベースは鶏ガラスープのような感じだが、途中から生姜《しょうが》のすっきりとした味が主張し始め、後味は爽やかだった。

「どう？　気に入った？」

「はい。すごく」

「ありがとう。そのスープを口にできるのは、笹川くんのおかげなの。だから彼に感謝しないとね」

「どういうことですか？」

望月さんはゆっくりと微笑んだ。でもその表情は少しだけぎこちなかった。

「ちょっとだけ、おばさんの独り言に付き合ってくれる？」

望月さんは一度咳払いをすると、静かに話し出した。

「私ね、デッドモーニングに勤める前はずっと老人ホームで介護士として働いていたの。夜勤でキツい時もあったけど、それなりに充実してた。でもね、六年前に母が脳梗塞《のうこうそく》を発症しちゃって、介護が必要になったの。それで、働いていた老人ホームをしばらく休職することにしたんだ。貯金はそれなりにあったし、何より母の側にいたかったの。子どもの頃から大好きだったから。とにかく優しい人だったのよ」

突然の告白に少し驚いたが、前職が介護士と聞いて妙に納得してしまう。俺が年寄りになったら、望月さんのような明るくて優しい介護士に世話してもらいたい。

「ずっと介護の仕事をしてたから、最初は自信があったの。私なら完璧にできるってね。何より大好きな母に、今まで育ててくれた恩を返さないとって思ってた。でもね、すぐにそんな気持ちは消えてしまったの」

「どうしてですか？　望月さんなら上手くできそうなのに」

望月さんは軽く首を横に振った。そんな頼りない姿を見るのは初めてだった。

「母はね、脳の前頭葉《ぜんとうよう》って場所がダメになっちゃったの。そこは、人間の感情を司る大事な場所で、そこに障害が起きると、気分が安定しなかったり、物忘れが酷くなったり、性格が百八十度変わっちゃったりする場合があるのよ。要は後遺症ってやつね。母の場合は利き手のある右半身に麻痺も出てね。もう、今思い返しても酷かった」

望月さんはカステラを一度撫でた。カステラがすぐに、もっと撫でろと言うように甘えた声を出す。

「あんなに優しかった母が急に怒り出すし、そうかと思ったら、子どものように泣き出すこともあった。私の作ったご飯を食べないこともあったの。毒が入ってるって言ってね。何度か、排泄《はいせつ》物を投げつけられたこともあったな……排泄物で汚れた壁を掃除してる時ね、『私何してるんだろう』って繰り返し呟いていたことを今でも覚えてる」

母ちゃんがそんな状態になった時、俺は排泄物で汚れた壁を掃除できるだろうか。祖母ちゃんですら見捨ててしまったのに。

「母はね、介護している私に一度も『ありがとう』って言ってくれなかったの。後遺症のせいで性格が変わったり、上手く話せなくなってたこともあるんだけどね。私自身、お礼を言われるために介護をしていたわけじゃないんだけど……そんな日々が続くとどうしても、余裕がなくなっていってね。ある日『たまにはありがとうぐらい言ったらどうなの』って怒鳴ってしまったの。そしたら母が『あんたは偽者の娘だから』って呂律《ろれつ》が回らない声で言うのよ。もちろん、私は戸籍上でも母の子だし、顔もそっくり。どっからどう見ても正真正銘の親子なのに」

「いくら後遺症の影響でも、実の母親からそんなこと言われたら、悲しいっすね……」

「本当にそう。その瞬間ね、母に対する愛情が別のものに変わったの。なんて言うかな。義務？　違うな。語弊があるかもしれないけど仕返しかな」

仕返しという言葉は、介護生活には似合わないものだった。何かを誤魔化すように飲み込んだスープは冷め始めていた。

「私がいないとあなたは何もできないのよって、介護を通して思い知らせたかったの。オムツだってわざとすぐに替えなかったり、食事の時だって母のペースを考えずに口に詰め込んだ。馬鹿にするような言葉も何度か言ってしまったと思う。だから、母が翌年に心筋梗塞で亡くなるまで介護生活を続けられたのよ。要は数々の辛い出来事に対する復讐《ふくしゅう》。私ってとんでもなく性格が悪いよね」

望月さんは一度言葉を区切り言った。

「あんなに母の側にいたのに、私はどうやっても葬式で泣けなかった」

望月さんは、食べかけのチョコレートを口に運ぼうとしていたが、手を止め、またそれを皿に戻した。

「母の遺品整理をデッドモーニングに依頼したのがきっかけで、笹川くんと出会ったの」

望月さんが元々は依頼者だったということに驚いた。でもそれがなぜ、このスープと結びつくのかがわからない。

「笹川くんを最初見た時、なんか痩せてるし、妙に淡々としてるし、大丈夫かなって思ったんだけど、仕事はすごく丁寧だった。嫌な顔一つしないしね。数時間後には順調に母の遺品は消えていってね。もう終わるかなって思った時、笹川くんが私に『これ』って言って、何枚かの新聞紙や広告の紙片を差し出したのよ。最初、意味がわからなかった。高級なお肉が激安になってる広告でもあるのかな、なんてね」

いつも通りの望月さんの笑みがそこには浮かんでいた。俺もつられて笑ってしまう。望月さんの笑顔にはそんな不思議な力があった。

「その新聞紙や広告は一体、何だったんですか？」

「普通の紙片だったよ。ただ、そこにはすごく汚い字で、生姜とか、しいたけとか、鶏ガラとか、塩とかって書いてあったの。元々あった、記事やら広告やらの文字に紛れながらね。何枚も何枚も、同じ文字が並んでいたの。すぐにそれが何なのか気づいた。私が風邪をひいた時に、母がいつも作ってくれたスープのレシピだって」

膝に乗っていたカステラが一度大きな欠伸をしてから、喉を鳴らした。

「母はね、後遺症に苛《さいな》まれながらも私の表情をちゃんと見ていたんだと思うの。多分、私は母と関わる時にいつも辛そうな表情をしていた。だから私が風邪をひいてると勘違いして、スープのレシピを残してくれたんだと思うの。利き手が麻痺しても、左手でそんな思いを残してくれたんだから。辛そうな私を心配してね……その汚い字を見た時ね、あれだけ葬式でも泣くことができなかったのに、私は笹川くんの前で泣いてしまった。ずっと優しい母のままだったんだって、その時、気づいたの」

「どうして笹川さんは、そんなお母さんの気持ちに気づけたんですかね？」

「笹川くんはもちろん、その紙片を見つけた時は、それが私と母の思い出のスープのレシピとはわからなかったと思うの。でもきっと、何かあるかもしれないって思えたんじゃない。すぐに捨てなかったわけだし」

俺だったら、ただの落書きと考え、すぐに捨ててしまうかもしれない。脳裏には紙片に書かれた汚い字を見つめる笹川の姿が浮かんでいた。

「笹川くんはね、他人に対して想像力がある人間なの。もっと簡単に言えば、その想像力は優しさとか思いやりって言い換えられるかもしれない」

浅井くんは、もっと想像力のある人間だと思っていたよ。

車内で笹川に言われた言葉が蘇る。俺は、あのフィギュアを最初からただの廃棄物としてしか、見ていなかった。死んだ人間が大切にしていた事実を完全に無視していた。笹川がそんな俺の態度に怒りを覚えたことにようやく気づく。

「今日、もう一度、笹川さんに謝ります……」

「そんなことしなくていいのよ。それより、明日の現場で一生懸命働くこと。浅井くんなら大丈夫。それより、スープのお代わりいる？　沢山飲んでくれた方が、天国の母も喜ぶと思うけど」

俺は大きく頷いた。カステラを引き連れながら、望月さんはキッチンの方へ向かう。そんな後ろ姿を、瞬きもせずに見つめた。


外は変わらない冷気が漂っていたが、望月スペシャルのおかげで身体の芯《しん》は温かった。

ふと、武田と昨日飲んだダーツバーに向かおうと思いつく。このまま真っ直ぐ家に帰る気分にはなれなかったし、少しでも練習をしてダーツの腕前を上げておいた方が、恥をかかないで済む。

ベタベタとステッカーの貼られた扉を開け、薄暗い店内に入ると、数人のグループがダーツマシンを占領していた。仕方なく、バーカウンターの端に座りビールを注文した。ワンコインで飲める海外産のビールは、なんだか水っぽい味がした。

いつもの癖で電子辞書を取り出した。ダーツの起源でも調べようと思った時、聞き慣れた声が聞こえた。ダーツで遊んでいるグループの中に、武田の姿が見える。

「そいつさ、いつも汚ねえ電子辞書持ち歩いてんの。気持ち悪くねえ？　今時、スマホでなんでも調べられる、このご時世にだぜ」

武田の投げた矢は、当たり前のように的の中心に突き刺さる。

「それに、死体掃除のバイトしててさ、イカれてるんだよ。やっぱ、資格も学歴もない人間って、そういう底辺の仕事につくしかないんだな」

武田の冗談まじりの口調の後、周りにいた奴らの笑い声が聞こえた。

「一緒に飲みに行ってもさ、そいつが手をつけた料理、俺は絶対食わないんだよ。だって嫌じゃん。変な菌が料理に移ってたら」

周りにいた一人が、「なんでそんな奴とつるんでるんだよ」と武田に質問した。

「そいつ田舎もんだからさ、こういう場所に連れてきた時の反応が面白いんだよ。妙にキョロキョロしてさ。最近は死体掃除の話を聞くために連絡取ってるよ。そんな汚ねえバイト自分じゃやれねえけど、話のネタに就活で使えそうじゃん」

俺は気づくと椅子から立ち上がっていた。座っていた椅子が倒れ、店内に大きな音が響いた。

「そんな風に俺のこと見てたのかよ……」

ダーツマシンの周りにいた奴らが、一斉に俺に視線を向けるのがわかった。でも、俺には武田の姿しか見えていなかった。

「航……」

武田が顔を強張らせている。

「就活で使いたいんなら、最初からそう言えよ……いくらでも話すからさ」

怒りを押し殺して、できるだけ優しい口調でそう言った。そうすれば武田がいつものように気さくに話しかけてきてくれるような気がした。

武田はダーツの矢を置くと、硬い表情で俺に近づいてきた。何か謝罪の言葉でも投げかけられるのかと思った瞬間、カウンターに置いた電子辞書をすごい速さで奪われた。

「おーいみんな。これがさっき話した電子辞書だ。汚ねえだろ？　俺だってできるだけ触りたくないんだからな」

武田は電子辞書を、ダーツマシンの周りにいる奴らに見えるように掲げた。

「返せって！」

「田舎もんが調子乗んな！　お前は汚れる仕事しかできないド底辺野郎なんだから、かまってやっただけ感謝しろよ！」

武田は執拗《しつよう》に電子辞書を弄んだ。知らない奴らの笑い声が聞こえる。武田の横顔には吐き気がするほど卑屈な表情が浮かんでいた。

「返せ！」

無理やり電子辞書を取り返そうとしたのが悪かった。武田の手から電子辞書は滑り落ち、床の上で硬い音を響かせた。

「あっ、ゴメーン。落としちゃった」

俺はすぐに、床に転がった電子辞書を拾い上げた。液晶画面を覗き込むと、真っ直ぐにヒビが入っていた。

「これで、新しいの買えよ」

武田の声とともに、顔面に何かがぶつかった。床には五百円玉が転がっている。

そんな光景を見ても、悔しさは感じなかった。ただ、身体の奥深くが、夜の海のように冷たくなっていく。

「こんな気持ちになるんだな……」

「あ？　なんか言ったか？」

俺は画面にヒビの入った電子辞書を丁寧にポケットの中にしまった。

「武田。就活頑張れよ」

「お前に言われなくても頑張ってるっつーの」

「一つ予言する。どんな良い会社に就職しても、今の武田のままなら、いつか大きな失敗をするよ」

今日の俺のようにという台詞を、胸の中で呟いた。

「はい、はい。田舎もんの負け惜しみは胸に響くね」

「なんだって言えよ。それとお前、ズボンのチャックが全開だぜ」

武田が慌てて股間辺りに視線を走らせたのを確認すると、俺は出口に向けて歩き出した。

帰り道、電子辞書の破損状況を確かめた。液晶画面にはヒビが入っていたが、動作には問題がなさそうだ。

街灯の下で立ち止まった。スポットライトを浴びているような光の中で文章を打ち込み、読み上げのボタンを押した。

『クラゲに刺されると、意外と痛いんだぜ』

聞き慣れた声を聞くと、少し気持ちが落ちついた。街灯の下から一歩を踏み出す。夜空には地元の海のような群青が広がっていた。その中に、貼り付けたような三日月が浮かんでいる。


翌日は朝から雨が降っていた。水たまりを形成するほどではないが、アスファルトの色を濃く濡らしていた。

俺はいつもより早くデッドモーニングに出社した。喪服を着た笹川の姿が玄関に見えた瞬間、大きな声で頭を下げた。

「昨日はすみませんでした」

いきなりの謝罪に笹川は驚いているようだった。

「……今日は浅井くんが来ないかもしれないって、少し心配してたんだよ。でも、来てくれて安心した」

笹川の声は元に戻っていた。すれ違いざまに俺の肩に軽く触れ、自分のデスクの方に歩いていく。笹川に触れられた肩あたりが、しばらくじんわりと温かかった。ブルー・マンデーを聞きながら、濡れた街並みを見ていた。車窓に雨粒がひっついていていて、透明で小さな虫が動いているように見える。このバイト中に蛆や蠅の見過ぎでそう見えるのかもしれない。

「今日も、君が神谷さんとやりとりする形でいいかな？」

笹川がハンドルを握りながら呟いた。

「笹川さんの声は戻っているじゃないですか？　正直、神谷さんと関わるのが不安です……」

「浅井くんの気持ちもわかるよ。でも、そんな辛い現場を乗りこえた達成感が君を成長させるかもしれない」

絶対にそんなことはない。神谷さんの姿を思い出すだけで、胃の奥底が重たくなっていく。

「僕にこき使われるのも飽きてきた頃だろう？」

そんな呑気な笹川の声に、仕方なく俺は頷いた。

家の前に着くと、雨のせいなのかあまり腐敗臭は感じなくなっていた。その代わり、饐《す》えたゴミの臭いが辺りに漂っている。不意に昨日、帰り際に言われた一言が脳裏を過ぎった。

死体に群がるハイエナ。

「浅井くん、行こうか」

笹川の声が聞こえて、つんのめるように歩き出した。逃げ出したい気持ちは玄関に近づくたびに強くなっていった。

インターフォンを鳴らすと、昨日と同じ格好で神谷さんは顔を出した。相変わらず汚らしいビジュアルだ。それに昨日よりも眉間に皺が寄っていて不機嫌そうだ。

「おはようございます……デッドモーニングです」

「陰気な顔しやがって。とっととやってくれ」

「昨日は申し訳ありませんでした。弟様の遺品を破損してしまって……」

とにかく昨日の失敗を謝った。視線を下げた玄関の三和土には、チューハイの空き缶がいくつも転がっていた。

「またなんかぶっ壊したら、値引きさせっからな。昨日みたいに菓子折り持ってきたって、全然嬉しくねえから。俺はとにかく安く済ませたいんだよ。それに今日は左手が痛むんだ。できるだけ音を立てるんじゃねーぞ」

そう吐き捨てるように言うと、神谷さんは踵を返して奥の部屋に入っていった。

「菓子折り……？」

笹川の方を見ると、なんとなく不自然に視線を泳がせていた。笹川が昨日用があると言っていたのは、神谷さんに詫びに行くためだったのだ。気づくと、無言で笹川に頭を下げていた。

五分程度でいつも通りの装備をし、すぐにでも作業を開始できる状態を作った。

「靴底にカバーをしますので、土足のまま上がらせてもらいます」

神谷さんは一階の自室から顔だけ出すと、どうでも良さそうな視線を投げかけた。

「勝手にしてくれ。金が出てきてもネコババすんじゃねえぞ。あんたらはハイエナみたいなもんだからな」

神谷さんは急に顔をしかめながら、左肘の先端をさすっていた。先ほど言っていたように、今日は幻肢痛が酷いのかもしれない。

「そんなことはしません」

「当たり前だ！」

八つ当たりのように吐き捨てる声が聞こえて、襖《ふすま》がぴしゃりと閉まった。

「相当、幻肢痛が辛そうだね。昔、読んだ文献によると、失っている部位が潰されているような痛みを感じる人もいるらしいよ」

俺は正直、いい気味だと思っていた。死んだ弟さんも、多分あの世でほくそ笑んでいるだろう。

「とにかく、始めようか」

笹川の声を合図に、軋む階段を上って部屋の前に立った。外にいる時はあまり腐敗臭を感じなかったが、室内はかなり臭う。防毒マスクを装着した後も、無意識に顔が歪む。

「汚染のない遺品は、売るって言ってたね」

「ちゃんと供養とかすればいいのに……」

「まあ、ご遺族が決めたことさ。それに、供養してから売りに出すかもしれないしね」

笹川はいつも通り一輪のスイートピーの造花を取り出して、ドアの前に置いた。何とも頼りない光景だった。こんな偽物の花を手向けたって、死んだ人間が喜ぶはずない。

「失礼します」

薬品噴霧器を持った笹川が、目の前のドアを開けた。

溶け出した腐敗液に触れないように、フローリング上の蠅や蛹を箒でかき集めていく。窓辺の方にも蠅の死骸は転がっている。この部屋で生まれ、一度も外に出ることのできなかった憐《あわ》れな運命が散乱しているようだった。

「生まれて、死んで、また生まれて、死んで」

独りごちながら蠅の死骸を次々とビニール袋の中に詰め込んでいく。少しも重さなんて感じない。

笹川が消毒液を散布し終わると、部屋にある遺品を搬出することから始めた。棚に詰め込まれたＤＶＤや本を、丁寧に取り出していく。それに大量のフィギュアも。今回は絶対に落としたりしないよう慎重に運んだ。もちろん、スカートの中を覗く行為は絶対にしない。

「株で儲《もう》けていたみたいだね」

笹川が、取り出した本の表紙を見つめながら呟いた。

「今の時代、部屋から一歩も出ないで金を稼ぐ方法もあるんですね。異臭にまみれながら、仕事をするのとわけが違いますね」

「株のデイトレーダーだって、大変な仕事だよ。一日に僕たちじゃ想像もつかないような、大金を損することだってあるんじゃないかな。この世に、楽な仕事なんて一つもないさ」

「この人も、自分の生活を守るために頑張っていたんですかね？　こんな狭い部屋で」

部屋は八畳にも満たない空間だったが、遺品は多く、搬出には手こずった。腐敗液を除去するスペースを確保するために、一時的に廊下に出すだけなのだが。

「これは売れそうかな……」

神谷さんの希望通り、少しでも金に換えられそうなものは区別し、遺品を整理していく。部屋には難しそうな本やある程度の生活雑貨はあったが、写真や誰かに宛てた手紙、恋人がいるような痕跡は一つもない。

「誰とも、交流はなかったんですかね？」

「孤独を求める人間だっているさ。この部屋は、彼にとって世界で最も安心できる居場所だったのかもね」

安心できる居場所と聞いて、部屋の中を見回した。窓ガラスが、風に吹かれ虚しくガタつく。

「俺はこうして一人で死んじゃうのは嫌だな……」

俺の独り言を聞いて、笹川が小さな声で言った。

「僕は平気だな」

「えー、笹川さん、変わってますよ」

「そんなことないさ」

部屋からは遺品が次々と運び出されていく。俺は閉め切ってあったカーテンを開けた。

「雨が止んでる……」

窓から入り込んだ冬の日差しが、堆積した腐敗液を浮かび上がらせていた。

いよいよ、フローリングに残された跡を消していく。笹川は堆積した腐敗液の塊を、スクレイパーというヘラのようなもので削り取っていた。

「その洗剤をかけてくれないか」

指示された洗剤を吹きかけた。笹川がスクレイパーで削ると、中から赤黒いドロッとした液体が溢れ出し、腐敗臭が再び濃密に漂っていく。

「臭いですね……」

「表面だけが固まっているんだよ。冬にしては腐敗のスピードが速いね。普通、乾燥してあまり臭いがないことも多いんだけど……。多分、暖房を入れたまま亡くなったんだろう」

溶け出した人間の脂は、フローリングを滑って広がっていく。それに、血が混じっていると感染のリスクも高くなる。血液などの体液を構成するのは、脂肪とタンパク質で、安易に水拭きをしてしまうと、溶け出した脂肪が水と共に広がり余計汚染は拡大してしまうと教わった。

「腐敗液に触れないように気をつけて」

「はい」

人間の中には途方もない数の微生物が存在している。宿主が死んでしまったからといって、その微生物が消滅することはない。だから、どんな汚れにも対応できるよう、笹川は多くの洗剤を使用していた。

腐敗液の塊を削り取ると、また別の洗剤を使用し、残った汚れをスポンジでこすり取る。堆積した腐敗液の塊は徐々に姿を消していき、フローリングの木目がうっすらと見え始めた。

「あれ？」

笹川がゴム手袋越しに、赤黒い何かをつまみあげていた。それは飴玉程度の大きさで、周りに赤黒い腐敗液がこびりついていた。

「何ですか、それ？」

「骨だよ」

「え？　ストロベリージャムを塗りたくった飴玉にしか見えませんよ」

笹川がつまみあげている物体は、元来の骨の白さなんて少しも感じられない。

「ここに残ってても、大丈夫なんですか？」

「警察が最初に臨場した時に回収されなかったものは、死体に含まれないってことになっているから、捨てても死体遺棄にはならないよ」

二ヶ月の間に、髪の毛や爪が残されている現場には遭遇したことがあったが、欠片とはいえ骨が残されているのは初めてだった。

「その、骨も捨てるんですか？」

「さすがに、僕たちが勝手に捨てちゃまずいね。ちゃんと神谷さんに渡すよ。でも、このままじゃ、体液がこびりついてるし、感染のリスクもあるから、浅井くんが綺麗にしてくれる？」

「マジすか？　でもどうやって？」

「この洗剤を吹きかけて、磨くんだ。作業が終わったら、ガーゼに包んで渡すからさ」

笹川は俺の掌に骨の欠片を載せた。腐敗液が周りにこびりつき、べとついている。ゴム手袋をしていても気持ち悪い。

「これ、磨けば本当に綺麗になるんですか？」

「浅井くんの頑張り次第じゃないかな」

「わかりました、ダイヤモンドくらい光らせてやりますよ」

自分を奮い立たせるために、大げさなことを言ってから、骨の欠片に洗剤を噴射した。まずは、表面にこびりついている腐敗液をゴム手袋を装着した手で落としていく。

「うわー。きっついなぁ……」

「辛い時は声に出せばいい。別に故人に失礼ではないよ」

「グッ、大丈夫です。頑張ります」

手で汚れを落とすのには限界を感じて、スポンジを使って磨き上げていく。吹きかけた洗剤のおかげで、表面に付着した腐敗液は徐々に消えていった。

「その調子」

骨の欠片は薄いベージュのような色合いに変わっていく。

「こんな小さい骨も、身体を動かす大切なパーツの一部だったんですよね……」

「そうだね。彼の欠片さ」

「頑張って磨きます。ダイヤモンドにはならないかもしれないけど……」

「十分だよ。そんなにゴーグル曇らしながら磨いてもらったら、この人も喜んでるさ」

俺は少しだけ笑ってから、また骨を磨く作業を続けた。笹川のゴーグルもバッチリ曇っていることは口には出さなかった。


部屋の作業がすべて終わる頃には、夕暮れの紅が窓の外に広がっていた。腐敗液が堆積していたフローリングの一部は剝がし取っていたが、その他の場所は何の変哲もない木目を映し出していた。腐敗液が染み付いた蠅が飛び回っていたせいで、汚染されていた壁も窓も綺麗に除菌した。今は、清潔そうな白い壁紙が空っぽになった部屋を囲んでいる。

「やっと終わりましたね」

「そうだね。なかなかしんどかったよ」

差し込む夕日以外、何もない部屋を見回した。

「浅井くんも骨磨き頑張ったしね」

「そうっすよ。スゲー達成感がありました」

「いいことさ。人を成長させるのは達成感だけだから」

廊下の片隅には、磨き上げられ除菌が終わった骨の欠片がガーゼの上に転がっていた。そのほかにも、パソコンやＤＶＤ、小型の冷蔵庫等が並んでいる。それに大量のフィギュアも。あとは、これらを綺麗に除菌するだけだ。

「もし俺が死んだら、俺の生活の跡とか俺の身体とか、すぐに全部消えてくれればいいのに。風が砂を運ぶようにサラサラとどこかに消えることができれば、他人に迷惑かけることもないじゃないですか。遺品整理もないし、孤立死だったとしても、腐敗臭で迷惑をかけることもない。どうです？　この妄想。いいと思いません？」

笹川は俺の話を聞くと、一度大きく背伸びをした。朝はガチガチにセットされていたオールバックが乱れている。

「僕は嫌だな」

「えっ、いいじゃないすか。あっ、そうなったら特殊清掃の仕事は無くなるか……」

「別にそんなんじゃないよ。仕事なんて選ばなかったら腐るほどあるからね」

「じゃあ、どうして？」

差し込んだ夕日が部屋中を照らしている。光の加減のせいで、笹川の表情はよく見えなかった。

「そんなすぐに消えてしまったら、ちゃんとサヨナラが言えないじゃないか」

「確かにそうかもしれないですけど……でも、サヨナラぐらい言えなくたって、どうってことないですよ」

「僕は嫌なんだよ。とにかく、あとは廊下にある遺品を除菌して終わりだ」

笹川は部屋から出て行った。廊下に積み重ねられた漫画を除菌する後ろ姿を見ながら、この人は、俺の何倍も様々な人間との別れを経験してきたのだろうな、と思った。

大量に積み重なったＤＶＤに、消毒液を吹きかけ乾いたタオルで拭き取っていく。

「映画が好きだったんだな」

あと数枚で、すべてのＤＶＤの除菌が終わりそうな時だった。『ミラーズ』と『ディア・ドクター』という二つのＤＶＤに挟まれるように、折りたたまれた紙片を見つけた。

「なんだこれ？」

それはインターネットサイトの一部を、プリントアウトしたものだった。別に重要な書類には見えなかったが、何気なく紙片に記載された文字を追っていく。だが、いつの間にか目が離せなくなっていた。

「笹川さん、ちょっと一階に行ってきます」

笹川の返事を待たずに、ゴミが散らばった階段を下った。あの紙片を見終わった直後から、心臓が早鐘のように打ち続けている。

「確か、毎朝って……」

玄関近くにある姿見を改めて観察すると、キャスターが付いていて、持ち運びも簡単にできそうな代物《しろもの》だった。

見知らぬ誰かが、何かを思いながら毎朝磨き上げていた鏡面は、ゴミの数々を映し出しながらも、どこまでも澄んでいた。

すべての作業が終わった後、一階に下りて奥の部屋にいる神谷さんに声をかけた。

「あー。終わったのか」

呼びかけて少しすると、神谷さんは目をこすりながら現れた。俺たちが作業している間、ずっと横になっていたのかもしれない。後頭部の髪に寝癖が派手についているのが見えた。

「作業は完了しました。室内の確認をお願いします」

「で、売れそうなものはあったのか？」

「部屋の前の廊下に、パソコンやＤＶＤ等は別にしておきました。故人が使用していた布団や衣類はビニール袋にまとめてあります」

「ああ、そう。あんたらは、あいつから出た汚いものだけ持ち帰ってくれればいいから。遺品は全部、置いていってくれ。一度目を通して、売れないものは勝手に捨てるからよ」

神谷さんは足音を響かせながら階段を上っていく。お疲れ様の一言ぐらいあってもいいのに。そんな気持ちを顔に出さないようにしながら、俺と笹川も階段を上った。

神谷さんは部屋の中を一通り見回すと、大きな欠伸をした。感動も感謝の念もその顔には浮かんでいない。感じたのは他人事のような雰囲気だけだった。

「まあ、こんなもんか。あんたら、もう帰っていいよ。早くその臭いを洗い流した方がいいぜ」

「確認はお済みですか？」

「何度も言わせんなよ」

神谷さんは俺たちに染み付いた腐敗臭が気にくわないのか窓を開け、とっとと部屋から出ようとした。

「あの……」

「なんだよ」

「最後にお渡ししたい物があるんです」

「お渡ししたい物？　金になりそうな物か？」

「いえ。金銭に換えられる物じゃないんですけど」

俺は廊下に向かい、ガーゼに包まれた骨の欠片を手に取ると、神谷さんの前に差し出した。

「なんだよこれ？」

神谷さんが眉を寄せる。

「弟さんの骨の欠片です。堆積した腐敗液の中から発見しました。磨いて、消毒もしています」

「これ、本当にあいつの骨か？」

「はい。どこの骨かまではわかりませんが……」

「なんか、汚ねえな。ヤニがこびりついた歯みてえじゃねえか」

「かなり磨いたんですけど……」

「こんなのいらねえよ。あんたらが、勝手に処分してくれ」

神谷さんはその骨をつまみ上げて全体を眺め回すと、迷惑そうに顔をしかめた。

「どうしてですか？」

「どうしてって、いらねえからだよ。わざわざ墓を掘り返して、骨壺《こつつぼ》にこんな小さな欠片入れてもどうしようもねえだろ」

「でも、俺たちが処分するわけにはいきません……」

「固いこと言うなよ。あいつの汚れたものと一緒に捨てればいいじゃねえか」

神谷さんは右手で、弄ぶように骨の欠片を転がしていた。その度に失った左手の袖口が頼りなく揺れている。

「弟さんだって、適当に捨てられたら悲しんでしまう気がします……」

フォローに入ると言っていた笹川はずっと無言で、後ろに佇んでいた。

「何も知らないくせに、ガキが何言ってんだよ。あいつとは何年もメシだって別々で会話なんてなかったんだよ。お互い無言でいがみあってたんだ。修復不可能。骨肉の争いってやつだ。憐れな奴だよ。結局最後は一番憎んでいた人間に後始末をお願いすることになったんだから」

神谷さんは掌に載った骨を、ずっと弄んでいた。ひるむ気持ちを抑えつけながら、俺は続けた。

「弟さんが姿見を磨くようになったのは、神谷さんが左手を失ってからじゃないですか？」

「なんだよ急に」

「当たってますか？」

「だったらなんなんだよ！」

怒鳴り声とともに、ツバの飛沫《ひまつ》が顔に飛んだ。俺は作業着のポケットから先程見つけた紙片を取り出した。

「これを見てください……」

神谷さんは骨の欠片を俺に渡してから、差し出した紙片を乱暴に奪い取った。

「弟さんの遺品を整理している時に見つけました。そこにプリントアウトされているのは幻肢痛に対するミラーセラピーについてです」

「ミラーセラピー？」

「はい。俺もその紙を読んで知りました。神谷さんもご存じかもしれませんが、幻肢痛は失った部位を脳がうまく認識できず、脳の誤作動で痛みを生じてしまうと考えられているそうですね。まだ全ては解明されていないようですが……」

「そういえば、医者がそんなこと言ってたな。俺には難しくてわからなかったけどよ」

「とにかく、痛みを感じる部位はすでに失われているため、痛み止めも効果がない場合がありますよね？　それは神谷さんが一番感じていると思いますが」

「まあな」

神谷さんが鼻を鳴らす。俺は先ほど読んだ記事を思い出しながら、言葉を続けた。

「その紙には、ミラーセラピーという幻肢痛を緩和する方法の一つが書いてありました。神谷さんの場合は失った左手を隠すように鏡を設置し、その鏡に右手を映します。鏡に映った右手は反転するため、鏡の位置を調整すればあたかも失った左手が蘇ったように見える。要は鏡を使い、脳を錯覚させる治療法です。効果は個人差があるようですが……」

「それがなんなんだよ？」

苛立《いらだ》った神谷さんの声が聞こえる。俺は拳を固く握って言った。

「弟さんは、神谷さんが幻肢痛に悩んでいるのを心配していたんだと思います。ミラーセラピーの存在を知って、神谷さんがいざ実施する機会があった時に、鏡が曇って効果が出ないことを避けるために、姿見を毎朝磨いていたんじゃないでしょうか」

俺は一気に自分の考えを口に出した。一瞬の沈黙の後、冷ややかな声が聞こえた。

「お前の勝手な妄想だろ？」

「そうかもしれません……でも、姿見だけを毎朝磨いていたっていう行動には意味があるような気がするんです。ただ掃除をしたいなら、この家にはもっと綺麗にする場所があるような気がして……」

「うるせーよ!!」

神谷さんは手に持っていた紙片を握り潰すと、フローリングに叩きつけるように投げつけた。

「そんな薄っぺらい説教垂れて、お涙頂戴か？　所詮、お前たちハイエナの妄想、ホラ話だろーが！　とっとと消えろハイエナ！」

怒鳴り声に萎縮《いしゅく》し、思わず後ろを振り返ると、笹川は静かに俺の目を見つめていた。そんな視線を受けていると、まだ胸のどこかに小さな灯火《ともしび》が残っていることに気づく。

「おっさん。俺たちは死体に群がるハイエナなんかじゃないよ」

「あ？　なんだよ」

「俺たちは、特殊清掃員だっつーの！」

それだけ言うと何も言葉が出なくなってしまった。後ろから「グッド」という小さな声が聞こえた後、笹川が俺から骨の欠片を受け取った。

「話を戻しますと、この骨の欠片は僕たちが持ち帰ることはできません。お兄様に供養して頂きたいのです。兄弟間で何があったかは知りませんし、話して頂く必要はないですが、きっとそうした方が良いと思います。これは何件もこのような現場を見てきた僕の個人的な見解です」

神谷さんは、笹川を値踏みするような視線を送ってから、骨の欠片を受け取った。そして、掌の上でサイコロのように転がした。

「面倒臭えからあんたの希望通り、この骨は俺がもらうよ。好きにさせてもらうけどな」

神谷さんは表情を変えずに、開け放たれた窓の方を向いた。一瞬の出来事だった。大きく振りかぶった手から、黄ばんだ小さな物体が飛んでいった。ちょうど窓の中心を通って、夕暮れの紅の中に吸い込まれていく。

「ストラーイク」

感情のこもっていない、間延びした声が室内に響いた。

外に出ると、薄暗い闇が辺りを覆い始めていた。遺品は希望通りほとんどを家に残していたため、計五つのビニール袋と、取り外した床板しか廃棄物は出なかった。敷地内を出ると、少し離れた場所に楓のトラックが停まっているのが見えた。

「廃棄物が少なくて軽いな」

「そうですね」

今、俺はどんな表情をしているんだろう。楓に会う前に口元を無理やり上げて、笑顔を作った。

ビニール袋を持った俺たちがトラックに近づくと、今日はブルーの作業着を着た楓が、運転席から降りてきた。

「二人ともお疲れ。今日はこれだけ?」

笹川が小さく頷いた後、言った。

「あとは床板かな。他にもあるけど量は少ないよ」

「あーそうなんだ。笹ちゃんのことだからコキ使われると思ってたのにラッキー」

「僕、そんなに人使い荒くないけどな」

笹川と楓の軽口を聞き流しながら、淡々とビニール袋を荷台に載せた。

「おっ、バイトくん働くねえ」

「まあ、これぐらいなら俺一人で十分だよ」

「あっそ。てか、なんか今日あんた暗くない?」

「別に」

「彼女にでも振られた?」

「彼女なんていないよ。楓ちゃんみたいに、いつも元気じゃないんでね」

「失礼な。まあ、そんな暗い顔の男に女なんて寄ってこないか」

「いちいちうるさいよ……」

「私はいつも、元気なんでね」

廃棄物を全て積み終わると、早々に楓を乗せたトラックは走り去っていった。俺と笹川は、庭に置いた清掃道具を取りに行くために再び神谷さんの自宅に戻った。

もうこの家には来ることはないんだな。

清掃道具を拾い上げながら、やりきれないような、清々したような気持ちを抱いた時だった。荒れ放題の庭の隅で、何かが街灯の光を反射していた。

「ちょっと、すみません」

俺はその光に駆け寄った。そこには、さっき神谷さんが窓から放った骨の欠片が転がっていた。

「どうかした？」

「いや、何でもないです。小銭が落ちてると思ったんですけど、ただの石でした」

俺はバレないように、その骨の欠片をポケットの中に入れた。初めてその欠片を手にした時の気持ち悪さが、全く消えているのが不思議だった。

事務所に戻りシャワーを浴びると、笹川から花瓶に行かないかと誘われた。

「今からですか？」

「うん。一杯だけ。どう？」

早く一人になりたい気分だったが、そんな気持ちとは裏腹に腹も減っている。花瓶の優しい味付けの料理が恋しいのも確かだ。

「一杯だけなら……」

「よし、決まり」

早めに帰ろうと心に決めて、笹川と事務所を後にした。俺のポケットには骨の欠片がしっかりと今も入っていた。

花瓶に着くと、悦子さんがいつもの優しい笑顔で迎えてくれた。いつ見ても控えめな美人だ。もし将来誰かと結婚して、こんな奥さんが出迎えてくれるんなら、毎日楽しいだろう。

「こんばんは。今日は浅井くんの顔が疲れてるね」

「さっき仕事終わったばかりなんです」

「あら、お疲れ様。二人ともビールにする?」

俺と笹川は同じタイミングで頷いた。つい掌の匂いを嗅いでしまう。安っぽいボディソープの匂いしかしない。

「今日は疲れたね」

「そうっすね……」

飲み込んだビールの美味さが、沈んだ気持ちをちょっとだけ軽くした。

「今日はなんだか、二人とも大人しいのね」

「疲れてるんだよ。これが働く男の誇るべき姿なのさ。えっちゃんは、僕たちに優しくしてくれよ」

「はいはい、いつも優しくしてるじゃない。しょうがないから疲れ切った男たちに、だし巻き卵でもサービスしてやるか」

そんな何でもない会話を聞きながら、ポケットに手を突っ込んだ。硬くつるりとした感触がちゃんとそこにあった。

「浅井くんは、初めて依頼者の窓口になってみてどうだった？」

笹川はいつの間にかビールを飲み干し、日本酒の入ったおちょこをあおっている。早くも一杯だけという約束は破られそうだ。

「最悪でしたよ。今夜は、あのおっさんが出てくる悪夢でうなされそうっす」

「まぁ、癖の強い人に当たったことは不運かもしれないけどね。でも、この仕事を続けていると、あんな依頼者は多いんだよ」

「笹川さんはよくこの仕事を続けられますね。俺は笹川さんのように平然と仕事はできないな」

「僕だって、思うところはあるよ」

笹川はいつも通りの喪服を身にまとっていた。俺は作業着と喪服を着ている笹川しか見たことがない。

「帰り道に思ったんです。俺とあのおっさんは、同じ種類の人間なのかもって。俺も祖母ちゃんを見捨てたようなもんですから……」

「考えすぎだよ。浅井くんと今日の依頼者は根本的に違うと思うな。君はどんな深い確執のある人間でも、そいつの骨を窓から投げないだろ」

「何すか、それ。普通投げませんよ」

少し酔いも回ってきたせいか、思わず笑ってしまった。

「あの兄弟に何があったんですかね？　同居してるぐらいだから、元々は仲が良かったのかな」

俺の問い掛けを聞いて、笹川が一瞬遠い目をした。

「どんな近い人間でも本音の本音は一生わからないのさ。他人の頭の中は覗けないしね。だから僕たちは気持ちがすれ違ってしまうし、時に悲しい結末を迎えてしまう。結局、わかり合えない悲しい生き物なんだよ」

「確かに。他人の頭の中を覗くことができない限り、俺たちは一生わかり合えないのかな」

「私はそうは思わない」

いつの間にか、悦子さんが俺たちの前に立っていて、湯気の上がっているだし巻き卵をカウンターの上に置いた。

「笹ちゃんの言ってることは、正しいところもあるけど、ほとんど間違ってる」

悦子さんの顔から、いつもの優しい表情は消え去り、真剣な目つきで笹川を見つめていた。

「どんなところが？」

「確かに私たちは、他人の本音の本音なんて覗けないかもしれない。でも、笹ちゃんが言うようにわかり合えないなんて嘘よ。私たちはちゃんと理解し合うことができる。言葉とか仕草に頼らなくったって、別の何かで」

「その何かって、なんなんだい？」

「まあ、恥ずかしいけど愛や優しさってやつじゃない？　私は、笹ちゃんとだって、通じ合ってるなぁ、わかり合ってるなぁって思ったことがあるもんね」

悦子さんは、それだけ言うと他の客の注文を取りに行った。笹川はそれから、何も言わずおちょこに入っている日本酒を一気にあおった。いつもは酔っても顔に出ないのに、その時は頬が少しだけ赤くなっているように見えた。

花瓶を出たのは、二十三時を少し回った頃だった。ずっと、ポケットの骨のことを打ち明けなくてはと思っていたが、結局言えずじまいだった。

「それじゃ、また明日。付き合ってもらって悪かったね」

喪服を着ているせいで、笹川の姿は辺りに漂っている闇とすぐに同化してしまいそうになる。

「笹川さん」

「何？」

「やっぱり、なんでもないです」

笹川は何も言わずに手を上げると、背を向けて去っていった。

帰り道の途中、近道をしようと大きな公園に足を踏み入れた。辺りには多くの木々があり、夜風に煽られ葉が揺れている。

ずっとポケットの中にある小さな塊に指先で触れていた。喉が渇いて自販機を探すと、少し先に何台か並んでいるのが見えた。

コーラを買って、近くのベンチに腰掛けた。流し込んだ炭酸は、喉の奥を静かに刺激した。

「君の兄ちゃん、ムカつくし、口臭いし、汚らしくて最悪だったよ」

ポケットの中の骨を触りながらそう呟いた。

「でも、君のこと、時々思い出してくれればいいのになぁ」

俺はベンチから立ち上がると、近くに生えていた木の根元に浅い凹みを掘った。そして、種を植えるかのように、静かに骨の欠片を入れた。

「君の大切なフィギュアを壊してしまって、本当にごめん」

骨の上に掘り返した土をかけた。手に触れた土は冷気を含んでいて、痛いほど冷たい。

第四章

私たちの合図

「四百六十円になります」

サンタクロースの格好をしたコンビニ店員が、俺に微笑みかける。

「袋は大丈夫です。このままでいいっす」

「ありがとうございます。レシートはご入用ですか？」

俺は首を横に振って、買った煙草をポケットにしまうと外に出た。店頭ではフライドチキンの販売をしている店員もいて、そいつはトナカイの格好をしていた。視界に入ったフライドチキンは、なんだかグロテスクな塊に見える。特殊清掃のバイトを始めてからレバーは完全に食べられなくなっていたし、最近は肉を見ても食欲はわかない。

冷たい風を感じながらデッドモーニングへ向かう。途中、何組ものカップルとすれ違った。手を繋ぐ二人の間を通り抜けてやろうかと何度も思ったが、実際は道路の片隅で俯きながら歩き去ることしかできなかった。

ガムテープが貼られた事務所のドアを開ける。薄暗さは相変わらずだが、靴箱の上に小さなクリスマスツリーのオブジェが飾られていた。

「浅井くん、メリークリスマス」

望月さんがマグカップを片手に微笑んでいた。嗅ぎ慣れた、インスタントコーヒーの匂いがする。

「おはようございます。このクリスマスツリー、望月さんが用意したんですか？」

「そうだよ。笹川くんがこんなことすると思う？」

「絶対しそうにないっすね。てか、いい加減、ガムテープだけの表札変えた方がいいっすよ。ちゃんとした看板作ればいいのに」

もう一度、小さなクリスマスツリーに目を向けてから、汚い字で社名が表記された貧乏くさいガムテープを思い浮かべた。

「私も何回か笹川くんに提案したんだけど、あのままでいいんだって。別に誇るべき社名じゃないからって……」

「確かに『死んだ朝』なんて縁起悪そうですけど……なんでそんな変な社名にしたんだろう。俺ならもっと景気のいい社名を付けますよ」

望月さんがいるなら、強制的にちゃんとした表札にしそうなものだが、俺が笹川の喪服を返しに来た時から、あの玄関先のガムテープは変わらないままだった。

「浅井くんは、今日バイト終わった後どうするの？」

望月さんが数枚のクッキーと湯気の上がっているコーヒーを俺のデスクに置いた。

「何人かの女性からデートに誘われたんですけど、今日はバイトだからって断ったんですよ。よく考えればせっかくのクリスマスイヴなのに勿体無いことしたな」

「あれ？　確か、今日のシフトって浅井くんの希望じゃなかったっけ？」

俺は聞こえない振りをして、湯気が漂うコーヒーを啜《すす》った。事務所のホワイトボードを見ると、午後に遺品整理の依頼が一件入っているだけだった。

「今日は遺品整理の依頼だけか。よかった。こんな聖なる日に、異臭にまみれながら働くなんて萎《な》えますすよ」

「この依頼者からは二ヶ月前に、予約を頂いたの。わざわざクリスマスイヴにって」

「えっ？　そうなんですか？」

「そう。二、三日で伺えますけどって返事をしたんだけど、どうしてもこの日がいいんだって」

「変な人っすね。サンタの自宅の電話番号と間違ったんじゃないですか」

クッキーを齧りながら、ふと掛け時計を見ると、笹川がいつも出社してくる時刻を過ぎていた。

「笹川さん、遅いっすね。寝坊でもしてんのかな？」

「今日は半休を取っているから、午後から出社よ」

「そうなんですね。笹川さんは仕事終わってから何するんだろう？」

数ヶ月の付き合いだが、笹川から恋人がいる気配を感じたことはない。

「笹川くんは、もうイヴの予定は埋まってるの」

「へえ。笹川さんって案外モテるんですね」

望月さんは口に運ぼうとしていたクッキーを皿に戻した。そして事務所の中を見回すように宙を仰いでから言った。

「いつも浅井くんに、この事務所にいると夜の中に取り残された気分になるって話してるじゃない？」

「もはや望月さんの口癖の一つですね」

「私は冗談で、そんなことを言ってるわけではないの」

望月さんの口調は真剣だった。真っ直ぐに俺を見据えている。

「でも考えようによっては、この薄暗さも雰囲気があっていいんじゃないですか？　東京の洒落た店なんて、電気代節約してんのかって言いたい程、薄暗いし。それに俺は朝より夜の方がなんとなく好きっすね」

「確かに悲しみや孤独と向き合う静かな夜が、人生には必要かもしれない。でもね、ずっとそんな夜の中に蹲ってたら、いつの間にか一歩が踏み出せなくなってしまうの」

「あの……何の話ですか？」

俺はあれこれ思いを巡らせてから、あっ、と手を打った。

「この日当たりの悪さを改修する工事を、笹川さんに訴えろってことっすか？」

望月さんは一度大げさなため息をつくと、キッチンの方へ消えていった。

笹川が事務所にやってきたのは、午後一時を過ぎた頃だった。クリスマスイヴという日も関係なく、いつもの喪服に身を包んでいた。

「笹川さん、メリークリスマス」

「ああ。メリークリスマス」

何気なく全身を観察したが、プレゼントの類は持っていそうになかった。

「今日、デートなんすか？」

「デート？」

「隠さないでくださいよ。イヴはもう予定が埋まってるって、望月さんが言ってましたよ」

「ああ……デートみたいなもんだよ」

笹川はうっすらと笑いながら、恥ずかしいのかそれ以上は何も答えなかった。

「いいっすね。どのぐらい付き合ってるんですか？」

「九十五日だった……かな」

「そんな正確な日数を覚えているなんて、マメだなぁ。笹川さんって意外と毎日が記念日とかって言っちゃうタイプでしょ」

笹川は何も言わず、着ていた喪服をハンガーにかけると、作業着に着替え始めた。

車窓から見える空の色は、濁ったグレーをしていた。雨が降ったとしても、雪に変われば今日だけは素敵な夜になるのだろう。そんな曇った空に、ブルー・マンデーの淡々としたビートは似合っていた。

「望月さんからチラッと聞いたんですけど、依頼者はクリスマスイヴにわざわざ遺品整理を希望しているんですよね？」

「そうらしいね」

「こんなに街中がイルミネーションで輝いてる日に、遺品のことを考えるなんて悲しくならないんですかね？」

「悲しみは、クリスマスイヴにだって平等に訪れるよ」

「まあ、特殊清掃の依頼じゃなくて良かったですけどね」

「遺品整理の許可が出たら、そのまま実施しようか。電話では遺品はそう多くないと言ってたらしいからね」

　時刻を確認すると、午後二時を過ぎていた。量が少ないなら、多分四時間もしないうちに片がつく。

「そうっすね。やっちゃいましょう」

　その時、線香の臭いが鼻についた。もちろん、車内で線香なんて焚《た》いていないし、そんなものは見当たらない。

「なんか、線香臭くないすか？」

「えっ？　そうかな？」

　笹川が慌てたように煙草に火をつけたせいで、すぐにその臭いはかき消された。

　着いた先は高層マンションだった。エントランスに続く小道には落ち葉が散らばり、踏みしめるたびに乾いた音を立てる。オートロックの玄関付近には金色に塗られたライオンの銅像が鎮座していたが、よく見ると所々塗装は剝げ、プラスチックの地肌が寒空の下に晒されている。オートロックの扉のガラスも曇って薄汚れていた。

笹川が依頼者の部屋番号を押すと、何かを引き摺《ず》るような音がし、オートロックの扉が開いた。こんなにうるさいと、サンタが入ってきても一発でバレるだろう。ロビーを抜けてエレベーターに乗り込み､依頼者が住む十五階のボタンを押した。やけに動きの遅いエレベーターだった。

エレベーターから降りると、リノリウム張りの内廊下が続いていた。採光はデッドモーニングの事務所のように壊滅的で、真っ昼間から常夜灯が灯っている。

足音さえも吸収してしまいそうな内廊下を進んでいく。一番奥のドアに辿りつくと、笹川は部屋番号を確認した。

笹川が指差した部屋には、『清瀬《きよせ》』とネームプレートが掲げられていた。プレートは喫煙所の壁のように黄ばんで色褪《あ》せていた。

インターフォンを押すと、すぐに金属製のドアが開いた。室内から顔を出したのは色白の女だった。若くはないが、艶《つや》やかなセミロングヘアが似合っている。

「こんにちは。デッドモーニングです。ご依頼頂いた清瀬様でしょうか?」

「はい。お待ちしておりました」

清瀬さんは軽く頷いてから、俺たちを招き入れた。特殊清掃の現場のほとんどは、玄関の戸を開けると蠅や蛆にお出迎えされるが、今回はもちろんそんなことはない。甘くて良い香りが控えめに俺の鼻をくすぐった。

寂れたマンションの外観や内廊下とは違い、室内は明るく清潔だった。磨き上げられた短い廊下にはワックスが塗られているのか、室内灯の明かりが反射している。リビングのフローリングには塵《ちり》一つ落ちていない。配置されたラグマットは深いグリーンでフローリングの白と見事に調和していた。ベランダに面した大きな窓は眼下の街並みをミニチュアのように映し出している。

部屋全体を見回しても、そんなに物が多い感じがしない。シンプルだが、高そうな家具が幾つか配置されているだけだった。清潔な室内を見て、笹川が感心するように言った。

「とても綺麗にしていらっしゃいますね」

「いえいえ。一人でいると、掃除機を持ちながらウロウロしていることが多いんです。何か趣味の一つでもあればいいんですけど」

「いいことじゃないですか。僕も清瀬さんを見習わないといけないな」

笹川と清瀬さんのやりとりを聞きながら、改めて部屋の中を見回した。シンプルで清潔感のある品々が目に映る。いつもの現場のように混乱を絵に描いたような光景は、微塵《みじん》もない。

「早速ですが、整理したい遺品はどの程度になりますでしょうか？」

笹川の問いかけに、清瀬さんは少しだけ視線を逸らすと、数秒間黙り込んだ。

「えっと……彼の物、全部です」

そう静かに呟くと、清瀬さんはリビングから出て行った。戻ってきた清瀬さんの手には、T字カミソリが握られていた。

「この部屋にはこんな風に、彼の痕跡が残っているんです。それを全部捨てたいんです」

俺たちに見えるように掲げられたT字カミソリは、見るからに男性用だった。

「整理したい遺品は、故人が残した生活用品ということですか？」

「ええ。そんなに多くはないと思います。今ある家具は私のですし。衣類の他はこういう細々した物ばかりで……お金ならいくらでもお支払いしますので」

清瀬さんは俺たちに向かって、深く頭を下げた。

「承知致しました。遺品の量が少ないなら、作業は四時間程度で終わると思います。その間、僕たちがこの部屋に滞在することになると思いますが、来客のご予定等はありませんか？」

「もちろんありません。これからお願いできるんですよね？」

「ええ。まずは遺品をざっと見分させてください。見積もりを算出しますので」

「助かります。今日じゃなきゃ、ダメなんです」

清瀬さんは硬い表情で、きっぱりと言った。

見積もりを了承してもらった後、一度軽トラックに戻って遺品を入れるビニール袋や、簡単な清掃道具を持って再び部屋に戻った。

「一年前のクリスマスイヴに起きた、交通事故だったんです。ドライバーは飲酒運転をしていて、全国ニュースでも少し流れたんですよ」

俺と笹川が何から片付けようか、ざっと室内を見分している時に、清瀬さんが故人の死因を淡々とした口調で話し出した。

「一年も経ってしまったのに、あの人がいた時と部屋の中がそのままって、ダメですよね。よく女は過去の男のことを忘れるのが早いって言いますけど、私には当てはまらないみたいです」

清瀬さんは呆れた表情を浮かべ、部屋の中を見回した。

隣に立つ笹川が、何度か撫で付けた髪に触れた後、静かな声で言った。

「突拍子のない話ですが、太陽が死んで朝が来なくたって、暗い夜の底で生きていけばいいんです」

「……面白い慰めの仕方ですね」

「僕は本気でそう思っているんです。夜の闇は余計なものを塗り潰してくれますから」

清瀬さんはずっとT字カミソリを握ったままだった。受け取ろうと手を差し出したが、清瀬さんは黙って俺の掌を見つめるだけだった。

「どうかしました？」

「いえ……」

「あっ、俺の手汚れてます？」

「全然。綺麗ですよ」

T字カミソリが渡されることはなかった。室内には掛け時計の秒針が進む音が、はっきりと響いている。やがて、清瀬さんがゆっくりと口を開いた。

「やっぱり、やめます。整理するの……」

今度は俺たちが黙る番だった。

「本当にご迷惑をおかけしました。お車代をお出しします」

「見積もりは無料ですので結構ですよ。また気が向いたら、いつでもお電話ください」

笹川はそれだけ返事をすると、持ってきた清掃道具をまとめ、礼をしてからリビングのドアを開けた。

「本当に帰るんですか？」

「ああ。彼女にはまだ、気持ちを整理する時間が必要なんだよ」

磨き上げられた廊下を通り、玄関に向かう。玄関先には、細長い花瓶に柊《ひいらぎ》の枝が一本だけ活けてあった。触れると刺さりそうな棘のある葉に交じり、赤い実がいくつか生《な》っている。その花瓶の横には、一年前の年号が記載されたクリスマスリースが飾ってあった。

エレベーターを待っている間、柊の赤と緑のコントラストや、T字カミソリの残像が脳裏に浮かんでは消えていった。

「全部捨てたいなんて言ってたけど、やっぱり捨てたくないんですね。あの部屋に残された生活の跡は、清瀬さんにとってすがりつく何かなのかな……」

「遺品にすがりついたって、意味はないよ。死んだ人間が生き返る訳じゃないんだから」

エレベーターはなかなか来ない。ランプは、四階で点灯していた。ぼんやりとその光を眺めていると、笹川のスマホの着信音が聞こえた。

「はい。笹川です。……ええ。はい。場所は？　今から？」

なんとなく嫌な予感がする。新しい仕事の依頼かもしれない。俺は黙ったまま、笹川が電話を切るのを待った。案の定、笹川はこちらを向くと肩をすくめた。

「飛び降り自殺の清掃依頼だ。現場は、ここから二十分もかからないんじゃないかな」

「今からですか？」

「そう。マンションの屋上から飛び降りて、即死らしいね。住民の目もあるから、急いで来てくれってさ」

「俺、そんな現場初めてなんですけど……」

「野外だから、室内と比べるとそう時間はかからないよ。ただ、飛び散った脳漿《のうしょう》や血液は残っているから、いつもの現場よりは生々しいかな」

「マジすか……俺のクリスマスはホワイトじゃなく、レッドってか……」

エレベーターは十階のランプを灯したまま、長い間停止していた。さっきまで、早く来いよと思っていたが、今では全く逆のことを考えていた。

鍵を回す派手な音が聞こえたのは、エレベーターに乗り込もうとした時だった。

「待ってください」

部屋から清瀬さんが裸足《はだし》のまま飛び出してきて、息を切らしながら俺たちの前に駆け寄った。足先に塗られたエメラルドグリーンのネイルが、やけに鮮明に映る。

「もういないかと思ってました……」

「エレベーターが、なかなか来なくて」

清瀬さんは呼吸を整えると、長い前髪をかき上げた。

「やっぱり今日、遺品整理をお願いしたいんです」

「すみません、今さっき別件の急ぎの仕事が入りまして……」

「お願いします。わがままなのはわかっています。でも、今日がいいんです」

清瀬さんの声には切実な響きがあった。笹川は思案するような表情を浮かべてから、俺の肩に一度触れた。

「わかりました。彼が残ります。僕も数時間後には合流しますので」

「俺、一人ですか……？」

「そう。君なら大丈夫だよ。清瀬さんに処分していい物を聞きながら整理するんだ」

そう言い残すと、笹川はエレベーターに乗り込んでいった。暗い内廊下にエレベーターの扉が閉まる、ガタついた音が響いた。

「俺、まだ新人なんですけど、とにかくよろしくお願いします」

俺の挨拶を聞くと、清瀬さんは無言で深く頭を下げた。リノリウムの内廊下に、その影が長く伸びていた。


部屋に入ると、まずは衣類を捨てることから始めた。ベッドルームの片隅にウォークインクローゼットがあり、様々な衣類がハンガーに吊るされていた。もちろん女性用の服もあったが、半分はサイズの大きい男性用の服だった。

「……本当にいいんですよね？」

「はい。お願いします」

俺は二重にしたビニール袋を数枚持って、ウォークインクローゼットの中に入った。

「なんかいい香りがしますね。一年間も誰も着ていない服があるのにカビ臭さや、饐えた臭いなんて全くしないっすよ」

「もう着る人はいないのに、定期的に洗濯したりクリーニングに出したりしちゃうんですよね。馬鹿みたいでしょ？」

ほとんどの男性用の服はビニールのガーメントバッグに包まれていた。視界に入ったシャツには皺一つなく、Tシャツの類は丁寧に畳まれ衣装ケースに保管されていた。

「大切にされてるんですね」

「違うんです。ここにある服を洗濯したり、クリーニングに出したりするのはもう私の生活の一部で、急にやめられなかっただけなの。でも、それも今日でおしまい」

その言葉を合図に、俺は男性用の衣類をビニール袋に詰め込んでいった。いつの間にか、清瀬さんも故人の衣類に手を伸ばしていた。

「人生で、こんなに服を捨てる日が来るなんて思わなかったな。しかも私のじゃないし」

「無理して手伝わなくていいんですよ。全部やりますから」

「いいの。案外、こんなに見境なく捨てるのは気持ちいいしね」

次から次へと、クローゼットに吊り下げてあった衣類は消えていく。故人の服はシンプルなデザインが多く、色もほとんどが黒や紺ばかりだった。

「同じような服が多いでしょ？」

「そうっすね」

「彼は普段着には無頓着だったから。でもネクタイには、こだわりがあったの」

ハンガーの一つには、大量のネクタイが吊るしてあった。動物のキャラクターが描かれた総柄のネクタイもあれば、カラフルな水玉のネクタイも見える。

「ネクタイは派手なものが好きだったんですね？」

「そうね。それに、職場では午前と午後でネクタイを替えてたらしいの。こんな子どもっぽいネクタイを何度替えたって、女性社員は振り向いてくれないのにね」

呆れた口調の後、清瀬さんは一着の服を手に取って無表情のまま見つめていた。

それは、赤いブルゾンだった。真っ赤というよりは茶色が少し混じったような赤で、夕暮れみたいな色だった。

「この服、彼の誕生日に私がプレゼントしたの」

「渋くていいっすね」

「でしょ。でも、二回ぐらいしか着てくれなかったな」

すぐに赤いブルゾンが、ビニール袋に投げ捨てられる音が聞こえた。

「似合ってたんだけどな。でも、彼の趣味には合わなかったみたい」

俺は聞こえなかった振りをして、黙々と作業を続けた。手に取った衣類はどれも染み一つなく、洗剤の香りが微かにした。

三十分もかからないうちに、ウォークインクローゼットの中から故人の服は消えた。その代わりに膨れ上がった大量のビニール袋が辺りに転がっている。

「こんなにスペースが空くんだね。早く新しい服を買わないと、クローゼットが可哀想」

清瀬さんはどこかふっ切れたのか、ずっと俺に向かって何か喋り続けていた。それがカラ元気なのか、本心からスッキリしているのかは、表情を見てもわからなかった。

「このクローゼットを見たら伝わると思うけど、彼は興味のあることには、とことんこだわる人だったの。でも、それ以外はどうでもいいって感じでね、普段着は何でもいいけど、ネクタイは自分の気に入った物しか身につけないみたいな……一番面倒くさいタイプ」

「確かに。クローゼットを見ただけで、ネクタイに相当な愛情を抱いているのが伝わります」

「他にもね、財布は革の長財布じゃなきゃダメだとか言って高価な物を買ったくせに、いざ使い始めるとレシートとか紙くずとか入れっぱなしなの。あとは下着はシルク混のブランド品なのに、ズボンはラーメンの汁が飛んだ汚れたデニムとかね」

「こだわるポイントがよくわかりませんね」

「本当に。あのブルゾンの件があってから、彼に何かプレゼントする時は事前に欲しい物を聞くことにしたの。サプライズも何もあったもんじゃない」

「俺は、どんな物でもプレゼントされたら嬉しくなるけどな」

「普通そうよね。彼みたいな変な大人になっちゃダメだからね」

最初は清瀬さんのことを大人っぽい、洗練された女性だと思っていた。会話を重ねていくうちに、素直で気取ったところのない人物だと知った。

「次は、どこを整理しますか？」

「洗面所とキッチンを頼もうかな」

洗面所には、曇り一つない大きな鏡があって、作業着姿の俺と清瀬さんの華奢《きやしや》な身体を映し出していた。

「ここも、掃除はしていたんだけどね」

洗面台には、洗口液や歯磨き粉に交じって、赤と緑の歯ブラシが一本ずつ並んでいた。

「歯ブラシもそのままですか？」

「ええ、恥ずかしながら。彼のは、その緑色」

俺は許可を取ってから、緑の歯ブラシをビニール袋に捨てた。洗面台の上にはシェービングクリームや外国製の乳液も置かれていた。

「肌の弱い人で、よくカミソリ負けをしてたっけ」

「何も知らずにこの洗面所を見たら、まだ誰かと生活しているように思えますね」

「そうかもね。こんな女、気味が悪いでしょ？」

「いや……その……衣類を捨てられないというのはなんとなくわかるんですけど、歯ブラシやシェービングクリームのような消耗品まで、一年も残している依頼者は珍しいです」

「そうよね。もし、誰かが私のような生活をしていたら、自分のことは棚に上げて引いちゃう」

清瀬さんは電気シェーバーを手に取ると、迷いもなくビニール袋に捨てた。

「今日、思い切って整理できて良かった」

「俺も最後まで頑張ります」

清瀬さんは俺の言葉を聞いて、静かに頷いた。洗面所からは、徐々に故人が使っていた生活用品が消え去っていく。

洗面所の遺品整理が終わり、キッチンに向かう。コンロは油汚れ一つなく、シンクは鏡のように輝いていた。大きな食器棚には、わざわざ別容器に移し替えられた調味料が並び、シンプルな食器がオブジェのように飾られていた。

「キッチンにも故人が残したものってあるんですか？　ここは清瀬さんの領域って感じがするんですけど」

「何言ってるの。彼の一番のこだわりは、このキッチンにあるんだから」

清瀬さんは食器棚の扉を開け、中から何かを取り出した。実験器具のようなそれらに、俺は見覚えがあった。

「あっ、一番のこだわりがわかりました。コーヒーですね？」

「正解。もう、あれは病気ね。突然仕事を辞めて、コーヒーショップを開業するなんて言いださないか、本気で心配した時期があったな」

食器棚からは豆を挽《ひ》く手動のミルや、ペーパーフィルター、陶器製のドリッパー、理科の授業で使用するような目盛りが記載されたサーバー等が次々と取り出される。

「あなたもコーヒーを自分で淹《い》れるの？」

「えっと……正直言うと、数回しかやったことがありません。ハンドドリップでコーヒーを淹れたらかっこいいかなと思って一式買ったんですけど……結局、面倒臭すぎて、すぐにやめちゃいました」

「そうよね。一杯淹れるのも手間が掛かるし、それなりに技術もいる。最近じゃコンビニのコーヒーだって十分美味しいし」

「もっと言っちゃえば、俺はコーヒーよりココアとか紅茶の方が飲みやすくて好きなんです」

ダイニングテーブルの上には、取り出したコーヒー用品が幾つも並んでいた。ドリッパーやサーバーは数種類あり、温度計やデジタルの秤《はかり》もあった。

「彼曰く、コーヒーは焙煎《ばいせん》で味が決まるんだって。近所に焙煎所も兼ね備えたコーヒーショップがあってね。彼はそこのマスターを信頼していて、いつもその店でコーヒー豆を買ってたんだ」

「確かに、相当なこだわりを感じます」

「焙煎してから五日目の豆が一番いいとか得意げに語っちゃってさ。コーヒー豆だってまとめ買いをすれば楽なのに、鮮度が落ちるからとか言って、月曜日と金曜日に数杯分しか買わないの」

「焙煎からチェックしてたんですか？　本当に好きだったんですね」

「だって、初デートが玄人好みのコーヒーショップだったから。そこで一杯千二百円のコーヒーを飲まされたの。千二百円もあれば、ちゃんとしたランチが食べられたのに」

清瀬さんは、小瓶に入ったコーヒー豆を一粒取り出し、ダイニングテーブルの上に転がした。

「暇があれば、買ってきた豆を自分でブレンドしてさ、その出来に一喜一憂してたの」

「そんなこだわりのコーヒーを日頃から飲めた清瀬さんが羨ましいです」

俺の返事を聞くと、清瀬さんがゆっくりと首を横に振った。

「私はほとんど飲んだことがないの。彼は豆の鮮度を気にして、自分が飲む分しかコーヒーを淹れなかったから」

「えっ、もったいない」

「酷いでしょ？　でもね、ある時だけは、私にもコーヒーを淹れてくれるの」

「誕生日や記念日とかですか？」

「そんなこと、彼が覚えてるわけないじゃない。喧嘩した後にそろそろお互い素直になろうかなって雰囲気が漂うとね、彼が何も言わずにコーヒーを淹れてくれるの。それが仲直りの合図」

　ダイニングテーブルに転がったコーヒー豆は、粒も大きく綺麗な薄い茶色だった。

「仲直りをする切っ掛けがコーヒーを一緒に飲むことなんて、お洒落な関係ですね」

「私たちにはただの日常よ。その時彼は、わざわざ新しいコーヒー豆を買ってきてくれてね。こだわっているだけあって、いい香りがしたな」

　清瀬さんは一度咳払いをすると、ダイニングテーブルに並んだ様々なコーヒー用品をビニール袋に捨てた。俺も無言でその作業を手伝う。

「もう、彼が淹れたコーヒーは飲めないんだね」

　小瓶に入ったコーヒー豆が捨てられ、ビニール袋から乾いた音が聞こえた。

　最後にリビングに残っている遺品を整理することになった。一度は遺品整理をやめようとしたことが嘘のように、清瀬さんは躊躇いもなく様々な遺品をビニール袋に捨てていく。

窓際には小さめの本棚があった。よく整頓され、数々の本が収まっている。小説や漫画は見当たらず、ほとんどがコーヒーに関する本だった。その中に幾つか辞書が並んでいた。

「俺は小説とかは全く読まないんですけど、辞書はいつも持ち歩いているんです」

「へえ、今時珍しいね」

「辞書って言っても電子辞書ですけど。もう癖みたいになってて」

「癖かあ。そういえば、彼は腕時計をずっと身につけてたな。お風呂に入る時も身につけてるから『取りなさいよ』って言っても、防水だからとかなんとか言ってさ、絶対に取らないの」

清瀬さんは小物入れの一つから、カジュアルなデザインの腕時計を取り出した。表面にはヒビが入っていて、秒針は動いていない。

「ずっと腕時計を身につけているくせに、待ち合わせにいつも遅刻してくるの」

清瀬さんは壊れた腕時計を一瞥すると、ビニール袋に捨てた。

「ずっと故人が身につけていたものですよね？　そんな簡単に捨てちゃっていいんですか？」

「いいの。こんな壊れた時計を見つめたって、どうしようもないじゃない」

それから清瀬さんは、幾つかのアルバムを引っ張りだして、その中から数枚の写真をビニール袋に捨てた。ふと写真を横目で見ると、白いシャツを着た小太りの男が笑顔を向けていた。

「なんか優しそうな人っすね」

「そう？　こうやって改めて昔の写真を見ていると、彼の頭髪が年々薄くなってきてたのを感じるね」

清瀬さんは、写真を指先でゆっくりと撫でた。爪には足先と同じ、エメラルドグリーンのマニキュアが塗られている。

「余計なお世話かもしれないんですけど、無理してませんか？」

俺の言葉に、清瀬さんの手が止まった。

「どうして？」

「いや……なんとなく」

「無理しなきゃ、いつまでも私は変われないの。彼との生活をなかったことにしたいわけじゃなくて、これは儀式みたいなものなのよ」

「でも……」

「とにかく、やっと踏ん切りがついたんだから」

清瀬さんに促されて、俺もアルバムの中の写真を捨てるのを手伝った。海外の街角で撮った写真もあれば、なんでもない日常を切り取った写真もある。どの写真でも、小太りの男は笑っていた。

「八年間付き合っていたの」

「長いですね。写真を見ていても楽しそうな日々が伝わってきます」

「意外とあっと言う間だったけどね」

「八年間も同じ人を想い続けるなんて、何だか凄《すご》いです」

俺の返事を聞いて、清瀬さんは沈黙した。調子に乗ってまずいことを言ったかと、脇の下に汗が滲む。

「……でもね、段々、あの人の顔が思い出せなくなってきたの。日々が過ぎていけばいくほど。だからこういう生活もちゃんと区切りをつけないとって思って」

「そうですか……」

「もちろん、写真を見たりすればちゃんと思い出すことはできるんだけど、なぜか頭の中にいるあの人はどんどん曖昧になっていくの。ちゃんと思い出せるのは、部分的なところだけ。鼻の形とか、ホクロの位置とか、歯並びとかね。八年も一緒にいたのに不思議」

清瀬さんの話を聞いて、俺も祖母ちゃんの顔を思い出そうとした。でもどんなに頑張っても遺影の中の表情しか浮かばない。

俺はアルバムに残っている写真を見つめた。やはり故人は、いつも笑顔を向けていた。

テレビ台に放置された革の長財布は、なんとも言えない雰囲気のある色合いに変わっていた。こんな色合いに変色するまで、どれほどの月日が掛かるんだろう。財布に触れると、ずっしりと重かった。それに札入れからレシートがはみ出ている。日付は亡くなる前日のものだった。

「すみません。もうお金が入っていないと思って、故人の財布に触っちゃいました。捨てるなら、残っているお金を抜いてください」

本棚を整理していた清瀬さんは手を止め、俺が持っている長財布を一瞥した。

「このまま、捨ててくれないかな」

「え？　でも、まだお金が……」

「いいの。大した額じゃないし。レシートやカードも入ったままだから、重たく感じるだけ」

「いいんですか？」

「うん、お願い。私は今日で、彼が残した全てを捨てたいの」

俺は言われた通りに、長財布をビニール袋に捨てようとして手を止めた。

「俺、すぐ調子に乗って、失敗してしまうことが多いんです。よく陰で今時の若者なんて言われます」

「どうしたの急に……」

口の開いたビニール袋の中を見下ろした。その中には様々なシーンの小太りの男が散らばっていた。どの写真を見ても、楽しそうに微笑んでいる。

「この前も、俺の不注意で遺品を壊しちゃったんですよ。その時は、すぐに捨てる遺品だし別にいいかって思ったんですけど……後で反省して、すごく後悔しました。そして気づいたんです」

「どんなことに？」

「俺がやっていることって、不用品の廃棄処分じゃないんだって」

清瀬さんは一瞬、視線を逸らすと俯いた。そんな姿を見据えながら、俺はわざとおどけた口調で言葉を続けた。

「最近変なんですよ。誰かが生活していた部屋で作業していると、ふとした瞬間に、その人の声が聞こえるような気がするんです。生前会ったことも、話したこともないのに。特殊清掃とか遺品整理のしすぎで、超能力でも身についちゃったのかな」

ものすごいタイミングで誰かが相槌《あいづち》を打ったかのように、本棚からコーヒー雑誌が一冊落下した。清瀬さんは音がした方を見ようとせずに小さな声で言った。

「声が聞こえるって……もう彼は……」

「耳を澄ませるだけじゃ、聞こえない声ってあるような気がするんですよね。ってこれは受け売りですけど。やっぱ俺、変なこと言ってますね」

清瀬さんはそこで初めて気づいたように、先ほど落下したコーヒー雑誌を手に取り、ビニール袋に捨てた。

「彼が私に語りかけてくることはないと思うな」

「どうして、そう思うんですか？」

清瀬さんは遠い目をしてから、小さな声で話し出した。

「実はね、彼が亡くなる四日前に大喧嘩をしちゃって……それからほとんど会話なんてなかったの。お互い謝ることはできずに、サヨナラだったんだから」

清瀬さんは、整理途中だった本棚に手を伸ばした。辞書を抜き出す指先は、微かに震えていた。

「誰かと出会うのって、本当は悲しいことなのかもね」

そう呟く声が聞こえた。俺は何も返事ができず、手に持っていた長財布をビニール袋に捨てた。


作業がすべて終わる頃には、時計の針は午後五時を指していた。

「少ないと思ったけど、結構あったね」

玄関先には幾つものビニール袋が積み上げられていた。部屋の中を見回すと、残っているのは確かに女性物ばかりだ。

「これでも、少ない方っすよ。大きな家具とかはなかったですし、清瀬さんが手伝ってくれたおかげで早く終わりました」

「そう。こちらこそ、ありがとう」

あれから俺たちは、実務的なやりとり以外会話はなく、黙々と作業を進めた。そのせいか予想より早く遺品整理は終了した。窓の外は日が暮れている。冷たい空気を纏《まと》いながら、笹川はどこかで淡々と作業をしているんだろうか。

ダイニングテーブルの上に湯気の上がっているマグカップが置かれた。室内にココアの香りが広がる。

「ココアが好きって言ってたよね？」

「ありがとうございます、いただきます」

俺はダイニングテーブルの椅子に腰掛け、無心でココアを啜った。対面に座った清瀬さんは、ただ窓の外をぼんやりと眺めている。

「世間はクリスマス一色ですね」

「そうね。あなたは彼女と遊びに行きたかったんじゃないの？」

「それが、毎年クリスマスは一人なんです。恋人と手を繋ぎながらイルミネーションの中を歩くなんて、俺にとっては都市伝説みたいな感じです」

少しでも、気詰まりな空気をかき消そうと、わざと冗談交じりに返事をしたが、清瀬さんは再び窓の方に視線を向けた。

「突然で申し訳ないんだけど、様々な死の現場を見てきたあなたに一つ質問してもいい？」

「俺に答えられることでしたら」

「子どもみたいな質問なんだけど、死ってなんだと思う？」

頬杖をついた清瀬さんが、指先のネイルに目を落とす姿が見えた。

「死ですか？」

「そう。死」

「正直、わかりません。俺が体験した現場でも、死にも色々と種類がありますし。家族に愛されていた人もいれば、孤独の中で亡くなる人もいる。それに自分で命を絶つ人も……」

「それはつまり、同じ死なんてないってこと？」

「ええ。だから、俺には死はこうですよ、なんて言えません。でも……」

清瀬さんは俺をジッと見つめていた。

「はっきりと言えることが一つだけあります。亡くなった方の生活はいずれ消えるということです」

冷蔵庫の駆動音が聞こえてきそうな程の静けさが部屋に漂った。やがて、清瀬さんがゆっくりと口を開いた。

「トイレの便座がね、いつも下がってるの。それに、お風呂に入った後も換気扇の回し忘れがないしね」

「どういうことですか？」

「彼と生活をしていた時に、私がよく注意していたこと。そんな、ちょっとしたことが無くなったと気づいた時に、彼がもう死んでしまったことを実感するのよ」

エアコンから吐き出される生温い微風のせいで、いつの間にか頬が火照っていた。

そんな部屋の中に、小さなため息が聞こえた。

「本当は去年のクリスマスに彼と入籍する予定だったの。付き合って八年。もっと早く決断しろって感じよね」

清瀬さんは椅子から立ち上がると、ベッドルームの方に消えていった。戻ってきた手にはエメラルドグリーンの小箱があった。

「彼が残したものは、これで最後」

小箱を開くと、中には大きさの違うシルバーの指輪が二点収められていた。

「結婚指輪ですか?」

「そう。でも直接渡されてはいないの。ウォークインクローゼットの隅に隠すように置いてあったから」

箱の中で輝くその指輪は、やりきれない程に室内灯の明かりを反射していた。

「綺麗ですね」

「一度も箱から取り出したことがないの。それにはめたことも。だから、新品」

指輪はシンプルなデザインで、中心に小さなダイヤが光っていた。

「さっき彼が亡くなる四日前に、大喧嘩をしたって話したでしょ。その原因はね、この指輪」

「指輪のデザインで揉めたとか?」

「違うの。彼は残念なことに指輪に興味はなかったから。指輪のデザインを決めたのは私だし、彼は何も反対しなかった」

「じゃ、どうして……」

清瀬さんは小箱をゆっくりと閉じた。

「デザインを決めた後は、彼に一人でお店とやりとりをしてもらったの。半強制的にね。そうすれば、指輪に少しでも興味が出ると思って」

俺は小さく頷いた。

「順調に指輪は出来上がっていったの。でも、二人でお店に受け取りに行く当日に、大喧嘩になっちゃった」

「何があったんですか？」

清瀬さんは一度宙を仰ぎ、また小さなため息を漏らした。

「私にとって指輪を受け取りに行く日は、人生の中でもかなり特別だったの。だから、できる限りのお洒落をして出かけようと思ったんだけど……彼を見たらね、寝癖をつけたままで、時々パジャマにもしているパーカ姿で」

「それはまた……自然体というか、何も考えていないというか」

「一番腹が立ったのはね、あんなにこだわりのある、ネクタイ一つしてくれなかったこと。この人は今日という日に、本当に興味がないんだなと思ったらかっとなっちゃって、彼の大切にしているコーヒー豆を投げつけちゃった」

「季節外れの豆まきってやつですね」

「本当にそう。鬼は外っていうか、外に出すだけじゃ、収まりきらない怒りを感じてたな。裸にして、北極の氷河に投げ入れてやりたかった」

清瀬さんは冗談を口にした割には、つまらなそうに指輪の入った小箱を見つめていた。

「彼も大切にしていたコーヒー豆をそんな風に扱われて怒ってね。結局、その日は指輪を受け取りに行かなかったの。それから、彼が亡くなるまでの四日間は、おはようも、ただいまも、いただきますも、そんな短い言葉すら交わさなかった」

「でも、じゃあ、どうしてここに指輪があるんですか？」

「彼が一人で取りに行ったんじゃない。私の機嫌が直ったところを見計らって、渡そうと考えてたのかもね」

天井から子どもが走り回るような足音が微かに聞こえた。そんな音がはっきり聞こえるほど、お互いに少しの間黙り込んでしまった。

「この一年をたとえるなら、ずっと見続けてたドラマの最終回を見逃した気分。もう永遠に再放送はないの。だからね、そんな気分を忘れるためにも、この指輪は今日で捨てる」

清瀬さんは小箱を持つと、椅子から立ち上がった。

「私には、もう彼の声は思い出せないから」

俺は小箱と同じ色に塗られた指先から目が離せなかった。そんな映像を遮断するように、鼓膜の奥の方で小さな物体が転がる音が蘇った。不意にさっき見た、財布からはみ出したレシートが脳裏を過ぎった。

「待ってください」

「どうしたの？」

「指輪は、捨てないでください」

俺が勢いよく椅子から立ち上がったせいで、空になったマグカップがダイニングテーブルの上を転がった。

「もういいの。今更何を思ったって……」

「喧嘩したのは亡くなる四日前って言ってましたよね？」

「そうだけど……」

俺は放置されたビニール袋に駆け寄った。その中の一つを解き、手を伸ばして目的の遺品を捜す。なんとか柔らかい革の感触にたどりつくと、それを掴み上げ、ダイニングテーブルに向かった。

「失礼します！」

俺は革の長財布を開いた。大量に詰め込まれたレシートを取り出し、すぐに探し当てたレシートをよく見えるように掲げた。

「これを見てください。亡くなる前日の日付です」

清瀬さんがレシートを受け取り、記載された文字を目で追っているのが見えた。

「コーヒー豆のレシート……」

「多分、清瀬さんと仲直りの切っ掛けを作りたくて買ったんじゃないでしょうか」

「でも、自分用に買ったんじゃないの……」

「レシートの日付は水曜日になっています。故人がコーヒー豆を買うのは月曜日と金曜日のはずですよね？　だから、このコーヒー豆は清瀬さんのために買ったんです」

　清瀬さんは再びレシートに目を落とし、また最初から文字を追っているようだった。

「清瀬さんが思い出す日は、彼が亡くなった日以外にも沢山あるはずです。だから、誰かと出会うことが悲しいなんて、言って欲しくないんです！」

　ダイニングテーブルには、一年前のレシートが散乱していた。少しの沈黙の後、鼻水をすする音が聞こえた。

「なんで彼だったの？」

「え？」

「なんで相手の運転手はお酒を飲んでいたの？　なんで彼はあの時間にあの道路を運転していたの？　最後は痛かった？　そんなことばっかり考えてるの。もう一年も経ったのに」

　俺は返す言葉が見つからず、口を噤んだ。

「少し、独りにしてもらってもいいかな？」

俺が頷くと、清瀬さんは小箱とレシートを握りベッドルームに消えていった。

笹川が戻る頃には、降り続けていた雨は止んでいた。あれから部屋の中で待機するわけにはいかず、俺はエントランスのソファーで、ただぼんやりと時間を潰していた。

「参ったよ。作業中はずっと雨が降ってるしさ。手がかじかんでしまった」

「お疲れ様です。一応、遺品整理は終わってます……」

「浅井くんもお疲れ。それじゃ、楓ちゃんが待っているから、処分する遺品を運ぼうか」

「はい……でも、清瀬さんが独りにしてくれって……」

ソファーから立ち上がって事情を説明した。

「そっか。僕が話を聞いてみるよ。浅井くんはここで待機していて」

そう言い残すと、笹川はエレベーターに乗り込んでいった。階数を示すランプが十五階で止まるのを確認した後、俺は再びソファーに腰掛けた。自然と電子辞書を取り出し、文章を打ち込んでから読み上げのボタンを押した。

『こんなトロいエレベーターじゃ、サンタがプレゼントを配りきれないよ』

聞き慣れた合成音声が、広いエントランスに響いた。

しばらくしてエレベーターが到着する音が聞こえた。顔を向けると、笹川が両手に遺品の入ったビニール袋を持っている姿が見えた。

「遺品は全て廃棄。僕が部屋から運び出すから、浅井くんはトラックに運んでいってくれ」

頷きながら、笹川からビニール袋を受け取った。今持っているビニール袋の中に、あの指輪が捨てられているかもしれないと考えると、胸のどこかがチクリと痛む。

外に出ると、身を裂《さ》かれるような冷気が漂っていた。透明度の高い夜空に、パン屑《くず》を散らかしたような星々が輝いている。マンションから少し離れたところに、楓のトラックは停まっていた。今、手に持っているビニール袋が白かったら、作業着を着たサンタに見えなくもない。そんなことを考えながら、運転席の窓をコツコツと叩いた。

「楓ちゃん、お疲れ。メリークリスマス」

ドアを開けて降りてきた楓は、自分を抱きしめるような格好で、寒さをしのいでいた。

「そんな作業服着て黒いビニール袋持ったサンタなんか、誰も寄ってこないよ」

「楓ちゃんが寄ってきたじゃないか」

「くだらないこと言ってないで、早く積んでよ。あー寒い」

楓に促され、遺品の入ったビニール袋を荷台に積んだ。トラックが吐き出す油臭い匂いと、冷たい空気が混ざり合う。実家で冬に使っていた石油ストーブを思い出した。

「こんな素敵な日なのに、あんたは陰気臭い顔してるのね」

「別に普段通りだよ。世間が浮かれすぎなんだ。クリスマスイヴにだって、平等に悲しみは訪れるんだから」

笹川のセリフを真似てみる。遺品をトラックに積み込んでいる最中、ずっと気が重かった。

「あんたは、今日なんか予定あるの？」

「別に」

「まあ、あんたにイヴの予定なんか入ってないか。可哀想だから、仕事終わったらご飯でも行く？」

楓の方を振り返ると、作業着の袖口を弄りながら俯いていた。いつもの生意気な態度は影を潜め、いつまでも俺と視線を合わせようとはしない。

「断るのも可哀想だから、行ってやってもいいけど」

「なにそれ。せっかく誘ってやってるのに。とにかく仕事終わったら、前にあんたがエロＤＶＤを返す時に会った、交差点に来てよ」

「お、おう。八時には行けると思う」

「遅れんなよ。私は寒いのが苦手だから」

それから一度も楓と目が合うことはなく、俺はマンションに向けて再び歩き出した。

処分する遺品は、エントランスとトラックを何度か往復する頃には、全て荷台に積み込まれた。楓はさっきの約束なんてなかったかのように、俺を無視して笹川と軽口を叩いていた。

「笹ちゃん、いつもありがとね。それじゃ、メリークリスマス」

楓を乗せたトラックが、轟音を撒き散らしながら走り去っていった。

「どうした？　なんか表情が不自然だよ」

「なんか、ずっと奥歯にカスが詰まってて」

そんなどうしようもない嘘を吐き出しながら、にやにやしそうになるのを我慢した。

「清瀬さんが君に用があるって」

「え？　何かクレームですか？」

「さあ。行けばわかるよ」

「笹川さんも一緒に来てくれるんですよね？」

笹川はゆっくりと首を横に振った。

「僕も手伝ったとはいえ、君に初めて任せた現場だ。君一人で行くんだ」

「でも……」

「書類にサインは貰ってあるから。僕は車で待っているよ。温かい缶コーヒーでも握っていないと、手が凍ってしまいそうだからね」

笹川は一度、冷え切った手に息を吹きかけると、コインパーキングの方に一人で歩き出した。


内廊下に顔を出した清瀬さんの目は、赤く腫《は》れあがっていた。ベッドルームに消えてから、泣いていたのは明らかだった。

「あなた、浅井くんって言うのね？」

「え、はい。そうですけど」

「最後に頼みたいことがあるの」

清瀬さんはそれだけ呟くと､俺を室内に招き入れた。ダイニングテーブルの上に、一度は捨てられたコーヒー用品が並んでいた。

「確か、コーヒーをハンドドリップで淹れたことがあるって言ってたよね」

「ええ……まあ、数回だけですけど」

「私のためにコーヒーを一杯だけ淹れてもらいたいんだけど」

「でも……一年も前のコーヒー豆は賞味期限が切れていると思います」

「お願い。香りだけでも嗅ぎたいの」

断りきれず、俺は小さく頷いた。いつかの記憶を探りながら恐る恐る手動のミルで豆を挽いていく。一年前に購入した割にはカビが付いていたり、腐っていたりするような豆は見当たらなかった。

「この豆を挽く音……懐かしいな」

清瀬さんの呟く声を聞きながら、ペーパーフィルターをセットしたドリッパーを、サーバーの上に載せた。コーヒーをハンドドリップで淹れたことなんて、数回しかないのに、スムーズに手が動いていくのが不思議だった。

「後は、挽いた豆をペーパーに入れて、お湯をゆっくりと落とせば、コーヒーの出来上がりです」

ペーパーフィルターに挽いた豆を敷き詰めてから、円を描くようにケトルから湯を落とした。豆はゆっくりと膨張し、ふくよかな香りを撒き散らす。

陶器のマグカップに茶色の液体が満たされる頃には、室内にコーヒーの香りが広がっていた。インスタントとは違う、生々しい香りを嗅いでいると、一年前の豆がちゃんと小瓶の中で生きていたのが伝わった。

清瀬さんは無言で、部屋中に漂う香りに身を任せているようだった。口に運びはしなかったが、両手はずっとコーヒーの入ったマグカップを包み込んでいた。

「彼はね、二人分のコーヒーを淹れる時も、一回のドリップで一杯分のコーヒーしか淹れないの。まとめて作れば時間もかからないのに」

「本当に強いこだわりがあったんですね」

「そうね。彼は出来上がった二杯のコーヒーをそれぞれ味見してね、いつも出来の良い方を私に渡してくれるの」

清瀬さんはマグカップに鼻を近づけ、一度深く息を吸い込んだ。

「この匂いを嗅いでいたらね、『こっちの方が美味いよ』って笑いながら話す、彼の声を思い出しちゃった……」

清瀬さんはマグカップから手を離すと、ポケットからあの小箱を取り出した。

「あれ、てっきり、もう捨てたのかと……」

「これは、やっぱり捨てようと思う……でもね、笑ってサヨナラができる時が来たら捨てることにしたの」

「笑ってサヨナラですか……？」

「さっき一人で指輪を眺めながら決めたの」

清瀬さんはハンカチを取り出し、潤み始めた目頭を押さえた。

「それは明日かもしれないし、一年後かもしれない。もしかしたら何十年後になるかも……きっと、その時は浅井くんに言われた言葉を思い出しているはず。誰かに出会うことは悲しいことなんかじゃないって言葉を」

清瀬さんの言葉を聞いて、鼻の奥がスンとした。

「俺、余計なことを言っちゃって……」

清瀬さんは柔らかく微笑んで首を横に振った。

「そんなことないよ。浅井くんがあの時、指輪を捨てる私を止めてくれなかったら、これには気づかなかったから」

「これ？」

「指輪の裏側を見てみて」

小箱の中から小さい方の指輪を受け取る。裏側に目を凝らすと故人と清瀬さんのイニシャルの間に、ある文字が刻印されていた。

「私が注文したデザインはね、お互いのイニシャルだけだったの。この言葉は彼が勝手に追加したんだろうね。ほら、こっちも」

大きい方の指輪の裏側を眺めた。どちらの指輪にも、故人と清瀬さんのイニシャルの間には『Special Blend』という文字が刻印されている。

「素敵な言葉ですね」

「スペシャルブレンドなんて……彼は顔には出さなかったけど、この指輪にもこだわってくれてたのかな？」

「きっと、そうですよ。故人は美味しいコーヒーとこの指輪をプレゼントしたかったんだと思います」

「それにしても、結婚指輪にまで、コーヒーを絡めなくてもいいのにね」

清瀬さんは呆れたように言いながらも、満面の笑みを浮かべていた。

「……今日だけは、コレを身につけてもいいよね？　聖なる夜なんだし」

俺が小さく頷いた後、清瀬さんの左薬指に輝く光が灯った。

「やだー。ぶかぶかじゃない。一年前より痩せちゃったかな」

「お世辞抜きで、とても似合っていますよ」

清瀬さんは微笑みを浮かべながら、左手を差し出した。俺は自然と差し出された手を握り返していた。

「メリークリスマス」

清瀬さんが笑みを浮かべながら言った。ダイニングテーブルに置かれたマグカップからはまだ静かに湯気が上っている。このコーヒーが冷めるまでの少しの間だけ、確かに存在していた二人の生活が蘇るような気がした。


帰り道の車内で、一つ驚くことがあった。いつも決まってブルー・マンデーが流れているはずの車内には、アコースティックでメロウな音楽が静かに流れていたのだ。

「ブルー・マンデーじゃないですね？」

「気分でさ。僕だって違う音楽も聞くよ」

「珍しいですね。あっ、これからデートだからロマンチックな気分を高めてるとか」

「まあ、そんなところだよ」

「どこのレストランに行くんですか？」

「家でケーキを食べて、プレゼントを渡すだけさ」

「へえ。まあ、でもそういうのが一番落ち着きますよね」

笹川の話を聞きながら、もし食事が終わった後、楓がうちに来るなんて言い出したら、早急にいかがわしい本やＤＶＤの数々を隠さないといけないと考えていた。

「浅井くんは大切な人っているのかい？」

「大切な人ですか？」

「うん」

「まあ、別に。強いて言うなら家族ですかね」

笹川から返事はない。車内に流れる聞いたことのない音楽が、その沈黙を埋めていた。

「質問を変えるよ。自分の命と交換しても、生きていて欲しい人っているかい？」

対向車のライトに照らされ、笹川の顔には深い陰影が現れていた。その影と光は角度によって笹川の顔を隠したり、はっきりと浮かび上がらせたりしながら、生き物のように蠢いていた。

「なかなか難しい質問ですね」

「パッと思いつく人でいいよ。インスピレーションで」

「うーん……そんな風に誰かを思い描いたことはないっすね」

「そう……生きているうちに、そんな人間に一人か二人、出会えれば十分だよ。そいつの人生は幸せだ」

「どうしたんですか急に？　なんの話ですか？」

「ただの戯言《たわごと》さ」

　窓の外は、見慣れた景色に変わっていた。もう事務所に到着するだろう。信号待ちの時に、サンタクロースっぽい服を着た子どもが、両親と両手を繋ぎながら並んで歩いていく姿が見えた。

　事務所のシャワーを浴びて、ガチガチになるまで整髪料を使いながら髪の毛をセットしていると、いつの間にか楓との約束に遅れそうな時刻になっていた。

　玄関のドアを引っ掻く聞き慣れた音が聞こえた。ドアを開けると、カステラが前足で顔をこすっていた。

「お前が、こんな遅くに来るなんて珍しいじゃん。さては、俺と違ってデートする相手がいないんだろ？」

　カステラは一度面倒くさそうに俺の方を見ると、するりと横を通り抜け事務所の中に入り込んだ。

「今日は、お前の相手をできないんだって。俺と笹川さんもこれからデートで、すぐ出なきゃいけないいんだから」

　カステラは俺の方を振り返りもせずに、笹川の足元に擦り寄った。こいつに擦り寄られたことなんて、俺には数える程度しかない。

「来てくれたのか。お前は優しくて頭のいい奴だね」

笹川は擦り寄ったカステラを抱き寄せると、何度か喉を撫でた。

「そいつに構っている暇あるんですか？　デートに遅れちゃいますよ」

「いいんだ。カステラを抱いていると温かいしね」

「待ち合わせに遅れて、彼女さんに怒られても知りませんよ」

「遅れはしないさ」

笹川はカステラを下ろすと、キッチンの方に向かい、ミルクの入った小皿を床に置いた。

「クリスマスプレゼントだよ。お代わりもある」

カステラはすぐにミルクを舐め始めた。笹川はしゃがみ込みながら、そんなカステラの姿を見つめていた。


外に出ると、シャワーを浴びて火照った身体に冷たい空気が心地よかった。吐く息も白く、口の中がすぐに乾いていく。走り切ればどうにか約束の時刻に間に合いそうだった。

プレゼントはいらないよな……。

さっき誘われたとはいえ、最初が肝心だ。立ち止まって辺りを見回すが、コンビニ数軒と居酒屋しか視界に入らなかった。

「いらないか」

俺は再び全力で走り出そうとしたが、一度思いついた考えは脳裏から離れない。少し進むと、和菓子屋や精肉店が目に映る。クリスマスプレゼントに饅頭《まんじゅう》や和牛の詰め合わせをあげたって、楓は絶対に喜ばないだろう。

その店を見つけたのは、もうそろそろ待ち合わせの交差点に到着しそうな時だった。ガラス張りの店内から数種類の光が揺らめいている。俺はとっさにその店に駆け寄った。自動ドアをぬけると、暖房の効いた空気のせいで、鼻水が垂れそうになってしまう。

「いらっしゃいませ」

俺は店員の挨拶を聞き流しながら、店内をざっと見回した。

「何かお探しですか？」

「あのー、キラキラしたものってあります？」

俺の返事を聞いた店員は困惑した表情を浮かべながらも、窓辺の方を指差した。

そこにはスノードームが並んでいた。自動で雪が舞い上がるスノードームもあり、店内の明かりを反射し輝いている。

「これ、買います」

「幾つか種類があるんですけど、どれになさいますか？」

並んだスノードームは大きさも、中のデザインも違っていた。自動式スノードームの値段を確認すると、一万円を超えていた。

「……意外と高いんですね」

「当店では本場ヨーロッパのスノードームを取り扱っておりますので。あっちではスノーグローブって呼ぶんですよ」

ドームでもグローブでもどっちでもいい。一番小さいスノードームの値段を確認すると二千八百円だった。

「この小さいやつで。プレゼント用に包装してもらいたいんですけど」

俺が選んだスノードームは中に雪だるまとクリスマスツリーのミニチュアが入った、ありふれたデザインだった。こんな玩具《おもちゃ》が二千八百円もするなんて騙《だま》されているような気分だったが、揺らすと雪を真似た物体が舞い踊り、見とれてしまうほど綺麗だった。

交差点に着くと、楓がガードレールに寄りかかっている姿が見えた。スノードームを買っていたせいで五分の遅刻だった。

「遅い！　あと一分待って来なかったら帰ってた！」

マフラーで顔半分を隠しながら、楓はくぐもった声を出した。いつもの作業着と違って、黒いロングコートを羽織っている姿はなかなか大人っぽい。

「ごめん、ごめん。仕事が長引いちゃって」

「私が凍死してたら、デッドモーニングが特掃代全額負担ね」

「悪い冗談はやめてくれよ」

楓はコートのポケットに手を入れ、とっとと一人で歩き出した。

「楓ちゃんは行きたい店ある？」

「もう、行く店は予約してんの」

「さすが！　できる女の子は違うねえ」

「バカ言ってないで、早く歩きなさいよ。ああー寒、寒」

なんでもないやりとりが、今日は妙に心地よかった。じゃれ合う程度の言い合い。はたから見たら、確実にカップルに見える。

しかし、そんな素敵な時間はあっさりと終わりを告げた。

「早くしないと、望月さんにお店のお酒を全部飲まれちゃうよ。あの人底なしなんだから」

「へ？」

「だから、望月さんに全部お酒飲まれちゃうって」

「望月さん？」

「あんたんとこの、望月さんよ。忘れちゃったの？　いつも世話になってるんでしょ？」

楓の話している内容はもちろん理解できる。でも、俺の頭が全力で理解することを拒否していた。

「望月さんもいるの？」

「言ってなかったっけ？　私、望月さんと仲いいの。元々、二人でご飯に行く予定だったから、ついでにあんたも誘ったのよ。今朝、望月さんに嘆いてたんでしょ。予定ないって」

　俺は震えた指で、ポケットに入った小箱に一度触れた。

「スノードーム……」

「なんか言った？」

　望月さんがいるなら、饅頭や和牛の詰め合わせの方が確実に喜ばれる。俺の落胆に全く気づかず、楓が言った。

「今日の現場はどんな感じだったの？」

「ああ……亡くなった恋人の遺品整理だったんだ。依頼者は一年も遺品を捨てられなかったんだって」

「へえ。そんな人にあんたは何て声掛けたの？」

「別に普通に……。なんか、恋人が生きていれば入籍する予定だったらしくてさ、最後に恋人が残した指輪をはめてたよ。お世辞抜きで綺麗だったな」

「あんたも少しは役に立ったんだ。亡くなった恋人も喜んでるんじゃない、自分の残したものを大切に扱ってもらえて。世の中には死んだ人間の気持ちを考えられない馬鹿が、本当に多いからさ」

等間隔に並ぶ街灯の光を受けて、楓の金髪は揺れていた。ふと、こんな今時の女が、腐敗液や蝿などが詰め込まれた廃棄物を運ぶ仕事をなぜ選んだのか、気になった。

「楓ちゃんはなんでこの仕事を選んだの？」

「それ、今聞く？」

「まあ、別に今じゃなくてもいいけど」

「なに、それ。そっちから聞いたくせに。どうせ私のことなんて興味ないんでしょ。感じ悪っ」

目の前の信号は赤色だった。せっかく、それなりに会話が弾んでいたのに、今は気まずい沈黙が流れている。また謝ろうと思った瞬間、黙り込んでいた楓が口を開いた。

「芝《しば》さんのおかげなの。私がこの仕事を続けているのは」

「芝さん？」

「そう。芝さん。髪の毛が硬くて短いから、触れると芝生みたいだったの。だから芝さん」

楓は、何かを思い出すように微笑んだ。

「芝さんはね、遠い親戚だったの。私が小さい頃はよく、動物園や水族館に連れてってくれたんだ。そこで食べるアイスクリームとかポップコーンとかすごく美味しくてね。まだ強烈に覚えてる。色々おねだりして、帰る頃にはお土産《みやげ》とか沢山買ってくれたな。芝さんはずっと独身でね、今思えば、私のことを本当の娘みたいに思ってくれてたんだと思う」

楓にもそんな可愛《かわい》い時期があったのかと、当たり前ながら考えてしまった。

「芝さんは、何か事業をやっていたらしいんだけど、途中でうまくいかなくなっちゃったんだ。人間ってほんと残酷よね。うまくいってる時は、へいこら持ち上げるくせに、調子が悪くなれば掌を返したように冷たくなる。結局、芝さんは夜逃げ同然でどこかに消えちゃった。私はその時、まだ小さかったから、後で全部ママに聞いた話だけどね」

「俺もしょっちゅう、怒りわめいている大家や遺族を見ているから、なんとなくイメージはつくよ」

「ちょっと状況は違うけど、人間はどこまでも非情になれるっていう点では同じかもね」

赤信号が青に変わっても、楓はその場から動こうとしなかった。

「芝さんのことを、私は徐々に忘れていった。小さい頃しか会ったことなかったし、思春期にでもなれば、そんな剛毛のおっさんより、読者モデルやイケメン俳優に夢中になっていくのが普通でしょ？　久しぶりに芝さんの名前を聞いたのは私が高校二年生の時。芝さんが自宅で孤立死したから、遺品整理を手伝ってくれって、他の親戚からママに連絡が入ったの。当時の私は特に生意気でね、最初は嫌がったんだけど、ママにお小遣いで釣られて、芝さんの家に向かうことになったんだ」

　楓の話を聞いて、すんなりと芝さんという人物をイメージすることができた。事業に失敗し、自己破産をしながら、細々と最期を迎える人物は意外と多い。俺も何度かそんな孤立死の現場に足を踏み入れたことがあった。

「それじゃ、楓ちゃんはそこで頑張ったから、今の仕事に目覚めたんだ？」

　楓は硬い表情で首を横に振った。

「全然、頑張ってなんかないの。芝さんの家はね、本当にみすぼらしくて、手作りですか？　って聞きたくなるような小さなトタン屋根の家だった。部屋の中もカビ臭くて、ゴミもかなり散乱してたなぁ。以前は羽振りのいい生活をしていた人間の家には到底見えなかった。そんな状態でも、一緒に行った親戚たちはドアを開けた瞬間、靴も脱がずに上がりこんで、金目の物がないか探してたっけ。ママだけが、すぐに床とかトイレとかの掃除を始めたんだけど、私は隅の方で携帯ゲームをしながらサボってた。ゴミなんて触りたくないし、それに、こんなみすぼらしい人生を絶対歩みたくないなって……それしか思えなかった」

　楓を責めることなんてできなかった。多分、俺もそんな状況だったら同じように目をそらしてしまう。

「楓ちゃんのお母さんはすごいね。普通はすぐ掃除なんてできないよ」

「ママは気が強くて優しい人なの。怒らすと本当に怖いけどね」

多分、楓は母親似なんだろうなと思った。

「他の人たちはかなり乱暴に部屋の中をかき回してた。お金になりそうにない生活用品は当たり前のように蹴飛《けと》ばしたりね。そんな姿を見ても、何も思わなかった。私には部屋の中にある全てが、ただのゴミにしか見えなかったから」

「そんな状況なら仕方ないよ。楓ちゃんは高校生だったんだし」

楓は俺の慰めを無視しながら、白い息を吐き続けた。

「途中でね、親戚の一人が、台所に置いてあったマグカップを落としたの。ガシャンって音が聞こえて、そのマグカップは壊れちゃった。破片の一つが私の方まで転がってきて、危ないからどこかに捨てようと思ったんだけど、そこで私は動けなくなってしまったの」

「どうして?」

「そのマグカップの破片にね、パンダのキャラクターが描かれてたの。顔半分は切れてたんだけど、その絵には見覚えがあった。それは、昔、芝さんと動物園に行った時にお揃いで買ったマグカップだったの。私のは、とっくの昔に捨ててたんだけど、芝さんは何年も使ってくれてた。内側が茶渋で汚く変色しても、ずっと大切に捨てないで」

楓は淡々と話していたが、唇は微かに震えていた。

「自然と涙が流れてきちゃって、気づいたら、壊れたマグカップの破片をかき集めてた。そんな私の姿を見ても、親戚の人たちは冷たい視線を向けるだけだったけど、ママだけは手伝ってくれた。それから、私はママと一緒にできる限り掃除をしたの。調子がいいかもしれないんだけど、本当にもう一度、芝さんに会いたいと思いながらね。そんな風に思うと部屋中に広がるゴミにだって触れたの」

話し終えると、ようやく楓は歩き出した。遠くの方で商店街のイルミネーションが滲んで見えた。

「いい話だね」

「別に。でも、たまにはあんたに私の違う一面を見せないと。いつもは口うるさい女だと思ってるだろうし」

「そんなことないよ」

「私はね、この仕事を始めてから一度もゴミを運んでるなんて思ったことがないの。誰かのたった一つしかない生活の欠片を運んでるんだって思ってる。そう思わなきゃ、なんか虚しくない？」

照れ隠しなのか、楓は妙に軽い口調で俺に問いかけた。大きく頷こうと思った時、楓の金髪に、何か白い小さな物体が載っているのが見えた。

「ああ、雪じゃん。楓ちゃん、雪、雪」

「最悪。濡れちゃう」

楓は顔をしかめながら、降り出した雪を避けるように走り出した。

花瓶の店構えが見えると、やはりここかとため息をついてしまった。

店内から漏れ出す灯りが、嬉しそうに戸口に手をかける楓の横顔を照らしていた。

その表情を眺めているうちに、なぜだかさっきまでの落胆は綺麗さっぱり消え去っていた。

店内に入ると、カウンター席の端で望月さんが一人でグラスに入ったビールをあおっていた。すでに望月さんの前には、空になった小鉢が幾つか放置されている。

「あっ、二人とも遅いじゃない。もうこっちは始めちゃってるよ」

店内は、意外と混み合っていて、年配の夫婦らしき人々が多く席についていた。カウンター内で忙《せわ》しなく働く悦子さんに会釈をすると、一度微笑みを返されただけだった。

「ごめんなさーい。おたくの浅井航が待ち合わせに遅れちゃって。全部、こいつのせい」

楓は、カウンター席に駆け寄っていった。ふと、初めて楓が俺の名前を口にしたような気がした。

楓が言っていた通り、望月さんはかなりの量の酒を飲んだ。それも見境なくだ。ビールから始まり、サワー、焼酎、日本酒。肉まんのようなほっぺたは若干赤みが差してはいるが、呂律が回らないとか、目が据わってくるようなことはない。それに料理を注文するペースも速い。いつの間にか、さっき頼んだ料理が綺麗に空になっていることも多かった。

「マジで、望月さんって飲むペース速いっすね」

「太っているから酔いにくいのよ」

「それって、根拠あるんですか？」

「根拠っていうか、経験から。私、二日酔いなんてしたことないから」

望月さんは、俺と楓がいつものように何か言い争いを始めると、優しい目線を向けながら俺たちを諭した。悟りを開いたかのようなその穏やかな表情は、後光が差していても不思議ではない。

「仲良くて結構。案外あんたたち、いいカップルになるかもね」

「ちょっと、やめてくださいよ。私は絶対こんな腑抜けとは無理ですって」

俺も酔っ払ってきたせいもあって、なんだか妙に楽しくなってきた。すぐ近くにあった誰のものかわからないグラスの酒を一気に飲み干す。

「今日の俺は少しも酔う気がしないっす。悦子さん、日本酒の熱燗《あつかん》とレモンサワー追加で！」

望月さんの気持ちいいほどの飲みっぷりにつられ、俺は飲み慣れない日本酒を注文した。

誰かが、俺の名前を呼んでいるような気がする。その声に応えようとするが、口は縫い合わされてしまったように、全く動かない。それに酷い気持ち悪さだ。血管のすべてに、腐ったトマトジュースでも流し込まれた気分だった。

「浅井くん」

何度目かの呼びかけで、俺はゆっくりと目を開けることができた。

「浅井くん」

「はーい、はーい」

心配そうな表情を浮かべた悦子さんが、俺の顔を覗き込んでいた。

「大丈夫?」

辺りを窺う。そこが客がいなくなった花瓶の店内だと気づき、急いで姿勢を正した。

「あれ?　みんなは?」

「浅井くんの分までお会計して、さっき帰ったよ。浅井くん途中からずっと眠っちゃって、起きないから」

「えっ、マジすか?」

「そうよ。二人とも終電に遅れそうだったから、私がもう帰りなって言ったの」

「あまり記憶が……すみません……ご迷惑をおかけしました」

「別にいいよ。常連さんだしね」

悦子さんは鍋の蓋を開けて、湯気の上がっている味噌汁を器に注ぐと、カウンターに置いた。

「酔い醒《ざ》ましに、サービス」

軽く礼を言ってから、差し出された味噌汁をすすった。豆腐とわかめしか入っていないシンプルな味噌汁だったが、猛烈に美味い。

「最悪なクリスマスイヴだ……いつの間にか、酔いつぶれて寝ちゃうんだから……ちゃんと彼女と過ごしている笹川さんが羨ましいですよ……」

「笹ちゃんは独りだよ」

洗い場に立った悦子さんが呟いた。

「え？　そうなんですか？　でも、デートって聞いたけどな……」

「クリスマスイヴは、私たちにとって大切な日だから」

「私たちにとって？」

「そう。元夫婦の私たちにとって」

箸を持つ手が止まった。悦子さんを見ると、顔色を全く変えずに皿を洗っていた。

「笹川さんと結婚してたんですか……？」

「そう。別に隠してたわけじゃないんだけど、あっちは言いたくなさそうだったから」

「でも、仲良さそうだし、笹川さんはしょっちゅうここに来てるし」

「仲が良くても離婚する夫婦もいるの。そういう答えが、お互いに最善と思ってね」

「……普通、仲が悪いから離婚するんじゃないんですか？」

「そうね。私も客観的な立場だったら、浅井くんと同じ反応をすると思う」

俺はそれ以上何も質問できず、味噌汁の残りをすすった。

「クリスマスイヴにね、子どもが死んじゃったの。陽子《ようこ》っていう女の子。私たちの大切な宝物だった」

悦子さんは俺の方を見ずに、平淡な声で言った。その声は蛇口から流れる水の音に掻き消されてしまう程に小さかった。

「今日の午前中に啓介くんとお墓参りに行ってきたんだけど、この時期の墓石って触れると氷のように冷たいの。毎年、嫌になる」

「お子さんがいたんですか……？」

「三ヶ月間だけね。陽子って名前は啓介くんが付けたの。太陽みたいに輝いて、誰かを照らせるような人になって欲しいという意味を込めて……。覚えやすくてどこにでもいそうな名前でしょ？　でも、もうあの子はどこにもいないんだけどね」

「そんな……」

呟いた自分の声は、とても遠くから聞こえるようだった。

「ごめんね。突然こんなこと言って。でも、クリスマスイヴになるとどうもダメで

「……陽子が生きていた事実を誰かに覚えててもらいたくなるの」

悦子さんは、ずっと同じ皿を何度も何度も洗っていた。長い時間、冷水にさらされた指先は血の気が失せている。

悦子さんがゆっくりと蛇口を閉めた。水が滴る音が消えた店内は、雪が降り積もる音が聞こえてきそうな程に静まりかえっていた。

「陽子は三ヶ月で天国に行っちゃったから、私の中に残っているのは漠然とした悲しみだけなの。だって、あの子は私とちゃんと言葉を交わしたこともないし、ミルクしか飲めなかったしね……この先に広がる、あの子の将来を想像する暇もなかった」

悦子さんの話を聞いて、笹川が今日言っていた、九十五日という言葉を思い出す。

「陽子がいなくなって、一つわかったことがあるの。よく涙が涸れるとか言うじゃない。でも、そんなこと全然ないの」

黙って頷くことしかできない。誰かが産声をあげれば、またどこかで違う誰かが心臓を止めている。毎日繰り返されている、どうにもならない営みが妙にリアリティをもって胸に迫ってくる。

「忘れたいのに、忘れたくないことってあるんだって、初めて知った。それに消えない悲しみがあることも。多分、啓介くんも同じ気持ちだと思う。あの人が、いつも喪服を着るようになったのも、陽子が天国に行ってからだから」

笹川の喪服の内ポケットに『Y・S』と刺繍されていたことを思い出した。

「……笹川さんと初めて話したのも、喪服がきっかけでした」

「確か、そうだったね。その日も浅井くんは酔っ払ってた」

悦子さんは口元だけで笑った。

「……その、どっちに似てたんですか？」

「陽子の顔？」

「はい」

「もちろん私よ。でも髪質は啓介くんにそっくりだった」

「悦子さん似なら、すごく可愛かったんでしょうね」

悦子さんはタオルで手を拭くと、瓶ビールを取り出してグラスに注いだ。

「浅井くんも飲む？」

「俺は大丈夫です。美味しい味噌汁で締めちゃったし」

悦子さんは控えめに頷くと、注いだビールに口をつけた。今まで気づかなかったが、カウンターの端にある花瓶には、見慣れたスイートピーの花が何本も挿してあった。白や薄ピンク、紫の花弁は持て余すぐらいに咲き誇っている。

「あの花って、スイートピーですか？」

「そう。よくわかったね。香りがいいでしょう」

俺の位置からでも、スイートピーの甘い香りを感じることができた。

「笹川さんが現場に入る時に、いつもスイートピーの造花を玄関先に置くんです。だから目について」

悦子さんはグラスを片手に、花瓶に近づいていった。そして人差し指でスイートピーの花弁に優しく触れた。

「私はこの花の香りが好きでね。啓介くんと暮らしている時、よく玄関に飾ってたんだ」

悦子さんは、スイートピーに鼻を近づけ、深く息を吸い込んだ。

「陽子がいなくなってから、この花の花弁が蝶々《ちょうちょう》に見える時があるの。沢山の色鮮やかな蝶々が止まっているようにね。いつか、啓介くんにも話したことがあったかな」

「それを覚えていて、笹川さんはいつもスイートピーの造花を置くんですかね？」

「それは、啓介くんに聞いてみないとわからないな。私たちはね、どこかひねくれてるの。陽子がいなくなって、激しく傷つけ合うことはしなかったけど、お互い一人だけで傷ついてた。すぐ隣に大切な人がいるのに、見えていなかったし、お互い失くしたものを埋め合うことはできなかった。それぞれの悲しみの置き場を見つけることだけに必死だったのね。今思えば、思いっ切り気持ちを吐き出して、素直に啓介くんに伝えればよかった。結局、それができなかったから私たちが出した答えは、別々になることだったの」

「難しいですね、夫婦って」

「どうなんだろうね。途中で夫婦でいることを投げ出してしまった私たちには、もうわからないことだけど」

悦子さんは、もう一度優しく花弁に触れると、グラスに入っていたビールを飲み干した。

「愛だけで、すべてうまくいけばいいのにね」

ため息のようなその言葉は、なぜか耳の奥の方で繰り返し響いた。俺は椅子から立ち上がると、悦子さんに近づいた。

「味噌汁のお礼です」

ポケットから小箱を取り出して包装をとくと、スノードームを静かに花瓶の横に置いた。

「綺麗ね……」

「今日買ったんです。キラキラした光に誘われて。クリスマスっぽいですよね」

スノードームの中では、細かい雪が舞っていた。液体の中で漂う雪は、ゆっくりと揺らめき辺りの光を反射させている。

「今夜だけは、この花弁が蝶々みたいに飛び立っても、私は驚かないような気がするな」

「聖なる夜ですから、ありえますよ」

悦子さんの頬には涙が伝っていた。俺は目が乾いて痛くなるまで、スノードームを見つめることしかできなかった。

第五章

クラゲの骨

「あー航？　具合はどう？」

母ちゃんの声が、スマホのスピーカーからザラついた感じで聞こえた。

「今はもう大丈夫だよ」

「そっ。東京は寒い？」

「別に。冬は寒いもんだから」

「こっちは祖母ちゃんのことで喪中だっていうのに、雄二《ゆうじ》さんや阿部《あべ》さんが来て、酒盛りしてるよ。航はやっぱ帰ってこんの？」

「うん」

「あんたご飯ちゃんと食べてる？　どうせ好きなラーメンばっかり食べてるんでしょ？　偏食してるからインフルエンザに罹《かか》るのよ」

「ちゃんと食べてるって」

母ちゃんは地元の訛りと標準語が混ざった言葉で話す。母ちゃん曰く、俺が都会で見つけてくるであろう結婚相手に笑われないよう、少しずつ訛りを正しているらしい。

「最近、父ちゃんが庭で燻製《くんせい》作るの凝っててね、お米と一緒にあんたに送ったから」

「うん。わかった」

母ちゃんとの会話はすぐに終わりそうになってしまう。俺の体調と食べている物しか聞いてこないからだ。電話口から親戚たちの騒ぐ声が微かに聞こえる。いつもだったら、そのまま電話を切ってしまうところだが、今日はずっと気になっていたことが、するりと口をついて出た。

「祖母ちゃんって幸せだったのかな？」

電話口の母ちゃんが、少し口を噤む気配を感じた。俺が子どもの頃から二人の会話はぎこちなく、楽しそうに笑い合っている姿は記憶にない。祖母ちゃんと同居していた時期もあったが、俺が中学生の頃に親父の仕事の都合で別々に暮らすようになってから、ほとんど二人は会っていない。

「母ちゃんって、祖母ちゃんと仲悪かったよね？」

「そりゃねえ。祖母ちゃんに言われた小言を書き出せば、辞書以上の厚さになると思うよ」

「祖母ちゃんが死んで悲しい？」

俺のストレートな質問に、母ちゃんは一拍間をおいて答えた。

「全然、これっぽっちも」

どうやってもわかり合えない人間は存在している。それがたまたま家族の一人だったということは運が悪いが、いざ言葉にされると言いようもない虚しさを感じた。

「だけどね。悲しくはないんだけど、ちょっとだけ寂しいよ」

「え？」

「祖母ちゃんのこと大嫌いだったんだけど、いざ、いなくなるとね。ちょっとだけ寂しい」

母ちゃんの返事は、悪気がなく素直だった。俺はスマホを持つ手に力を込めた。母ちゃんはのんびりした声で話を続ける。

「もう会えないって思うから、こんな気持ちになるのかな。あんだけ、嫌いだったのに」

「そっか……もう一度、祖母ちゃんに会いたい？」

スピーカーの向こうから母ちゃんの呆れ返るような笑い声が聞こえた。

「絶対絶対、お断り。あの人は本能のままに生きた人だから。祖父《じい》ちゃんが死んでから友達とよく旅行に行ってたし、町内会に彼氏もいたらしいからねえ。祖母ちゃんは最後まで、自分の人生を楽しんでたのよ。最後は介護生活もなく、ポックリ逝《い》ったしね。毎日、仏壇のお線香と花瓶の水を替えるぐらいで勘弁して」

「そっか……」

「葬式もちゃんと挙げたし、航みたいに死んでからも思い出してくれる人がいるって、多分幸せな人生だったんじゃない。祖母ちゃんもどこかで喜んでるよ」

母ちゃんの声はどこまでも明るかった。俺と違って、母ちゃんが思い出す祖母ちゃんの顔は笑っている表情なのかもしれない。

「そういえば祖母ちゃん、孫の中で航が一番優しいって言ってたっけ」

「本当。祖母ちゃんさ、編み物してたでしょ。手袋とかマフラーとか毎年作って、航や姉ちゃんにくれたの覚えてる？」

「嘘、どうして？」

確かに祖母ちゃんは編み物が趣味だった。店に売っている物とは違って、身につけると毛糸がチクチクして肌馴染みがいいとは言えなかった。

「姉ちゃんはダサいって言って、貰ってもそのままだったんだけど、航は外に遊びに行く時は、絶対祖母ちゃんに貰った手袋やマフラーを身につけてたんだよね。私がお店で買ってきた物があるのに、頑《かたく》なに祖母ちゃんの作った物を」

「そうだっけ？」

「あんた本当に覚えてないの？　すごい気に入ってたんだから。漫画やアニメのキャラクターがプリントされてもいないのに」

正直、当時の気持ちは覚えていない。でも、確かに祖母ちゃんが作った手編みのマフラーは暖かかった。

「でね。ある日、あんたが遊びに行ったきり、行方不明になったことがあったの。誘拐されたんだと思って心配で心配で、町内放送でも呼びかけてもらったんだから」

「そんなことあったっけ？」

「あったのよ。結局、あんたが発見されたのは夜の九時過ぎでね。田んぼの畦道《あぜみち》を一人で歩いてたんだって、泣きながら」

「へえ」

「へえって、本当に覚えてないの？　家に帰ってきたあんたに訳を聞いたらね、遊んでいる最中に失くした祖母ちゃんのマフラーをずっと捜してたって答えたのよ。目を赤く腫らして、鼻水垂らしているあんたの顔見たら、思わず笑っちゃった」

「マジ？　母ちゃんの作り話じゃなくて？」

「違うわよ。この話をする時だけは、祖母ちゃんと笑い合えていた気がするな」

祖母ちゃんの顔がぼんやりと浮かんできた。遺影の表情ではない。尖《とが》った輪郭につり上がった眉、目元には皺が寄っている。いつか見た祖母ちゃんの独特な笑顔だった。

「でも、昔はそんな一途《いちず》な少年だったけどさ、今の俺を見たら、祖母ちゃんにスゲー怒られそうだな」

「どうして？」

「だって、祖母ちゃんって適当な奴嫌いだったじゃん。よく、口ばっか達者な羽布団の押し売りとか、一人で追っ払ってたし」

小さく笑う声が聞こえた後、スピーカーの奥から、わざとらしく咳払いをする声が聞こえた。

「命あればクラゲも骨に会うってね」

母ちゃんは突然、真面目な口調で聞いたこともない言葉を口にした。

「なにそれ？」

「知らないの？　昔のことわざよ。クラゲの身体ってほぼ水分でしょ。だからふにゃふにゃ。でも、クラゲだって長生きすればいつか骨に出会って、骨のあるクラゲになれるかもしれない、ってことを言いたいらしいよ。まあ、長生きすれば滅多にない幸運に出会えるかもって意味」

「へえ。そんなことわざがあるんだ」

「要は生きてればいいのよ。生きていれば、今はあんたみたいにどうしようもない人だって、いつか大切な何かに出会えるかもしれない」

　それだけ言うと母ちゃんは新宿でしか売っていないクッキーを催促して、一方的に電話を切った。


　久しぶりにデッドモーニングのドアを開ける瞬間は緊張した。俺は年末にインフルエンザに罹ってしまい、クリスマスイヴの遺品整理が仕事納めとなっていた。申し訳ないと思いつつインフルエンザと診断された時、どこかで安心している自分がいたのも事実だった。笹川の過去を知った翌日に出社していたら、かなりぎこちなく振舞ってしまっただろう。

「年末は休んでしまって、すみませんでした」

　室内に入ると、去年と変わらずほっぺたを膨張させた望月さんが奥から顔を出した。

「おっ、浅井くん。久しぶりだね。病み上がりだからかな、少し痩せた？」

「三キロほど……一時はヨーグルトすら食えませんでしたから。望月さんもちょっと痩せました？」

「何言ってんのよ。また、そうやってからかって。おせちとお餅《もち》の食べすぎで、三キロ増よ」

久しぶりに見た望月さんの笑顔は、なんだか妙に俺を安心させた。

「とにかく年末の忙しい時期に休んでしまって、すみませんでした。そして、今年もよろしくお願いします」

「今年もよろしく。あと、浅井くんにはあまりお酒を飲ませちゃダメってわかったから、肝に銘じとく」

「それは言わないでくださいよ」

あの日から、楓にも会ってない。自宅の万年床で高熱に浮かされている時、窓辺からトラックのエンジン音が聞こえると、いちいち布団から這い出して外の景色を確認していたことは、誰にも告白するつもりはない。

「おせちの残りの栗きんとんがあるけど、食べる？」

「いいんですか？　食べます」

「食べきれると思ったんだけど、やっぱり栗きんとん一キロは多かったね」

改めて望月さんの食欲に言葉が出ないでいると、玄関の方でドアが開く音がした。

「今年もよろしく」

笹川は去年と変わらず、喪服を身にまとっていた。

「年末は休んでしまって、すみませんでした。今年もよろしくお願いします」

「もう体調はいいのかい？」

笹川の目元にはクマが浮かび、顔はむくんでいた。疲れた表情で自分のデスクに向かっていく。

「はい、大丈夫です。俺より、笹川さんの方こそ顔色が悪く見えますけど」

そう言いながら、脳裏には会ったこともない、これから会うこともできない一人の赤ちゃんの姿が過ぎった。

「年末年始はずっと仕事だったからね。最近は浅井くんと一緒に現場に行ってただろ。久しぶりに一人だと疲れたよ」

「えっ？　ずっと仕事だったんですか？」

「ああ。言ってなかったっけ。現場が僕を呼んでしまうのさ」

病み上がりだとはいえ、寝正月で何の生産性もなく過ごしていた自分が恥ずかしくなった。俺が安い酒で酔っ払って鼾《いびき》をかいている時も、笹川は溶け出した人間の一部と格闘していたのだ。

「待ってくれと言われても、依頼者が簡単に待てるものじゃないですもんね。腐敗臭もあるし、何より発見者は気分的にキツいだろうし……忙しかったんですか？」

「まあ、それなりに。自殺が三件と、孤立死が四件。いつも通りだよ」

「呼んでくれたら、手伝ったのに」

「今年は浅井くんがそんな言葉を後悔する程に、コキ使うからさ」

笹川は不敵な笑みを浮かべ、親指を突き出していた。

望月さんが、俺と笹川の分のコーヒーをそれぞれのデスクに置いた。ついでに色鮮やかな栗きんとんも皿に載っている。

「美味そうっすね。正月にこういうの食べるの久しぶりっす」

「まだ沢山あるから。遠慮なくお代わりしていいよ」

口に入れた栗きんとんからは自然な甘さが広がった。コーヒーとも意外に相性は悪くない。

「今年は浅井くんもいるし、新しいスタートを切るって意味合いも込めて、抱負でも言い合いましょうか」

望月さんの明るい声が聞こえた。俺はコーヒーを飲み込みながら頷いたが、笹川は俯きながら言った。

「僕は遠慮するよ。そんなことしなくていい」

「また、そんなこと言って……ただの抱負でしょ」

「僕はこのままでいいんだ。別に何も変える気はないしね」

笹川は一度も顔を上げずに、黙々と栗きんとんを頬張っていた。

「まぁ、いいわ。私と浅井くんで言い合うから。まずは私から。今年は体重五キロ減を目指します。このまま増えたら過去最高を記録しそうだからね」

「確かに。初めて会った時より、少し太りましたね」

「うるさいな。で、浅井くんの抱負は？」

望月さんに促されて、宙を見ながら考える。自分でも驚く程に、何も浮かんでこなかった。ここ数年、目標を立てて生活したことはない。惰性的に日々をやり過ごしていたことが身に沁《し》みた。

「うーん……抱負ねえ……」

「そんな悩まなくていいじゃない。あくまで抱負なんだから」

あまりに俺が顔をしかめていたためか、望月さんの急かす声が聞こえた。そんな声を無視しながら腕を組み、宙を見据える。今年は何かを変えたい。その何かすらはっきりと言葉にできないが。

「今年は、この事務所を朝日が差し込むような明るい場所にしたいです」

結局何も思いつかず、そんな冗談のようなことを口にした。少し前に望月さんが、この事務所にいると夜の中に取り残された気分になると嘆いていたことが脳裏に残っていたからかもしれない。

「そんなこと、しなくていい」

笹川の声が聞こえた。いつもとは違う冷たい口調に、場の空気が固まった。

「でも、薄暗いじゃないですか。目が悪くなりますって」

「暗いから視力が落ちるという医学的根拠は存在しない」

冗談めかした俺の発言を、笹川はぴしゃりと遮った。

「笹川くん……そんなムキにならなくても」

「誰が何を言ったって、僕はこのままがいいんだ。変化なんて望んでいない」

望月さんがとりなすように声を掛けても、笹川はいつになく頑なだった。その時、電話が鳴った。その音は張り詰めた雰囲気を少しだけ緩和した。

「栗きんとんのお代わりは、できなそうだな」

笹川はそう呟いて、受話器を取った。


まだ正月明けの緩い雰囲気を引きずった街を、軽トラックは唸りながら走る。人通りは少なく、シャッターを閉めている店も多い。そんな街並みを目覚めさせるようにブルー・マンデーのビートは、相変わらず淡々とスピーカーから流れていた。

「心中ですか？」

「大家さんが言うにはね」

結局、望月さんが作った栗きんとんをお代わりする暇もなく、笹川と軽トラックに飛び乗った。

「正月早々、よくやりますね」

「まだ、いつ亡くなったのかはわからないけど、年末年始は意外と多いんだよ。今より明るい未来を想像できなくなるんだろう」

「俺なんて、酒飲んで熟睡できれば、嫌なことなんてすぐ忘れちゃうけどな」

「浅井くんみたいな人が少ないから、こんなことがなくならないのさ」

心中なんて、安っぽいメロドラマの中にしか存在しない出来事だと思っていた。今、そんな出来事があった部屋に向かっているなんて、正直実感はない。

「心中ってことは自分以外の誰かの命まで道連れにするってことですよね？　俺にはそんなこと絶対にできないっす」

改めて言葉にしてみても迷惑極まりない話だ。自分一人で死ぬことができない人間は、自分一人で生きるエネルギーも欠落しているんだろう。

「昔の文豪みたいに情愛の末に心中なんてことも、なくはないけどね。でも、最近は介護の末の心中が多いんだよ。老々介護って聞いたことがあるだろ？　介護者も高齢で疲れ切ってしまって、悩んだ末に自分も相手も殺してしまうのさ」

「今回もそういうケースなんですか？」

「電話で大家さんはそこまで説明していなかったからわからないけどね。まあ、現場に着けばわかるよ」

俺はそれ以上は何も聞かず、車窓に映る景色をぼんやりと見つめた。

目的地近くのコインパーキングに車を停めた。新年一発目の仕事が心中現場なんて気が乗らないが、よく考えれば孤立死や自殺、他殺現場くらいしか残りの選択肢はない。

現場付近に辿り着いたのは、それから数分歩き回った後だった。大通りから少し外れた住宅街で、周りには一軒家が軒を連ねていた。中心街と比較すると、正月の雰囲気もあまり感じられない。無人の家がどこまでも並んでいるようで、寂しい一角だった。

「この木造共同住宅ですかね？」

「そうだと思うよ。微かに腐敗臭が漏れているな」

「それにしても、凄い荒れようっすね」

目の前の建物は、今にも倒壊しそうな外観を呈《てい》していた。敷地内はカラスにでも漁られたのか、生ゴミや空き缶が散乱し、悲惨な状況に拍車をかけている。一階、二階、共に三部屋ずつで、部屋の扉は塗装が剝げ落ち、破損も目立つ。二階の一室には、ひび割れた窓ガラスにガムテープで補修がしてあった。その部屋のベランダには錆び付いた物干し竿《ざお》が設置してあって、色褪せたハンガーが一つだけ風に揺れていた。

「本当にここに人が住めるんですかね？」

「住んでるんじゃないかな。窓ガラスに透けて、洗剤なんかも見えるし。あそこには三輪車もあるよ」

笹川が指差す方を見ると、一階の一番奥の部屋の前に、三輪車が置かれていた。遠目から見ても古臭かった。アニメのキャラクター等は描かれていないし、子どもが喜びそうな派手な装飾もない。亡くなった人間が金銭的に困窮していたのは、なんとなくこの建物を見ていればわかる。それに、特殊清掃の依頼も大家からだ。遺族と連絡が取れないか、誰とも関わりがなかった人なのかもしれない。

笹川が到着を告げる電話をかけてから数分すると、白髪の女性が建物に近づいてくるのが見えた。俺たちを確認すると、立ち止まり深々と頭を下げた。

「おはようございます。ご依頼いただいた、特殊清掃専門会社デッドモーニングです」

笹川の挨拶を聞くと、白髪の女性は一度頷いた。

「新年早々、ご足労ありがとうございます。私も突然のことで気が動転してしまって」

「お気持ちお察しします。電話では心中とおっしゃってましたが」

笹川の問いかけに、大家は一度目を伏せると、言いにくそうに話し出した。

「そうらしいです。遺書も見つかりました。隣の住人が異臭に気づいて、警察に連絡したところ、浴槽の中で死体が発見されたそうです。警察の話では死後半月程度だと……」

「そうですか。遺族の方と連絡はつきましたか？」

「それが、誰も。連絡先すらわからなくて……清掃代金は私が支払いますので……」

伏し目がちな大家の姿を見ていると、新年早々こんな事態に巻き込まれたことに同情してしまった。

「承知致しました。現場はご覧になりましたか？」

「見ていません。警察から入室許可が出てからも、部屋には入っていません。死体が発見された浴室は、かなり悲惨な状態だったみたいなんです。警察からも見ない方がいいって言われましたし……それに、どうしても生きていた頃を思い出しちゃって……」

その目は潤み始めていた。こんな風に自分が貸した部屋で、勝手に死んだ人間を偲《しの》ぶ大家は珍しい。住んでいた人間に思い入れがあったのか、元々優しい性格なのかもしれない。

「大丈夫ですよ。あとは僕たちがやりますから。今日は現場の状況確認と、見積もりの算出ということになりますが、よろしいですか？」

笹川が優しく声をかけると、少しだけ安心したのか、大家の頬に涙が伝った。

「はい。できるだけ早く綺麗にして頂けるとありがたいです」

「もちろんです。お見積もりに合意し、書類にサインをしていただければ、明日には取りかかります。早速、部屋を教えてもらってもよろしいでしょうか」

大家は、ベージュのコートのポケットから一つの鍵を取り出した。鍵には紫の紐で鈴がくくりつけてあった。笹川が鍵を受け取ると、乾いた鈴の音が小さく鳴った。

「一〇三号室です。一階の一番端の部屋になります」

俺は思わず建物を振り返った。一番端の部屋の前には、あの三輪車がある。隣に佇む笹川の唾を飲み込む音が、はっきりと聞こえた。

「一〇三号室って、もしかして、三輪車が玄関先に置いてある部屋ですか?」

硬い口調で笹川が大家に問いかけた。

「ええ。ユリちゃんのものです。よく三輪車でここら辺を走っていましたから」

はっきりと笹川の表情が曇った。いつも淡々と仕事をする笹川には珍しいことだった。

「もしかして、お亡くなりになったのは……」

「ユリちゃんって名前のお子さんと、そのお母さんです」

少しの間、笹川は何も言葉を発しなかった。しきりに撫で付けた髪の毛に触れている。こんな時、優秀なバイトだったら気の利く言葉や、依頼者を安心させるような言葉を口にするのかもしれないが、俺は決して優秀なバイトではない。俺も笹川と同じように黙ったままだった。

小さな子どもと母親が死んだ。それも子どもを道連れにした無理心中。笹川は今、何を思っているのだろう。

「どうかなさいました？」

「いえ……早速ですが、現場の見分を始めます。終わりましたら、また連絡を差し上げますので」

笹川は軽く頭を下げて、建物の敷地内に向かって歩き出した。追いかけながら、ちらりと表情を盗み見る。笹川は玄関前に置かれた古ぼけた三輪車をぼんやりと見つめていた。


玄関の扉は本当に薄い木製だった。表面の塗装は剝げ落ち、ささくれ立った表面には、よくわからない染みが点在していた。

「亡くなったのは浴室って言ってたよな？」

「はい。そう言ってましたね」

玄関から漏れ出す、強烈な腐敗臭に顔をしかめてしまう。すりガラスの窓には、黒い点となって数匹の蝿がへばりついているのが、外からでも確認できた。

「今回の現場は受けないかもしれない」

危うく聞き逃してしまいそうな程、小さな声だった。笹川は無表情で玄関のドアノブに鍵を差し込んだ。年季が入っているせいで嚙み合わせは悪い。何度か鍵を左右に回した末に、ようやく開いた。早速、開いたドアの隙間から、数匹の蝿が寒空に飛び立っていく。

「臭いがキツいっすね……」

コンクリートの狭い三和土には、薄汚れたスニーカーと玩具みたいに小さな赤い靴が並べてあった。他の履物は見当たらず、靴箱すらない寂しい玄関だ。

「……僕は、小さい子どもが亡くなった現場は初めてなんだ。すごく気分が悪いよ」

笹川の尖った喉仏が上下に動く。頬骨が浮き上がっていて、奥歯を嚙み締めているのがわかった。

「こんな小さい靴しか、まだ履けないのに死んでしまうなんて。やりきれないです……」

「子どもを殺す親なんて最低最悪だ。どんな理由があっても」

どこまでも冷たい声だった。笹川の過去を知っている俺には、死んだ母親に対して言い放った言葉というよりも、自分自身を責めているような言葉に聞こえた。

デッドモーニングの事務所も日当たりが悪く薄暗いが、この部屋には違う種類の闇が漂っていた。

笹川に指示され、むき出しのブレーカーのスイッチを上げた。何度か点滅を繰り返してから、黄ばんだ光が室内に灯る。

「本当、日当たりが悪い家っすね。だからなのかカビ臭いし」

玄関から入ってすぐの台所には、プラスチック製の子ども用食器が並んでいた。あまり見ないように視線を外しながら笹川の後に続く。いつもは、床に転がった蝿や虫の死骸を処理しながら歩く笹川だが、今日は何の迷いもなく踏み潰していた。

短い廊下の先にある部屋は、引き戸が閉まっていた。その戸を開けると、六畳程度しかない空間が視界に映る。ソファーやベッド等の大きな家具はないが、どこか圧迫感があった。壁一面に貼られた幾つもの子どもっぽい絵や、隅に転がった玩具の数々がそう感じさせるのかもしれない。

「絵を描くことが好きだったんですかね？」

部屋の隅に、クレヨンの容器が見えた。どの色も擦り切れてしまうほど短く使い込まれ、不揃いだった。

「これだけ絵が貼ってあれば、嫌いではなかったんじゃないかな」

そっけない笹川の返事の後に、もう一度その絵を見つめた。壁に貼ってあった絵はお世辞にも上手いとは言えない出来だったが、様々な色を使って画用紙を埋め尽くしていた。

陽に焼けた畳の上に転がっている積み木や人形はどれも色が剝げていたり、薄汚れていた。最新のゲーム機なんて一つもない。部屋の片隅に目をやると、パックのオレンジジュースと、目にしたことのある有名店のケーキの箱が転がっていた。

「あれって、最後に口にしたものですかね？」

「だろうね。子どものために買ったんだろう。最後の晩餐《ばんさん》のつもりらしいが、完全に親のエゴだ」

　ケーキの箱を覗くと、乾燥した生クリームが付着した銀紙が一つだけ残されていた。その中に茶色に変色したイチゴのヘタも確認できる。

「心中する以外に選択肢はなかったんでしょうか……」

「考えたくもないよ。子どもを道連れにするなんて、吐き気がするほど自己中心的な選択だからね」

　隣に立つ笹川の表情は、何かしらの痛みを堪えるように歪んでいた。また俺の脳裏に、見知らぬ赤ちゃんの映像が浮かんだ。

「僕は心底思うよ。この死は間違っている。この死は心中なんかじゃない。ただの暴力だ。どんな理由があれ、これは理不尽な殺人だ」

　笹川の抑揚のない声が聞こえた。声だけは冷静さを保とうと淡々としていたが、表情には隠しきれない怒りや憤りが感じられた。

「せめて、最後に食べたケーキが美味しかったのなら、救いですね」

　俺はそんな気休めの言葉を口にしながら、もう一度、壁に貼られた画用紙を見つめた。

　現場の浴室は、台所の向かい側にあった。まだ浴室のドアは開けてはいないが、そこで二人が死んだことは明らかだった。

「すごい臭いっすね……いつもの腐敗臭とは違う……なんか色々と混ざり合っているような……」

「ああ、強烈だな。殺虫剤の用意はいいかい？」

「はい、三本ほど持ってきました」

ドアを開けた瞬間、周囲には蠅の羽音が散乱し、俺は反射的に殺虫剤を噴射した。ある程度の蠅を追いやると、早速、中に踏み込んだ。まず狭い脱衣所があって、床には幾つかの靴跡が残っていた。警察が死体を回収した時のものだろうか。血痕を容赦なく踏んでおり、靴跡は赤黒く不気味に滲んでいた。脱衣所の奥には浴室が見える。闇の中に、浴槽のシルエットがぼんやりと浮かんでいた。

「電気をつけるよ」

笹川が電気のスイッチを押すと、どす黒い浴室が視界に映った。至る所に乾燥した血液がこびり付いている。

「どうやったらこんな血が……遠目で見たら、デカい動物の死骸に見えますよ……」

隣に立つ笹川もはっきりと顔を歪めながら、口元を手で覆っているのが見えた。

「酷すぎるな……床のタイルにも乾燥した血液が凝固しているし、蛆や蠅の死骸も多い」

「ちょっと……すみません……」

俺は久しぶりに吐きそうになってしまい、背中を向けてから必死で口元を押さえた。こんな普通の部屋の一角に、地獄が広がっている。意識をこの浴室から遠ざけようと必死になっていると、冷たい笹川の声が聞こえた。

「天井にも血飛沫が飛び散っているのを見ると、自殺を図る時に動脈を切断したんだろう。動脈を切断すると、本当に噴水みたいに血が飛び散るんだ」

「それにしても、この状況は酷すぎますよ」

「普通、風呂に入りながら自殺を図る目的の多くは、浅い切創でも出血多量で死ねるからなんだ。風呂に入っていると体温が上昇するだろう。だから血液は凝固しにくくなっていて、比較的痛みを伴わない浅い切創でも血は流れ続けることができる」

「浅い傷でもいいなら、なんでこの人は動脈を切断したんですか……？」

「この現場を見ていると、弱気さや躊躇いは感じられない。多分、本当に後戻りできなかったんだな。死に場所に風呂場を選んだのは、できるだけ掃除する人たちに迷惑をかけないようにするためかもね」

改めて見ても、浴室は至る所に血液が飛び散っていた。それは身体中の血液を全部ぶちまけたような量だった。

「浅井くん、浴槽の中を見てごらんよ」

浴槽の中には、赤褐色の液体が半分程満たされていた。その液体は光を遮断し、浴槽の底は確認できない。

「……何ですかこれ？」

「大家さんの話だと半月もの間、この湯に浸かっていたんだろ？　故人の体の一部が溶けているはずさ」

その液体が視界に入るだけで、また胃の奥が痛み、口の中は乾いていく。

「栓《せん》抜いて、早く流しましょうよ」

「それはダメだ。排水口が詰まったら、それこそ大変だから。普通は吸収剤を使って処理するが、この量じゃ無理だな」

「それじゃ、どうするんですか？」

「そりゃ、掬《すく》い取るしかないだろう」

もう一度、恐る恐る浴槽の中に視線を移す。液体の表面には油っぽい膜が張り、蠅の死骸も浮いていた。

「俺たちがやらなきゃ、ずっとこのままですもんね……」

吐き気が治まらない。少しでも気を抜いたら、一気にぶちまけてしまいそうだった。

「僕たちが清掃をしなくても、他の業者に依頼すれば、その人たちが綺麗にするはずさ」

「でも……」

「この浴室を見ていると、どうしても死にたかったっていう、母親の情念を感じるよ」

　笹川の言葉を聞いて、振り向けば死んだ親子が立って、俺たちを見つめているような想像が過ぎった。

「死に対してそんな強い気持ちがあるなら、もっと生きることに対してその決意をぶつければ良かったのに……」

　自然と零れ落ちた俺の言葉は、今となっては何の意味もなさない願いだった。

　再び居間に戻ると、笹川は静かな声で言った。

「この現場は受けない」

　断言するような口調の後、笹川は部屋の隅に転がっていた積み木の一つを手に持ち、意味もなく弄んでいた。

「どうしてですか？」

「別に、現場が悲惨な状況だからではないんだ。個人的に小さな子どもが死んだ現場はキツいんだよ。来たからには、一応状況確認はしたけどさ、やっぱり、どうもダメなんだ」

　笹川は手に載せた積み木を、元あった場所に戻した。その横顔は泣きそうにも、微笑んでいるようにも見える不思議な表情だった。

「お子さんのことがあるからですか？」

いつの間にか、そう訊ねていた。

「知ってたんだね……」

「黙っていてすみません。悦子さんから聞いてしまいました」

俺の告白を聞いても、笹川の表情に変化はなかった。ただ、しきりに撫でつけられた髪の毛に触れていた。

「別に僕も隠してた訳じゃないんだ。でも、他人に心配も同情もされたくないしね。それに、こんな話を聞かされた相手も困るだろう。僕とえっちゃんの中にだけ、陽子はいればいいんだ」

スイートピーの花弁に優しく触れる悦子さんの姿が浮かんだ。その憂《うれ》いを帯びた横顔は、どこまでも胸の奥を締め付ける。

「悦子さんは、俺にも覚えてってもらいたいって言ってましたよ。会ったことはなくても、陽子ちゃんっていう人間が確かに生きていたことを」

「えっちゃんと僕は、考え方が違うんだよ。えっちゃんはそう思っているかもしれないが、僕は違う」

「でも……」

「とにかく、そんなことはいいから外に出ようか。こんな部屋に、いつまでも居たくない」

笹川の言い方は珍しく棘があったが、その言葉の攻撃性とは裏腹に、視線は落ち着きがなかった。

太陽が死んで朝が来なくたって、暗い夜の底で生きていけばいいんです。

笹川が陽子ちゃんの命日に言い放った言葉が、鼓膜の奥で渦のように繰り返される。

「笹川さんはずっと一人で悲しみを抱きしめているんですね。自分一人で苦しんで、結局、無理やりどこかにしまいこんでいる」

夜の闇は余計なものを塗りつぶしてくれる。そう言った笹川の悲しい決意に、今やっと気づいた。太陽が死んだ世界には、永遠に朝は来ない。闇が支配する場所で、悲しみとともに笹川は息を殺して生きている。

「僕はそんな生き方を望んでいるんだよ。とにかく、早く帰ろう」

「笹川さんはそれでいいんですか？」

部屋から出ようとする笹川の足が止まった。

「どういうことかな？」

「そうやって、ずっと暗い場所で孤立していることですよ」

笹川は一度視線を逸らすと、壁に貼られた絵を見つめた。俺はそんな笹川の瞳を黙って見つめた。沈黙が痛いだなんて初めて知った。何度、濁った瞳の奥を見据えたって、笹川が今、何を感じているのかはわからない。

「どう言われても構わないよ。僕の気持ちは誰にも理解できないんだから」

笹川はそれだけ返事をすると、再び玄関に向けて歩き出そうとした。気づくと、俺は部屋から出ようとする笹川の腕を力強く摑んでいた。

「陽子ちゃんが生きていた三ヶ月を、悲しい思い出だけで満たすのは間違っていると思います」

俺の言葉を聞いた後、笹川のこめかみ辺りが一瞬痙攣したように見えた。

「正確に言うと九十五日だ。それに他人がどう言おうが、説得力はないよ。所詮、綺麗事でしかない」

「そうかもしれません。でも、そんな風に立ち止まってる笹川さんのこと、見たくないんですよ」

小さな舌打ちが聞こえた後、笹川は口元を歪ませた。

「僕はもう変われないんだ。どんな嬉しいことがあっても、あの日のことを思い出してしまう。結局行き着くのは自分を責めてしまう場所なんだ。いつもバッドエンド。まるで、同じ所をグルグル回っている猿みたいでさ、そんな生き方しかできないんだ」

笹川は、両目を充血させながら鋭い視線を向けてきた。その声色には悲しい覚悟が滲んでいた。

「離してくれないか」

「嫌です。ここで逃げたら……デッドモーニングに朝は来ませんから」

デッドモーニングは笹川が作り出した悲しみの置き場だ。壁に吊るされた喪服からも、採光の悪い窓からも、ガムテープの表札からも、報われない悲しみが滲み出ている。そんな悲しみたちが、笹川だけの夜を作り出し、いつまでも朝を殺している。

「君は何を言っているんだ？」

「自分の胸に聞いてみてください。笹川さんも本当は気づいてるはずです」

笹川が腕を振り切って外に出たら、もうこの部屋に来ることはなくなってしまうという予感だけが、俺の腕に力を入れる。

「いい加減にしてくれ」

「この部屋から逃げちゃいけないような気がするんです」

そんな俺たちの膠着《こうちやく》状態をかき消すように、玄関のドアノブが回る音が聞こえた。ハンカチを鼻に当てた大家が姿を現すと、俺と笹川の間に漂っていた緊張感は糸が切れるように途切れた。

「どうかしました？」

俺は顔をしかめている大家に問いかけた。大家は不安げな表情をこちらに向けた後、三和土に放置された小さな靴を見つめた。

「お二人がいるうちに、部屋の様子を見ておこうかと思いまして……明日には掃除をしてくださると思うと、やっと踏ん切りがつきました……」

「まだ、実施すると決まったわけではないんですが……」

笹川が控えめな声で言ったが、大家にはちゃんと届かなかったようだった。

「こんな老人でも一応、大家ですから。何があったかは見ておいたほうがいいと思いまして。あなた方がいれば心強いですし」

大家は、床に転がった蠅の死骸に怯《おび》えながら、一歩一歩、ゆっくりと廊下を歩き始めた。

「かなり悲惨な状況ですが……本当にご覧になりますか？」

笹川の問いかけに、大家は小さく頷いた。

「ええ。せめて掃除が入る前に、手を合わせておきたいんです」

浴室の電気をつけると、先程と何も変わらないどす黒い光景が映し出された。浴室を見ている最中、大家は一度も瞬きをしなかった。

「……何で、こんなことになっちゃったんだろうねえ……こんなことしなくたって、明日は明日の風が吹くっていうのに……」

大家は静かに手を合わせた。

「ユリちゃんが亡くなったのは首を絞められたことが原因だったみたいです……警察の話だとユリちゃんは浴槽の中で、お母さんの死体に抱かれるようにして見つかったって……」

震えた大家の声が、途切れ途切れに窓のない浴室に残響する。

「自分の子どもを絞め殺すってどんな気持ちなんでしょうかねえ……死んだ子どもを抱きしめるってどんな気持ちなんですかねえ……こんな長い間、生きていても私にはわかりません。わかりませんよ」

大家は目頭に溜まった涙をハンカチで拭いた。

「せめて、綺麗にしてやってください。よろしくお願いします……」

その言葉を聞いた瞬間、今朝言い放った抱負が蘇る。

朝日が差し込むような明るい場所。

あの時は冗談交じりだったが、今は本気でそう思える。気づくと笹川より先に、俺は大きく頷いて言った。

「任せてください」

帰り際、俺が不貞腐《ふてくさ》れた表情を浮かべながらコインパーキングとは反対方向へ歩き出しても、呼び止められることはなかった。呼び止められたとしても、振り返るつもりなんてなかった。

大家には明日の午前中に改めて連絡をすると笹川は話していた。俺が勝手に引き受けるような返事をしてしまったから、そう言うしかなかったのだろう。そのせいか、大家は合鍵を郵便受けの中に入れていた。

とっ散らかった頭を抱えながら見知らぬ街を歩く。寒過ぎてこめかみ辺りに鈍い痛みを感じ、立ち止まった。

「夜をぶっ飛ばさないと、ずっとあの闇の中だ……」

笹川があの部屋で見せた表情を思い出していた。もうあんな顔を見たくはなかった。

僕の気持ちは誰にも理解できないんだから。

あの部屋で放たれたその言葉は、どこまでも笹川を遠い存在にさせる。他人を完全に拒否し、自分が作り出した夜の闇に紛れ込む合図のような言葉だった。そう思う一方で、同時に微かな後悔も感じてしまう。俺はあの部屋で笹川の気持ちを無視し、身勝手な言葉を投げかけてしまったのかもしれない。俺だけの正義感をぶつけてしまったのかもしれない。

通りすがりの車からクラクションを鳴らされ、顔を上げた。辺りには見知らぬ景色が広がっている。どこに向かっているのかわからないまま、再び歩き出した。

「デッドモーニング、デッドモーニング、デッドモーニング、デッドモーニング」

俺の独り言に、通行人が訝《いぶか》しげな視線を向ける。それは、ただの陰気な社名とはもう思えなかった。この社名には笹川の屈折した思いが滲んでいる。暗い夜の底で、悲しみとともに生きる覚悟。だからって、そんな生き方は間違っている。どう間違っているかなんて説明はつかないが、間違っている。

鼻水が垂れ、身体が芯から冷え切っていることに気づいた。作業着の袖口で無理やり拭い、また歩き続ける。様々な現場で、何度も目にしてきた笹川の後ろ姿が思い出されていた。俺はこの数ヶ月、ずっとその後ろ姿を追いかけて、誰かが残した跡を消してきた。はたから見たらどんなにくたびれた部屋にだって、たった一つしかない生活が存在していた。

作業着のポケットに手を入れると、冷たい指が電子辞書に触れた。すぐに文章を打ち込み、読み上げのボタンを押した。

『俺はいつ骨に会う？』

散々一人で街中をさまよい花瓶に辿り着いたのは、日付が変わろうとする頃だった。もう閉まっているだろうと思っていたから、店内の明かりを目にした瞬間、泣きたくなるほど嬉しかった。

感覚のない手で引き戸を開けると、聞き慣れた笑い声が聞こえた。

「あれっ、あんた作業着のままで、何してんの？」

カウンターには楓が一人で座っていた。その他に客はいない。楓は白い暖かそうなニットを着て、焼き鳥を口に運んでいた。

「知らない街で遭難しかけて、着替える余裕なんてなかったんだ……」

「は？　意味わからないんだけど」

楓はこの前のクリスマスイヴに花瓶にマフラーを忘れ、それを取りに来たついでに、一杯飲んでいる最中だったという。

「新年早々、陰気な顔してるじゃん。初夢で悪夢でも見た?」

「そんなところだよ」

「うわー暗っ。浅井の側にいると運気が下がりそう」

楓の快活な声を聞いていると、笹川と衝突したことを告白し、笑い飛ばしてもらいたくなってくる。そんな想いを押し殺して、温かいほうじ茶をすすった。

悦子さんに差し出された揚げ出し豆腐を一気に食べ終えると、さっきまで感じていた寒さは徐々に消え去っていった。

「浅井は明日も仕事?」

「わからない」

「わからないって、バイトくんは気楽だねぇ」

「本当にわからないんだ……」

明日、笹川が現場に足を運ぶことはないだろう。心のどこかで、もう諦めている。

俺がどんなに足掻いても、笹川の孤独には触れられないのかもしれない。

「啓介くんとケンカしたんでしょ?」

柔らかな声がした。悦子さんは鍋から一度視線を外し、カウンターの内側から俺に微笑みかけた。

「どうしてわかるんですか？」

「大切な常連さんだもの。顔を見れば自然とわかるわよ」

言い当てられ何も返事ができずに俯いてしまうと、カウンター越しに俺のグラスにビールを注ぐ音が聞こえた。

「啓介くんって、よく言えば真面目だけど、悪く言えばすごく頑固なの。特殊清掃の仕事を始める前から変わらないな。前の職場の上司とだって、意見の食い違いでケンカすることが何度もあったしね」

悦子さんの返事を聞いて、楓がポテトサラダをつまみ上げながら呑気な声を出した。

「悦子さんって笹ちゃんのことよく知ってるんですね。まさか付き合ってるとか？」

「付き合ってるっていうか、元夫婦だからね」

楓の絶叫する声が聞こえ、矢継ぎ早に悦子さんに質問し始める。俺は黙って、注がれたビールを口に運んだ。この夫婦の結末を知っている身としては、楓の口をすぐにでも塞ぎたかった。

「啓介くんはね、特殊清掃の仕事を始める前は、救急救命士だったの。救急車に乗って、誰よりも早く現場で救命処置をする仕事。だから毎日緊張感があって、ピリピリしてた。時には危険な災害現場なんかに行くこともあったから」

笹川の過去を知らなかった俺は、驚いてビールを噴き出しそうになってしまった。

「初耳です。でも、そう言われれば医療の知識がありそうな発言があったような……」

初めて現場に行った時もペースメーカについて説明をしてくれたし、薬についても知識がありそうだった。俺が聞いたこともなかった幻肢痛の存在も知っていた。今日だって、あの浴室を一目見ただけで、自殺方法を的確に言い当てた。

「啓介くんは仕事熱心でね。休みの日なんかも、よく地域の人たちに向けて、心肺蘇生の講習会とかを開いてた。救急車の音が聞こえるたび、いつもソワソワしてたし」

「そうだったんですか……」

悦子さんは蛇口からコップ一杯の水を注ぎ、半分ほど飲み干すと、再び口を開いた。

「あの日もね、陽子の異変に最初に気づいたのは啓介くんだった。夜中にトイレに起きて、そこで陽子が呼吸をしていないことに気づいたらしいの」

楓は、悦子さんのこれまでとは違う口調から、何かを悟ったのかもしれない。先程まで質問攻めにしていたのが嘘のように口を噤み、真剣な眼差しを向けていた。

「すぐに啓介くんは、陽子の心肺蘇生を始めたの。私は状況が理解できなくて、啓介くんに指示されなければ、救急車を呼ぶこともできなかったと思う。本当に母親失格よね」

悦子さんの口調は淡々としたものだった。一瞬、俺たちから視線を外し、カウンターの端を見つめたのがわかった。視線の先には、一輪のスイートピーが活けてある花瓶があった。

「私と違って青白くなった陽子に、ずっと啓介くんは声を掛けてた。何度も、何度も。喉が嗄《か》れるぐらいに陽子の名前を呼んでたの。偶然にも救急車で迎えに来た救急隊員は、後輩だったらしくてね。啓介くんは『僕にやらせろ！』って叫んで、救急車に乗り込んでからもパジャマ姿のまま、陽子の心肺蘇生をずっと繰り返し続けてた。それに、本来は医師の指示がないとできない点滴も。涙でぐしゃぐしゃになりながら、ずっと陽子の名前を叫んでるの。あの時の啓介くんの必死な叫び声が、まだ耳に残ってる」

　隣の楓は何かに気づいたのか、湿った声を出した。

「あの……お子さんは助かったんですか？」

「もう、あの子の声を聞くことはできないの。診断名は乳幼児突然死症候群。お医者さんの話だと、日本では七千人に一人の割合なんだって。私なんて、商店街のくじ引きにも当たったことがないのに……皮肉な話ね」

　汁が噴きこぼれる音がして、悦子さんは鍋の方に戻った。カウンターに取り残された俺と楓は言葉を交わすことなく、それぞれにテーブルの上を意味もなく見つめた。ふと、一つ疑問が浮かぶ。

「笹川さんはなぜ、救急救命士を辞めたんですか?」

悦子さんは鍋の火を止めてから、注文していない小鉢を俺と楓に差し出した。小鉢の中には、真っ白な杏仁豆腐が入っていた。

「楓ちゃんを泣かせちゃったからサービス。美味しいと思うよ」

一言礼を言ってから、悦子さんが話し始めるのを待った。

「いくら自分の娘だからといっても、医師の指示がなく医療処置をしてしまったのと、勤務外に救命処置をおこなったのが露見してね。啓介くんは六ヶ月の謹慎処分になったの。結局、謹慎期間が始まる前に辞表を提出したんだけどね」

「そうだったんですか……」

「あれ以来、もう僕には誰も救えないって、口癖のように言ってたから……陽子が天国に行ってから、思うところがありすぎたんじゃないかな。それは私も同じだけど」

悦子さんは、泣いているような笑っているような表情を浮かべていた。それは、あの部屋で見た笹川の表情と似ていた。

「啓介くんはね、陽子が死んだ夜の中にまだ取り残されているの。だから、気難しいところはあるかもしれないけど、見捨てないであげて。元妻からのささやかなお願い」

悦子さんは戯《おど》けた態度で、両手を合わせた。俺は曖昧に頷いた後、どう返事をしていいかわからず、小鉢の中の杏仁豆腐を口に運んだ。

花瓶を出たのは、午前五時を過ぎた頃だった。なかなか腰を上げない俺を気遣ってか、悦子さんは暖簾を店内にしまってからも、迷惑そうな顔一つせずに温かい料理を作り続けてくれた。楓も眠たげな目を擦りながらも最後まで付き合ってくれた。

「笹ちゃんにあんな辛い過去があったなんてね……ちゃんと謝りなさいよ。どうせ浅井が馬鹿なことやったんでしょ？　男のケンカで、いつまでもウジウジしてるのはみっともないからさ」

楓の眠たげな声が聞こえた。

「そう簡単にいかないから、俺は骨のないクラゲのままなんだ」

「何それ？　私に腑抜け、腑抜けって言われ続けて、どうかしちゃった？」

「違うんだ。生き続けていれば、クラゲだって……いつか生まれ変われる。大切なものに出会って……骨のあるクラゲに」

大げさなため息の後、呆れかえるような楓の横顔が見えた。

「新種のクラゲでも発見するつもり？」

笹川の自宅は悦子さんに教えてもらった。作業着のポケットに手書きの地図が小さく折りたたまれてしまってある。でも、このままでは、いつまでたってもこの紙切れを開くことができそうにない。隣を歩いていた楓は、タクシーを呼び止めようと車道に身を乗り出した。

「笹川さんを、夜の闇の中から連れ出したいんだ」

俺の呟く声を聞いて、楓がタクシーを呼び止めようとする手を下げた。

「どうして浅井がそんなことをするの？」

「だって、いつまでも……過去の辛い出来事に囚われていたら……」

「浅井は、本当に笹ちゃんの悲しみがわかってるの？」

楓の針のような視線から目を逸らす。空車のランプを灯したタクシーが、徐行しながら俺たちの前を走り去っていった。

「わかってるって……俺は……」

「全然わかってない。それっぽく感傷に浸ってるだけ。数日も変わりない日々が続けば、あんたはすぐに忘れるはずよ」

「そんなこと……」

「絶対そう。真剣に笹ちゃんの痛みを感じていたら、呑気にビールなんて飲めないから」

言い切るような楓の言葉が痛かった。それに何も言い返せない自分が恥ずかしく、誤魔化すように一度咳払いをしてから俯いた。また、楓の淡々とした声が聞こえる。

「夜の闇の中から連れ出したいなんて、そんな調子のいいこと誰でも言えるって。じゃあ、実際、誰がその暗闇に足を突っ込んで、笹ちゃんの手を握るのよ？　綺麗な言葉をいくら並べたって、どこにも辿り着けない。そんな言葉を考えてる暇があるなら、とっとと自分の手をその闇の中に伸ばしなさいよ」

「俺だって……色々考えて……」

「結局、浅井はね、暖房の効いた部屋で毛布にくるまりながら、笹ちゃんがいる冷たい夜の闇を覗いているだけなんだよ。中途半端な気持ちで笹ちゃんの痛みと向き合うくらいなら、そっとしておいた方がいいよ。余計傷つけるだけだから」

　そんなことはないと胸の中で否定しながらも、俺は唾を飲み込むことしかできなかった。

「浅井の足りない頭で、聞こえのいい言葉をいくら考えたって、笹ちゃんは変わらないと思うよ」

「別にそんな言葉を考えているわけじゃ……」

「とにかく、その夜の闇に突っ込みなさいよ。頭の中を空っぽにしてさ。まずはそこから」

　車道を新聞配達の原付バイクが走り去っていく。辺りには澄んだ空気が漂い、空では群青と微かな橙《だいだい》が混ざり合おうとしていた。街が目覚め始める気配を全身で感じながら、俺は深く息を吸い込んだ。

「俺を殴ってくれ」

　そう言い放つと、自分の脳みそをかき混ぜるように髪の毛を掻き毟《むし》った。

「はっ？」

「笹川さんに今すぐ会いに行きたいんだ。だから、気合いを入れてくれ。今回の現場をきっかけに、俺も笹川さんも変わらないといけない。それには真剣にあの部屋と向き合わないといけない気がする……」

髪の毛を掻き毟るのをやめ、顔を上げると楓の冷たい表情が見えた。

「それって本気？」

「俺は、本気だ。笹川さんを暗い場所から連れ出したいんだ。俺も骨のあるクラゲになりたい……だから……気合いを……」

耳元で衝撃音が響いた。冷え切った頬が急に熱を帯びる。そして視界が歪み、鋭角な痛みが一瞬で広がった。すぐに反対の頬にも同じような衝撃が走った。

「痛っ！」

両頬に鋭い痛みが広がって、まともに立っていられない。手をついたアスファルトは信じられないほどに冷たかった。

「一発で良かったんだけど……」

見上げた楓の顔には、悪魔じみた笑みが浮かんでいた。

「気合い入れろ、浅井！　腑抜けから新種のクラゲに生まれ変われ！」

楓は手を差し出すこともせず、ちょうど目の前を通ったタクシーに乗り込んでいった。

俺はしばらくの間、冷たいアスファルトに手をついたままだった。未だに両耳から耳鳴りを感じる。

ふと見ると、指先には赤い血が滲んでいた。アスファルトに手をついた時に傷つけたのかもしれない。それは痛みすら感じない小さな傷だった。絆創膏を貼らなくてもいずれ血は乾き、塞がっていくような傷。

指先に滲んだ赤をしばらく黙って見つめた。俺だって、笹川だって、こんなに赤い液体が身体中を駆け巡っている。それはあの部屋に住んでいた親子とも、今まで跡を消してきた住人たちとも、脳裏に浮かぶ赤ちゃんとも圧倒的に違う事実だ。

ポケットから紙切れを取り出し、気づくと俺は駆け出していた。冷たい風が、頬を撫でていく。東の空は先ほど見上げた頃より、橙が濃くなっていた。夜明けはそう遠くない。


地図を頼りに辿り着いた笹川の自宅は、事務所のすぐ裏手にある造りの古いアパートだった。夜明け前だからか、どの部屋にも明かりは灯っていない。早速、笹川の部屋に向かおうとすると、駐輪場の陰から小さな物体が近づいてくるのが見えた。

「お前、なんでここに……？」

カステラはすぐに向きを変え、アパートの外廊下を進んでいく。

「おいっ、カステラ」

尻尾を振りながらカステラはどこかに向かって駆け出していく。俺も急いで後に続くと、カステラはある部屋の前で歩みを止めた。

「この部屋って……」

地図を確認するまでもなかった。汚れた郵便受けには、汚い字で『笹川』と記載されたガムテープが貼り付けてあった。

「お前が連れてきてくれたのか？」

俺の足元に擦り寄るカステラを抱きあげた。腕の中でカステラが一度鳴くと、すぐに作業着の袖口に温かい感触が広がった。

「うわっ、汚っ」

カステラは俺の腕でおしっこをした後、またどこかに消えていった。釈然としない気分で、その小さな後ろ姿を見送る。

「何なんだよ、あいつ……」

このおしっこは、カステラなりのエールだと前向きに考え、インターフォンを力強く押した。

しばらくするとドアが軋む音が聞こえて、笹川の青白い顔が現れた。その目は充血していて、いつも通りの喪服姿だった。もしかすると笹川は、俺と別れてからシャワーも浴びず、眠りもしていなかったのかもしれない。

「こんな早くから何？」

　俺の突然の訪問を全く歓迎していない冷たい声だった。

「笹川さんに伝えたいことがあります」

「悪いが、君と話すことなんてない。帰ってくれ」

　笹川は一方的にそう言い放つと、開きかけたドアを閉めようとした。俺は反射的にドアの隙間に足を突っ込んだ。

「少しでいいんです。今じゃなきゃ、ダメなんです」

「もう一度、言うよ。帰ってくれないか」

　このドアが閉ざされてしまったら、全てが終わってしまうような危機感が全身を駆け巡っていく。だから抵抗をやめない。やめたくない。

「俺の話を聞いてください」

「しつこいな君は」

　笹川は無精髭が伸びていて、やつれた頬は病人のように見える。首元に結ばれた黒いネクタイが妙にそんな顔色に似合っていた。

「ほんの少しでいいから、俺の話を……」

　急にドアを閉めようとする力が緩んだ。閉じかかったドアから笹川の線の細い身体が外に出てくる。やっと話ができそうだとホッとしたのもつかの間、笹川は何も見えていないような、うつろな視線を投げかけた。

「頼むから一人にしてくれないか。お願いだよ……本当に誰とも話したくないんだ……」

笹川は深々と頭を下げた。指先が伸びた見本のような礼だった。いつまでも顔を上げようとしない。そんな姿を見ていると、何も声を掛けることができなかった。

笹川はしばらくして顔を上げると、俺とは一度も視線を合わせずに再び部屋の中に消えていった。ドアが閉まり、施錠する音が聞こえる。

「笹川さん……」

最後に見えた笹川の表情が、どうしようもなく胸の奥を締め付ける。様々な場面で、何度も見てきた笹川の後ろ姿が脳裏に浮かんだ。笹川はまた暗く深い夜の中に潜り込んでしまった。そんな思いが胸に広がり始めた時、微かにあの匂いを感じた。

一度のクリーニングじゃ落ちないような匂い。

クリスマスイヴに笹川が纏っていた匂い。

笹川と出会った日の匂い。

「陽子ちゃんにお線香をあげたいんです！」

少しの沈黙の後、再び鍵を回す音が聞こえた。その音を聞いた瞬間、俺は何も考えられなかった。目の前のドアがゆっくりと開き、冷たい視線を張り付けた笹川が少しだけ顔を出した。

「線香をあげたら、すぐに帰ってくれ」

笹川の部屋はとにかく薄暗かった。狭くも広くもないワンルームで、部屋には物が極端に少なく、どこまでも物寂しい雰囲気が漂っていた。窓には床に垂れ下がる程長い黒いカーテンが吊られ、外の光を完全に遮断している。ボリュームを絞ったテレビから漏れる光だけが、かろうじて部屋の品々と笹川の表情をぼんやりと照らし出していた。

そんな薄暗い部屋の片隅に、陽子ちゃんの位牌《いはい》は置かれていた。位牌のすぐ横には哺乳瓶に半分ほど満たされた白いミルクが見える。哺乳瓶と一緒に、有名なアニメのキャラクターの人形が置かれていた。その人形はサンタクロースの格好をしていたから、去年のクリスマスイヴに笹川が買ったものなのかもしれない。

壁に寄りかかり無言の笹川を横目に、俺は線香に火をつけた。こんな薄暗い部屋の中だと、線香の先端で燃える火が、虚しくなるほど鮮やかだった。

遺影に写っていた陽子ちゃんは、まだ髪の毛は生えそろっていないが、毛先がクルクルにうねっている。悦子さんが話していた通り、髪質は笹川に似ていた。丸く膨らんだ頬からは、思わず触れてみたくなるような、柔らかさを感じた。そんな一枚の遺影をテレビから漏れ出す明かりが、かろうじて照らし出していた。

天国で元気に遊んでね。

目を閉じて手を合わせながら、そんな言葉しか浮かばなかった。

「もう十分だろ。さっさと帰ってくれ」

いつまでも手を合わせている俺に向かって、笹川の急かすような声が聞こえる。線香の香りが鼻から入り込み、喉の奥が乾いていく。

目を開けたときには、笹川に伝えたい言葉が自然と喉を震わせた。

「今日、あの部屋を掃除しませんか？」

微かに笹川の呆れた表情が見えた。沈黙を埋めるようにつけっ放しのテレビから、今日の天気を告げる誰かの声が聞こえてくる。

「君になんて言われようが、僕の答えは変わらない。もういい加減、ほっといてくれ」

「笹川さんと初めて出会った時、死は穢れたものじゃないって言ってたじゃないですか。あの部屋を綺麗にするべきです。あの親子のためにも、笹川さん自身のためにも！　こんな風に逃げ回っている笹川さんを陽子ちゃんは見たくはない……」

「陽子は死んだんだ！」

俺の言葉を遮って、笹川の怒鳴り声が暗い部屋に響いた。こんな感情的な笹川の声を聞いたのは初めてだった。

「君は乳児の心肺蘇生をやったことがあるか？」

無言で首を横に振った。テレビの光が、陰影に覆われた笹川の冷たい表情を浮かび上がらせている。笹川があの夜のことを思い出しながら言葉を吐き出そうとしているのが伝わった。

「君に教えてやるよ！　成人と違って、乳児の場合は中指と薬指の二本だけを使って、胸骨を圧迫するんだ！　力を入れすぎてしまうと身体ごと潰れてしまうからな！　それぐらい陽子は小さかったんだ。小さかったんだよ……」

笹川は何度も二本の指を掲げながら、堰《せき》を切ったように言葉を続けた。

「君は心臓が動かない小さな身体を抱きしめたことがあるか？　氷より冷たくなって、ダランと伸びた手を握ったことがあるか？　ほんの少ししか残らない乾いた骨を拾ったことがあるか？　嘘みたいに小さな服を何枚も捨てたことがあるか？　浅井！　答えろよ！　君には何もわからないんだ！　わかるわけないんだよ！」

笹川は荒い息を吐き出しながら、肩を震わせた。着ていた喪服が部屋の中に漂う闇と完全に同化していた。

「君は、自分の命より大切な存在を失ったことがあるか？」

身体の奥底から絞り出す、悲鳴のような声が聞こえた。辺りに広がった闇が濃度を増していくような気がした。

「俺には……全部わからないです……」

笹川が暗闇の中から絞り出した言葉たちが、胸の奥を濁らせていく。ずっと遠くに笹川が佇んでいるような気がした。

「そうなんだよ。君には何もわからないんだよ。僕は、あの日から全てを捨てた。もう、あんな悲しみを味わいたくないんだ。身軽になれば、大切なものがなければ、期待しなければ、生きていける……」

笹川は煙草を取り出し、乱暴に火をつけた。すぐに煙草の匂いと線香の匂いが混じり合い、部屋の中は濁っていく。

「僕は、あの夜の中で生きていればいいんだ。これからも、ずっと」

笹川は全てを吐き出したのか、それきり黙り込んだ。煙草を持つ手は小刻みに震えている。そんな姿を見ながら、俺は何かを摑んで離さないように拳を固く握っていた。指先が掌に食い込む感触を覚えていると、いつの間にか自分が場違いな笑みを微かに浮かべているのに気づいた。

「俺、あの日、喪服を着て花瓶に行ってよかった。帰り道はスゲー気持ち悪くて、吐きまくって最悪だったけど」

部屋の片隅に置かれた遺影を見つめた。陽子ちゃんはこんな暗い部屋の中で、満面の笑みを浮かべている。そんな遺影を見ていると、胸の奥に微かな光が差し込んだ。

「俺は大切な人を失う悲しみを、まだはっきりとはわかりません。でも、今の笹川さんの姿を見ていると、胸の奥が痛むんです」

テレビからは、天気予報を告げる誰かの声がまだ聞こえていた。今日は洗濯日和らしい。黒いカーテンの向こう側からは鳥たちの鳴き声や、車が通りすぎる走行音がはっきりと聞こえてくる。

「君がどう思おうが、僕には関係ない。さあ、帰ってくれ」

笹川が玄関の方を指差した。俺は一度唾を飲み込むと、笹川が指差した玄関とは逆方向にある窓辺を見つめた。薄い壁を挟んだ隣の部屋から、ちょうど目覚まし時計のアラーム音が鳴り響き始めているのが微かに聞こえた。

俺の瞳には、外の光を完全に遮断する黒いカーテンが映っていた。それはどこまでも続く濃い闇が垂れ下がっているように見える。気づくと、目の前の闇に手を伸ばしていた。

「何がデッドモーニングだよ……何が死んだ朝だよ……」

奥歯を噛み締めて、血管が破裂しそうなほどに両手に力を込める。すぐに幾つかのカーテンフックが弾け飛ぶ音が聞こえた。一度、力を入れただけじゃ、この黒いカーテンを完全に引き剝がすことはできなかった。俺は何度も何度も両手に力を入れる。

「何やってるんだ！　やめろ！」

鼓膜を破壊するような笹川の怒号が聞こえた。俺はそんな声を無視し、徐々に剝がれ落ちるカーテンの隙間から見える景色に目を凝らしていた。

「何てことするんだよ！」

床に投げ出されたカーテンフックと黒い布が鮮明に見える程に、笹川の部屋には朝日が差し込んでいた。舞い上がった埃ですら、空中を漂いながら光を反射し、キラキラと輝いている。窓から差し込んだ光は、全てを暴き出しながら、全てを包み込むような朝を、この部屋にもたらしていた。視界の隅には陽子ちゃんの遺影が見える。その笑顔は光が差し込む部屋の方がよく似合っていた。

「こんな薄暗い場所に籠《こも》ってたら、いつまで経っても朝は来ないんだよ！」

心臓が激しく鼓動し、脳が揺れる。こんな大声を出したのは久しぶりすぎて、肺の奥が痛んだ。でも、そんな痛みの向こう側に届けたい確かな想いがあった。

「俺、あの家の前で待ってますから」

そう吐き捨てると、笹川の横を通り抜けて、玄関に向かった。俺の胸に残っていたのは、微かな希望と、繰り返し響く目覚まし時計のアラーム音だけだった。足音を響かせながら外に出ると、太陽がこんなちっぽけな自分をちゃんと照らしていた。


あの建物の近くで、ポケットに手を突っ込みながら笹川を待っている間、正常な時間が流れていないような気分になった。数時間前に笹川の家を飛び出したのが遠い昔のように感じられる。

時刻はすでに午前十時を過ぎていた。不意に車が近づいてくる音が聞こえ、その音がした方に視線を向けた。飲料水の広告が描かれたトラックが通り過ぎ、俺は大《おお》袈裟《げさ》に肩を落とした。

やっぱ来るわけないか……。

冷静に考えると、笹川が現れるはずはない。

また別の方角から車が近づいてくる音が聞こえ、その音がした方を探る。今度は引越し業者のトラックが目の前を走り去っていった。

やっと諦めがついて、その場から歩き出した時、俺の胸には覚悟と不安が入り混じっていた。正直、断然不安の方が大きい。でも、このまま笹川が来ないからといって、おめおめと帰る気にはどうしてもなれなかった。せめて、俺ができる範囲であの部屋を清掃したい。多分、明日にはデッドモーニングをクビになるだろう。これが最後のバイトになることは、薄々気づいていた。

笹川が来ない予感があったせいか、自宅から必要最低限の清掃道具を持参していた。バケツと粗品のタオル、食器用洗剤とスポンジ、普通のゴミ袋とゴム手袋、風邪予防用マスク。いつもの装備と比べれば、果てしなく頼りないが、仕方がなかった。

逃げ出したい気持ちを必死に抑えつけながら、錆び付いた郵便受けから合鍵を取り出した。

何度か躊躇ってから、玄関のドアノブに鍵を挿入する。昨日と同じように噛み合わせが悪いのか、しばらくしてやっと解錠する音が聞こえた。

郵便受けに合鍵を戻した後、妙な違和感を覚えた。数秒、その違和感の正体を探って、俺はため息をついた。

ああ……スイートピーの造花だ……。

いつもはあんな造花を置いたって意味なんてないのにと、冷めた気分を抱いていたが、いざこの部屋に一人で入るとなると、あんなちっぽけな造花でも視界の隅で咲いていて欲しかった。仕方なく、脳裏に見慣れたあの造花を思い描きながら、玄関のドアを開けた。

住人がいなくなってしまった家には、特有の空気が漂っている。停滞し、攪拌《かくはん》されない淀んだ空気は腐敗臭と混ざり合って、強烈に鼻の粘膜を焦がす。

息を止めながら、浴室へと続くドアを開けた。脱衣所には、昨日と変わらないどす黒い靴跡が見えた。

薄目で何度か浴室のドアを開けたり閉めたりを繰り返したが、俺だけではどうやっても綺麗にすることはできないような気がした。

「できるとこから、やるか」

自分を奮い立たせるようにわざと明るい声を出しながら浴室のドアを閉め、すぐ近くにあるトイレに向かった。最後の抵抗をするように何匹かの蠅が、俺の耳元で不快な羽音を響かせながら、どこかに消えていく。

トイレのドアを開けると、古臭い和式の便器が目に映った。一応、水洗のトイレだったが、全体的に黄ばんで汚れている。それに何匹もの蠅が便器の中に水没していた。

俺は頭の中を空っぽにしながら便器に食器用洗剤を振り掛け、トイレットペーパーを使い磨いていった。まさか食器用洗剤で便器を磨く日が来るなんて思ってもいなかった。

トイレの壁に貼られたカレンダーには、途中まで赤いマジックで日付にバツ印がつけられていた。頼りない手書きのバツ印は去年の十二月中旬で止まっている。

母親にとって、生きていることは苦痛でしかなかったのかもしれない。あと一日、もう一日と思いながら、カレンダーの日付を見つめていたような気がした。そんな痛みだけが支配する日々の中で、どんなことを考えていたのだろう。そんな生活の中でも、死んだ少女が少しでも笑うことができていればいいなと思いながら、カレンダーをビニール袋の中に捨てた。

トイレをそれなりに綺麗にした後、玄関先にある小さな流しに足を向けた。年季の入った銀色のシンクには、一本のフォークと白い小皿が放置してあった。

手に取ったフォークは、掌に収まるほど小さなものだった。フォークの柄にはアニメのキャラクターがプリントされているようだが、掠れてほとんど消えかかっていた。

よく見るとフォークの先端には乾いた生クリームの残骸が付着していた。居間にはケーキの空き箱があったから、それを食べる時に、このフォークを使ったのだろう。

母親が突然ケーキを買ってきてくれた時、死んだ少女は何を思ったのだろう。飛び跳ねるように素直に喜んだのかもしれないし、母親の瞳の奥に滲んだ悲しみに、気づいたのかもしれない。

箱の中に残されたイチゴのヘタが思い出される。ケーキの銀紙は一つ分しかなかったから、少女が一人で食べたのだろうか。もしかしたら、いつもとは雰囲気の違う母親に、イチゴを分け与えたのかもしれない。

俺は水道の蛇口を捻った。何かを吐き出すような音が聞こえて、サビの混じった茶色の水が蛇口から流れ出す。出しっ放しにしていると、徐々に流れ出した水は透明に変わっていった。それを確認すると、フォークに食器用洗剤を振り掛け、スポンジで汚れを落としていった。この後捨てるフォークを洗う必要はないかもしれないが、そんな短い間だけでも、死んだ少女のことを想っていたかった。

居間に足を踏み入れる。壁には昨日と変わらない幾つもの画用紙が貼り付けられていた。その画用紙はなんとなく最後に剝がそうと決め、畳に転がった明らかにゴミとわかるような、空き缶やケーキの空き箱をビニール袋に入れていった。

俺は一体何をしているんだろう……。

住人が消えた家に勝手に入り、自分の身勝手な思いだけで、この部屋に残った跡を消そうとしている。現場の浴室には一人で入ることができず、こうやって簡単な清掃を繰り返している。

「俺はこそ泥じゃねえっつーの……」

　心細さを紛らわすように、いつの間にか独り言は増えていく。もちろん、聞こえてくるのは蝿の羽音や、部屋のどこかが軋む音だけだった。こんな身勝手なことはやめ、全てを投げ出して酒を飲みにでも行こうか。今までのバイトだって嫌になったらすぐに辞めることを繰り返してきた。つい骨のあるクラゲになりたいだなんて、楓に言ってしまったが、そんなクラゲは実際には存在しない。ただのことわざ。架空生物。やはり俺は、何も考えずに都会を漂うような普通のクラゲの方が似合っている。そんなことを考えていると徐々に手は止まっていく。

　本当に笹ちゃんの悲しみがわかってるの？

　楓に言われた一言が脳裏に蘇る。他人の痛みなんて本当に知ることができるのだろうか。どんなに寄り添うような言葉を並べたって、所詮、知った気になっているだけなのかもしれない。でも……俺は笹川の痛みを知りたいと思った。その気持ちは嘘じゃない。真剣に自分の痛みのように感じたいと思ったから、俺は今、こうしてこの部屋の中にいるような気がした。

　俺は何度か頭を振ると、壁に貼られた数々の絵を見つめた。何度見たって、お世辞にも上手い絵とは言えなかったが、いつの間にか胸の奥底に灯がともる。

　衣類だけでもビニール袋にまとめようと、押入れの取っ手を引いた時、中から何かがすごい勢いで飛び出してきた。

「うわっ！」

丸々と太った鼠だった。さまよう弾丸のように、壁に沿って走り回り、部屋の中にある品々を蹴散らしていく。

「どっか行けっ」

俺は持っていた雑巾を振り回した。走り回る鼠は部屋の隅で止まり、方向を変え俺に向かって疾走してくる。

「うわっ！　来るな！」

足の裏に気持ち悪い感触が広がった。蝿の死骸でも踏んだのかもしれない。そう思った瞬間、体勢は崩れ、視界に汚れた天井が広がった。

「痛っ……」

カビ臭い畳の臭いを感じながら、俺は立ち上がることができなかった。吐き気と目眩が同時に湧き起こってくる。腐敗液も、どす黒い血痕も存在しない場所で、どうしようもなく手こずっている自分自身に嫌悪感が湧き上がっていく。かろうじて俺の中に残っていた灯火が簡単に消えた。

いくら綺麗事を並べたって鼠一匹の登場で消滅してしまうような、薄っぺらい覚悟だ。そんな自己嫌悪が冷たい鎖のように身体を締め上げる。天井から吊るされた裸電球を見つめていると、いつの間にか嗚咽《おえつ》が漏れ出していき、どうやっても止めることができなかった。

本当に泣きたい時は涙は出ないくせに。

こんな状況で泣いたって余計、惨めになるだけなのに。

「俺はやっぱり……ただのクラゲだ……」

不意に玄関の鍵を回す音が聞こえた。やはり噛み合わせが悪いのか、何度か鍵を抜いたり差したりする音が聞こえる。大家が入ってくるのかもしれない。頭の中が余計混乱してしまう。不法侵入で批難されるかもしれない。勝手な行動を罵倒されるかもしれない。俺は鍵を回す音を聞きながら、必死で立ち上がろうとしたが上手く力は入らなかった。身体のどこもかしこも痺れている。言い訳を考える暇もなく、どうにか這いながら玄関に続く廊下に顔を出した。

軋みながら玄関のドアがゆっくりと開いた。開きかけたドアの隙間から、冷たい風が入り込む。

「君が引き剝がした遮光カーテン代は、今月分の給料から引いておくよ」

ドアを閉める音が聞こえて、玄関に立つ長い脚が滲んで見えた。俺は現実逃避の果てに、幻を見ているのかもしれない。

「僕の家はね、抜群に日当たりがいいんだ。鬱陶しいぐらいにね。だから何年も遮光カーテンが窓辺に垂れ下がってた」

笹川はすぐにでも作業を開始できる格好をしていた。いつも通りの淡々とした口調を聞いていると、感じたことのない温もりが胸の奥から溢れだしていく。

「今日、僕の部屋に久しぶりに朝が来たよ。ありがとう浅井くん」

「笹川さん……」

ようやく絞り出した俺の声を聞くと、笹川は静かに頷いた。そこには初めて見る、優しい笑みが浮かんでいた。

「朝日が差し込む部屋の中で、陽子の声が聞こえたような気がしたんだ。ウーとかキャッ、キャッって言うような、言葉にならない声が」

笹川は少しだけ俯くと、何度かオールバックに撫でつけられた髪に触れた。俺の滲んだ視界からでも、玄関先に放置された赤い小さな靴を見つめていることが伝わった。

「その声を聞いた瞬間、僕は思いっきり今を生きたくなったよ」

俺は滲んだ視界を振り払うように、作業着の袖口で両目を擦った。徐々にはっきりと目の前の景色が見えていく。いつの間にか、後頭部の痛みは消えていた。

「そんな所で這いつくばっていないで、この部屋に残る跡を消そうか」

笹川は緩慢な動作で、何かを玄関先に置いた。それは見慣れた造花のスイートピーだった。俺には本物よりも鮮やかに見えた。

装備を整え、気持ちを落ち着けて部屋に戻ると、笹川が赤いポリタンクを両手に掲げていた。

「早速、浴室からやろうか。脱衣所は後回しだ」

笹川はいつもの淡々とした態度だった。でも、ゴーグル越しに見える瞳には緊張感を漂わせている。

「はい！」

俺の大きな返事を聞いて、笹川が口元を少しだけ緩ませた。

浴室の電気をつけ、恐る恐る浴槽の中を覗き込んだ。相変わらずグロテスクな液体で満ちている。昨日よりも表面に浮いている蠅の数が多くなっていた。

「どうしてもここだけは、俺一人で綺麗に清掃できる気がしませんでした」

隣に立つ笹川の横顔を見つめた。昨日のように表情は歪んでいない。闇を切り裂くような真剣な眼差しを浴槽に向けていた。

「僕たちなら、この場所を元通り綺麗にする技術も道具も持っている。だったらやろうじゃないか。特殊清掃のプロとして」

その一言を聞くと、冷たい身体に熱を運ぶように、心臓の鼓動が速くなる。俺は深く頷いた後、初期消毒を行う準備を始めた。

薬品噴霧器で浴室全体の消毒を終えると、動線を確保してから、笹川は持参したバケツを浴槽に突っ込んだ。表面に張った油っぽい膜が破れて、一層浴室に異臭が広がっていく。みるみるうちにバケツに赤褐色の汚染水が満ちていった。

「ポリタンクの用意はいいかい？」

「はい」

　作業しやすい位置に、プラスチックの漏斗を差したポリタンクを置くと、笹川が浴槽からバケツを引き上げた。

「感染のリスクもあるから、手袋をしているとはいえ、この汚染水には触れないように」

　笹川と共に、ポリタンクの中に汚染水を流し込んでいく。バケツの中の汚染水を全て流し込むと、漏斗には数本の長い髪の毛が付着していた。

　この部屋で生活していた親子がこの液体に溶けているのだ。そのことをはっきり感じ、鳥肌が立った。

「浅井くん。休まず行くよ」

「はい！」

　笹川はまたバケツを浴槽に突っ込んだ。俺も、もう一つのバケツを手に取って、汚染水を取り出していく。バケツは光なんて少しも届かなそうな、グロテクスな液体で満たされていく。

　汲み取った腐敗液はポリタンク四本分にもなっていた。浴槽の底には、腐敗粘土が泥のように堆積し、その中に髪の毛や爪のようなものも確認できる。何度も重い腐敗液を汲み取っていたから、両腕に軽い痺れを感じていた。

「やっと、底が見えたよ」

笹川はシャベルのような道具を使って、浴槽に溜まった腐敗粘土を掻き出していく。俺は浴室にあった、シャンプーや石鹸《せっけん》の類をビニール袋の中に廃棄していった。浴室には血飛沫がこびり付いたアヒルの玩具もあった。

毎日、これを浮かべながら風呂で遊んでいたのだろうか。

「この子は風呂場で死ぬなんて考えてもいなかったんだろうな……」

「この子にとって、お風呂の時間は母親と過ごす大好きな時間だったのかもしれないね」

「この玩具を捨てたら、そんな楽しい思い出も消えてしまうような気がします」

笹川から返事はない。俺は黙って手に持っていたアヒルの玩具をビニール袋に捨てた。

笹川が浴槽の底に溜まった腐敗粘土をある程度処理すると、特殊な消毒液を吹き付けながら、乾いた雑巾で浴槽を磨きあげていった。血液や腐敗粘土がこびりついた浴槽は、徐々に本来の色を取り戻していく。

「この浴槽は、僕がどんなに磨いても、交換するんだろうな」

「心中現場の浴槽なんて気分的に嫌ですもんね。じゃあ、俺たちがやってることって意味ないんじゃないですか？」

俺の問いかけを聞いて、笹川が軽く首を横に振る。

「意味はあるさ、きっと。あの大家さんだって、亡くなった親子だって、このままじゃ嫌なはずだしね」

「そうかもしれないですけど……」

「一つの汚れも残さない。残された跡を完璧に消すんだ。そうすれば僕ら以外の誰かが、この作業の意味を見つけてくれるさ」

血液や腐敗粘土を取り除いた浴槽に、シャワーで水をかけていく。排水口に流れていった水は、もう透明になっていた。

天井の血痕や、床のタイルにこびりついた汚れを落とすのは一苦労だった。天井の血痕を拭き取る時は脚立に登り、バランスを保ちながら処理しなければならなかった。

「浅井くん、その洗剤を取ってくれないかい」

「はい！」

長距離を走った後のように、俺と笹川の頬には汗が伝っていた。心なしか、俺たちの熱気で室温も上昇しているような気がする。

「もうちょっとだ」

「明日には全身筋肉痛になりそうっすけど、手は抜けませんね」

数時間前に存在していた、目を瞑りたくなるような悲惨な光景はもうほとんど消え去っていた。そこには、なんの変哲もない造りの古い浴室が現れ始めている。

「僕は特殊清掃をやっている最中、一度も泣いたことはないんだ」

笹川が手を止めずに呟いた。その声は窓のない浴室に微かに残響した。

「特殊清掃を始めた時からですか？」

「そう。別に自慢でもないし、わざと我慢しているわけでもない。単純に涙が出なかったんだ。どんな現場に行っても」

俺はどう返事をしていいかわからず、目の前の血痕をスポンジで擦り落とす作業を続けた。浴室には俺たちの汗の臭いが濃くなっていく。少しの沈黙の後、笹川がまた話を続けた。

「今日、ここに向かっている最中、思ったことがあるんだ」

「なんですか？」

「今日の現場を乗り越えたら、浅井くんと花瓶に行こうって」

俺は動かし続けた手を止めて、一度大袈裟に肩を回した。

「俺が奢るんで、遮光カーテン代はそれで勘弁してください」

俺の返事を聞くと、笹川がこの浴室に入って、初めて笑みを浮かべた。

浴室と脱衣所の作業が完了した時には、思わずへたり込んでしまった。尻からは固い床の感触が伝わる。全く不快ではないのが、この作業の意味を表しているような気がした。

改めて浴室を見ると、老朽化は進んでいるが、十分これからも使用できそうな程に仕上がっていた。自分の手で清掃したこともあってか、妙に愛着もわいている。

「疲れましたね」

「ああ、でも綺麗になった」

浴室を出てから、ゴム手袋や防毒マスクを交換し臨戦態勢を整えた。あとは、部屋の中の遺品を整理して、汚れを落としていくだけだ。

笹川とともに居間に入った。変わらず壁にはたくさんの画用紙が貼り付けてあった。

「この子は、何歳だったんだろうね?」

「絵の感じを見る限り、小学校には通ってなさそうですけどね」

「お世辞にも上手いとは言えないが、絵を描くのが好きっていうのは、ちゃんと伝わってくるね」

あと数時間もすれば、この絵もビニール袋の中だ。この部屋に住んでいた親子の生活の跡は消えてしまう。

「いっそ、やめちゃいましょうか? 大家さんもこの人たちに思い入れがありそうだったし」

冗談のつもりだったが、思いのほか切実な口調になってしまった。笹川は黙って、壁に貼られた絵を見つめていた。その瞳は澄んでいて、部屋に漂う光を吸収している。

「それじゃ、誰もサヨナラを言ってあげられないじゃないか」

笹川は部屋の隅にある積み木の一つをビニール袋の中に入れた。どこにでもありそうで、たった一つしかない生活の痕跡が消えていく合図だった。俺も無言で、壁に貼ってある絵に手を伸ばす。太陽の下で三輪車に乗っている少女自身の絵だった。壁側に母親らしき人物も描かれていて、目元は笑っている。


トラックのエンジン音が聞こえた時には、部屋の中は膨れ上がったビニール袋で溢れかえっていた。絵が貼ってあった壁には四角く変色した跡が残っている。

トラックのエンジン音が近くで止まると、少し経って部屋をノックする音が聞こえた。

「あんたのせいで、寝不足なんだけど」

目元にクマができた楓が、俺を見据えていた。

「今朝は、付き合ってくれてありがとう……」

「それで、仲直りできた？」

「なんとか」

「私のビンタのおかげだね」

楓は部屋に入り、大きな声を出した。

「笹ちゃん、今日はお風呂場だったの？」

「そう。浴槽で親子心中」

「そっか。可哀想に。早速、運び出すから」

楓は何の躊躇いもなく、腐敗液が入ったポリタンクを運び出していった。俺も身につけていた装備を外して膨らんだビニール袋を四つ手に持った。

外に出ると、透明度の高い青空が頭上に広がっていた。俺は両手にビニール袋を持ったまま、視界いっぱいに広がるその青を眺めた。

「ちょっと、サボらないでよね」

折り返してきた楓の急かすような声が聞こえた。それでも俺は、頭上に広がる青空から目が離せなかった。視界の端にはぼやけた光の輪郭が見えて、澄んだ空気が鼻の奥を湿らせる。

「綺麗な青空だ」

「あんた、急に何言ってんの？　まだ遺品が残ってるんだから」

「あのさ、ちょっと格好つけてもいい？」

楓は目の前で足を止めたようだった。その気配を感じて、見上げていた青空から目を離した。

「俺さ、いつのまにか波に身を任せるように、ぼんやりと漂ってた。そうやって、誰かと真剣に関わることを避けてたんだ」

　頭上から降り注ぐ光が、地面に木漏れ日を描き出している。風が吹くたびに、その影は緩慢に揺れていた。

「でも、これからは悲しいことだって、下らないことだっていい。自分の声を使って話がしたいんだ。相手の目を見つめて、息遣いを感じながら」

　ずっとあの電子辞書に頼っていた。喉をふるわせなかった言葉はいくつあっただろう。本気で誰かと向き合うことを恐れていた過去の自分はもう捨てる。そうすれば、俺のちっぽけな生活が大切な日々に変わっていくような気がしていた。

「何言ってんの、そんなこといいから遺品を運んでよ」

　楓は俺の肩を小突くと、足早に立ち去っていく。確かに遺品を持つ腕が痺れ始めていた。でも、重いからといって、遺品を地面に置くわけにはいかない。

「ねえ」

　後方から楓が俺を呼ぶ声が聞こえた。

　耳元で、楓の笑う気配を感じた。俺の冷たい頬に、楓の両手の温もりが広がった。

「今の話だけどさ」

「綺麗な青空だね」

　俺の視界に再びあの青空が広がった。楓が後ろから俺の顔を無理やり空に向けたからだった。

「ちょっと、急になんだよ」

「私も今日の空は、凄い綺麗だと思ってたんだ」

楓はそう言い放つと、すぐに現場の方に走り去っていった。俺はもう一度頭上を見上げた。青空なんて何回も見たことがあるはずなのに、今日の青空はずっと後になっても思い出せるような気がした。


最後に残った三輪車を運び出すと、楓はすでにトラックの運転席に乗り込みエンジンを掛けていた。

「ねえ、これでもう終わりだよね？」

「そうだよ。楓ちゃんもお疲れ」

掌には三輪車の感触がまだ残っている。なぜかいつまでも、この感触を忘れたくはなかった。

「そういえばさ、新種のクラゲは見つかったの？」

楓がシートベルトを締めながら、なんでもないようにそう言った。今朝、楓に手加減なしで打たれた痛みが頬に蘇る。

「……多分ね」

鼻で笑う声が聞こえた後、トラックは一度クラクションを鳴らし走り去っていった。

部屋に戻ると、笹川は洗剤を吹きかけながら、壁を雑巾で磨き上げていた。俺もゴム手袋を装着し、その作業を手伝う。

「もう、だいぶ綺麗になったね」

笹川は手を止めて室内を見回した。空っぽの部屋は汚れは取れていたが、小傷や陽に焼けた壁が目立つ。畳も所々変色し、毛羽立っていた。それは今までこの部屋に住んできた住人たちと、降り積もった歳月が描き出したものだった。

「俺、特殊清掃をすれば、誰かが残した跡を完璧に消すことができると思ってました。でも、違うんですね」

「実際に、この部屋で生活していた親子が残した跡は消えているよ」

開け放った窓から、静かに風が入り込んでいた。何も無くなった部屋の中では、そんな感触が直接肌に触れる。

「残った跡は消すことができます。でも、誰かが生活していた日々を消すことはできません」

笹川から返事はない。俺は仕上げの消毒液を散布してから、部屋の隅々まで汚染している箇所がないかチェックをしていった。この部屋の床を舐めろと言われたって、俺は舐めることができる。それ程、自信を持って今日の仕事をやりきった。

ふと笹川を見ると、画用紙の形に変色している壁を先程から何度も何度も磨いていた。

「もう、そこは大丈夫じゃないですか？」

窓からは夕暮れの気配が入り込んでいた。暗くなる前に大家に室内を確認してもらわなくてはならない。

「笹川さん。聞いてます？」

「救急救命士の仕事をしていた頃は、二十四時間勤務だったんだ。夜間に救急要請が入ると仮眠もできなかった」

背中を向け話し出した笹川の声はとても小さく震えていた。畳に雫《しずく》が落下する音が聞こえる。

「家に帰るのは翌朝で、疲れ果てていてね。帰り道の朝日が鬱陶しかった……でも家に着いて、陽子の顔を覗き込むと、最高の笑顔を僕に向けるんだ。パパ、おはよう。今日もいい朝だねって話しかけてくれるみたいに」

笹川は壁を拭くのをやめ、その場にくずれ落ちた。背中はひどく震えていて、何度か目の前の壁に頭を打ち付けていた。

「僕はそんな朝を忘れていた。ずっと、ずっと……」

笹川はいつもの冷静さを欠いていた。涙が落下する音が聞こえない程に、徐々に嗚咽する声が大きくなっていく。

「笹川さん……」

一度も現場では泣いたことがないと言っていたことが嘘のように、笹川は感情をむき出しに泣いていた。自然と足は笹川の後ろ姿に向かっていく。いつの間にか、俺は笹川の手から雑巾を受け取っていた。

「畳が濡れます」

雑巾で畳を拭くと、すぐに涙の跡は消え去っていく。

「僕がやる」

俺は持っていた雑巾を再び笹川に渡し、自分の涙の跡を消す姿を黙って見つめた。

大家は空っぽになった部屋を感慨深そうに見回すと、少しの間何も喋らなかった。最後に親子が亡くなっていた浴室を見て、深いため息をついたのが聞こえた。

「いつもの浴室に戻ってます」

笹川が大家に問いかける。

「仕上がりに問題はないでしょうか？」

「ええ。もうこの部屋には、誰も住むことはないでしょうから、このままにしておきます」

大家はポケットから飴玉を三つ取り出して、浴室のタイル張りの床に静かに置いた。

「この部屋はもう、誰にも貸せないでしょう。あの子たちが最後の住人です」

「そうですか。リフォームもなさいませんか？」

「もう、築五十年ですから。私と同じように、いろんな場所にガタがきてます。あとは時間が来たら、潰すだけです。最後に綺麗にしてくださって、ありがとうございました」

大家は笹川の書類にサインをすると、深々と頭を下げてから外に出て行った。

俺は最後に合鍵を受け取った。鍵穴に鍵を挿入すると施錠されるのを拒むように、やはり噛み合わせは悪かった。

「さよなら」

そう呟いてから、もう一度鍵を回した。今度は何かが噛み合うような音が聞こえて、ドアノブを回しても開くことはなかった。

軽トラックに全ての道具を積み終わる頃には、太陽は完全に沈み、辺りは闇に包まれていた。

「疲れましたね。正月に怠けすぎた身体は正直ですよ。でも気分は悪くないです」

「僕もクタクタだけど、気分は悪くないね」

笹川が一度背伸びをして、運転席に乗り込もうとした。

「今日は俺が運転しますよ。笹川さんは相当、疲れてそうだし」

「浅井くんって、軽トラックの運転したことあるの？」

「はい、何回か。地元にはこいつが、至る所を走り回ってるんで」

「本当？　それなら頼もうかな」

笹川は助手席に乗り込むと、腕を組みながらすぐに瞼を閉じた。

ハンドルを握り、アクセルを踏む。咆哮《ほうこう》のようなエンジン音が唸り、ゆっくりと俺が運転する軽トラックは走り出した。車内には少しだけボリュームを絞ったブルー・マンデーが流れている。運転して初めて気づいたが、このビートは、都会の滲む灯りによく似合っていた。

「僕がこの仕事を始めたのは、死を理解したかったからなんだ」

横目で笹川の表情を確認すると、まだ瞼は閉じたままだった。

「死を理解する……？」

「そう。前の仕事の時は、誰かを救うことばかり考えてた。でも陽子が消えてしまったことをきっかけに、死を深く理解したくて休みなく現場をまわったよ」

笹川はゆっくりと目を開けると、静かな声で言葉を続けた。

「でもね。結局、わからなかった。唯一気づいたことは、全く同じ死なんてないということだけ。死を迎えた状況も違うし、遺族の反応だってバラバラだ。悲しそうに涙を流している遺族もいれば、あからさまに嬉しそうにしている遺族もいる。遺品しか目に入っていない遺族だってたくさん見てきた」

「それは俺も感じました」

「どうして同じ死はないんだと思う？」

笹川の質問を聞いて、反射するように喉が震えた。

「全く同じ生き方なんて、ないからだと思います。どんな人生にもそれぞれの苦悩があって、孤独があって、悲しみがあって、そして幸福があります」

「そう僕も思うよ。結局さ、死はただの『点』でしかないんだ。反対にこの世に誕生した瞬間も『点』でしかない。大事なのはその『点』と『点』を結んだ『線』なんだよ。つまり、生きている瞬間を積み重ねた事実が大切なんだ。でも、僕は陽子の死に何か意味を見つけたくて、その小さな『点』をずっと一人で見つめていた」

「……今日で何か変わりました？」

「ああ。ようやくずっと見続けていたその『点』から解放されたような気がするよ」

笹川は煙草にゆっくりと火をつけた。

「それに、君が遮光カーテンを引き剝がしてくれたおかげで、気持ちのいい朝だったしね」

「本当、すみませんでした」

「冗談だよ」

ちょうど、目の前の信号が赤に変わり、俺はブレーキをゆっくりと踏んだ。

「今日、花瓶に行ったら、祖母ちゃんとの思い出なんかを語っちゃってもいいですか？」

「好きなだけ話しなよ。明日まで、まだ時間は沢山あるんだから」

笹川は少しだけ窓を開けた。静かに風が入り込んでくる。

「俺だけ話しちゃうのは、なんだか気がひけるんで、陽子ちゃんの話を聞かせてください」

ヘッドライトは何かを探すように、夜の闇に包まれた街を照らし出していた。車窓から入り込んだ街の明かりが、小さく頷く笹川の姿を浮かび上がらせていた。

エピローグ

『桜の季節は残酷だ。どこもかしこも、グッドバイが溢れている』

合成音声が最後に読み上げた言葉は、窓辺から外の景色を眺めている時に浮かんだものだった。その言葉を聞いた後、俺は画面がヒビ割れた電子辞書を押入れの奥にしまった。

外に出ると柔らかい日差しに目がくらんだ。道路のアスファルトには、誰かに踏みつけられた桜の花弁が、潰れながらへばり付いている。道路脇の排水溝にも、散った桜の花弁が大量に堆積していて、茶色に変色し始めていた。

時刻を確認すると、笹川との約束に遅れそうになっていた。俺は眠気を誘う陽光を背中に受けながら、デッドモーニングに急いだ。

雑居ビルの前には、愛着の湧いた軽トラックが停まっていた。いつもは荷台にグリーンのシートが張られ、中には清掃道具が所狭しと積まれているが、今日は違う。キャスターのついた椅子やホワイトボードが積み込まれていた。

俺は足早に、事務所のある二階まで階段を駆け上った。すぐに見慣れたドアが目に映る。一つだけ違うのは、デッドモーニングと記載されたガムテープが姿を消しているところだ。

「もう剝がしたんだ」

俺はガムテープが貼られていた辺りを指でなぞってみた。少しだけベトついたガムテープの名残を感じる。引き渡す前にもう一度水拭きしたほうがいい。

「お疲れっす」

室内に入ると、予想していたより梱包《こんぽう》作業が進んでいるのがわかった。数個の段ボールが玄関先に積み重ねてあるのが見える。

「浅井くん、おはよう」

頭にタオルを巻き、煙草を咥えた笹川が顔を出した。

「もう始めちゃったんすか？」

「ああ。今日は、早く目が覚めちゃったんだ。一人で運べるものは、少し積み込んだよ」

「笹川さんは気が早いな。ここエレベーターがないから大変だったんじゃないですか？」

「とりあえず軽いものだけ運んだから大丈夫だったんだけど、梱包中に缶コーヒーをズボンに零してしまった」

笹川は穿いていたオリーブ色のカーゴパンツを恨めしそうに眺めていた。つられて俺も視線を向けると、太もも辺りに茶色の染みが幾つか点在していた。笹川が着ているデニムシャツの袖口にも缶コーヒーの染みが少し付着している。

「笹川さん、シャツの袖にもコーヒーの汚れが付いてますよ」

「え？　本当？」

以前のように喪服を着て生活をしていたのなら、こんな小さなコーヒーの染みなんて気づかなかったなと胸の中で思う。

笹川の服装が少しずつ変化していったのは、あの心中現場を掃除して数日経ってからだった。まず、いつもの黒いネクタイが、ストライプのネクタイに変わり、喪服の中に着ていた白シャツがブルーのシャツに変わった。そんな微妙な変化が数日間続いても、俺は何も触れなかった。でもある日、いつもの喪服のジャケットにデニムパンツを合わせて笹川が出社してきた時は、さすがに俺も笑ってしまった。

「笹川さん、その格好はちょっと変ですって」

その一言が効いたのかわからないが、いつの間にか、笹川が喪服を着ることはなくなった。今は、いつも動きやすそうなカジュアルな格好で、デッドモーニングに出社している。

俺は煙草を一本吸い終わると、残りの梱包作業を始めた。

「今日、望月さんは新しい事務所に行ってるんでしたっけ？」

「そうだよ。楓ちゃんと引越し祝いの用意をしてくれてるんだって」

「楓ちゃんも来てくれるんだ」

「それに、えっちゃんも差し入れをしてくれるって言ってたな」

代わりばえのしない面子《めんつ》だが、一番に新しい事務所でのスタートを祝いたい人々であることも事実だった。俺は急いで、残りの梱包作業を進めた。

すべての荷物を軽トラックに積み込むと、シャツの脇の下に汗が滲んでいた。湿った感触を覚えながら、閉じていたシャツのボタンを開ける。ちょうど暖かい風が吹いて、皮膚に滲んだ汗を乾かしていく。

「これで、全部ですね」

「ああ。始めちゃえば、早いもんさ」

荷台に積み込んだ荷物の上には、数枚の桜の花弁が舞い降りていた。風に乗ってここまで来たのだろうか。排水溝の隅で枯れていくよりは、まだ、マシかもしれない。

笹川と最後に事務所の中を点検した。やはり日当たりは悪く、こんなに外は陽光が眩しいのに、蛍光灯をつけなければ、まるで夜のようだった。

「やっぱ、薄暗い部屋でしたね」

「ああ。ここを借りる時は、それが良かったんだけどね」

「こんな薄暗い部屋を好んで借りるのって、コウモリとかフクロウぐらいしかいませんよ」

ブレーカーを落とす音が聞こえると、この部屋の時間が停止したような気がした。

新しい借主に出会うまで、この部屋はずっと沈黙し続けるのだろう。

新しい事務所は、軽トラックで五分も走れば到着してしまう距離にあった。笹川曰く、たまたま良い物件を近くに見つけたからとのことだったが、もし、遠くの場所に移ることになれば、花瓶に通いづらくなってしまうからだと、俺は勝手に思っていた。

「もう、完璧に春だね。欠伸をすれば、すぐ夏だ」

相槌を打つように軽トラックのエンジンはうなりを上げた。

「まだ、夏は先っすよ」

「そうかなぁ。浅井くんは、夏の現場は体験したことがないよね？　五キロは痩せるから、覚悟しておいた方がいいよ」

「受けて立ちますよ。逃げはしませんから」

「頼りにしてるから。正社員になってからの浅井くんは、一味も二味も違うなぁ」

四月の誕生日を迎えて、俺はバイトから正社員になっていた。正直、まだ実感はない。

「でも俺、夏はあまり好きじゃないんだよなあ」

「おい、つい数秒前に覚悟が滲んだかっこいいセリフを口にしたばっかりじゃないか」

「そんなこと言いましたっけ？　俺の誕生日もあるし、ずっと春が続けばいいのにな。でもグッドバイが溢れてるか」

「なんだいそれ？」

「桜の季節って残酷じゃないですか。周りを見れば、どこもかしこもサヨナラが溢れているから」

笹川がパンツにつけたコーヒーの染みは、完全に乾ききっている。落とすのは難しいかもしれない。何人もの影のような染みを消してきたはずなのに、こんな小さな染みを消すことができないと思うことが不思議だった。

「グッドバイが溢れているならさ、また新しいハローを探せばいいじゃないか」

「新しいハローっすか？」

「うん。別れと同じくらい、出会いも溢れているはずさ」

新しい場所に向けて、軽トラックは走り続ける。車窓を流れる春の景色を見つめながら、俺は一度小さな欠伸をした。

新しい事務所は大通りに面していた。二階建てのビルの一階で、正面にはガラス張りの大きな窓が二つある。その窓から室内で楽しそうに笑いあう三人の様子が見えていた。楓は望月さんと大皿を運び、悦子さんはスイートピーが活けてある花瓶を両手で持っている。そんな楽しげな雰囲気を、透き通った窓が延々と映し出していた。

「窓が大きくていいですね」

駐車場の関係で、俺と笹川は通りの反対側から新しい事務所を眺めていた。大きな窓は持て余すほどの陽光を室内に運んでいるのが、この場所からでも伝わった。

「だろ？　それが決め手だったんだよ。朝の光がよく入るんじゃないかな」

「そういえば、カステラはまた来てくれますかね？」

「新しい事務所の場所をちゃんと伝えておいたから、きっと来てくれるはずさ」

「あいつなら、何食わぬ顔でふらっと姿を見せそうっすね」

俺と笹川は、少しの間、新しい事務所を眺め続けた。

「あれ？　なんか、看板曲がってるように見えません？」

「嘘？　どの辺？」

「何か全体的に。ここからだと斜めになっているように見えるんですけど」

「そんなことないでしょ？　僕にはちゃんと真っ直ぐに見えるよ」

笹川が立ち位置を変えながら、事務所を眺め始めた。地面に膝をついて事務所を眺め始めた時にはさすがに笑ってしまった。

「浅井くんは、ここに残って、曲がっているところを教えてよ」

笹川はそう言い残すと、近くの横断歩道を渡り、事務所の方に早足で向かっていく。一人になった俺は、窓の上に堂々と設置された看板を見つめた。以前のように扉にガムテープを貼ったような看板ではない。すぐ目につくような大きな看板は、ここからでも塗りたてのペンキの香りが漂ってくるような気がした。

「特殊清掃専門会社グッドモーニング」

気づくと新しい社名を口にしていた。笹川はこの一文字しか違いのない社名に変えるまで、どれほどの長い夜を過ごしてきたのだろう。

「おーい、浅井くん」

笹川は看板を指差しながら、俺に何かを伝えようとしていた。この位置からだと、すごく楽しそうに笑っているように見える。いつの間にか室内にいた三人も外に出て、同じように看板を見上げていた。

「俺の見間違いでした！　すごくいい看板です！」

笹川に向けて両手で大きな丸を作った。アスファルトにへばりついた俺の影も同じように丸を作っていた。その上を風に吹かれた桜の花弁が、数枚流れ去っていく。

通りの向こうから、小さな茶色の生き物が駆けてくる姿が見えた。

解説

大矢博子

新人賞の選考をするときは、構成や表現など、小説の技法をチェックしながら読む。採点しなくてはならないのだから当然だ。だが時々、採点を忘れて物語に入り込んでしまうことがある。たとえば、寺地《てらち》はるなの『ビオレタ』がそうだった。審査だという意識が完全に抜けて、一読者として物語にどっぷりハマった。それだけの力があるのだから受賞は当然で、選考過程でそのような作品に出会うのは本当に嬉《うれ》しいものだ。

そして今回、またそんな幸せな出会いがあった。それが本書、前川《まえかわ》ほまれ『跡を消す　特殊清掃専門会社デッドモーニング』である。

フリーターの青年・浅井《あさい》が、ひょんなことから特殊清掃専門会社で働き始めるという物語だ。特殊清掃とは、孤独死、殺人、自死などなど、なんらかの理由で看取られることなく亡くなり、時には長時間放置され、死の痕跡が残った場所を洗い清める仕事である。

読み始めてまず、特殊清掃という仕事のディテールに興味を惹かれた。そういう仕事がある、というのはなんとなく聞いたことがあったが、つぶさに描かれるその仕事内容は知らないことばかりで驚きの連続だ。

強烈な腐臭、うごめく蛆《うじ》や蠅《はえ》。まえもって殺虫剤で殺しておいた蠅の死骸《しがい》を掃くところから仕事が始まるなど、想像もしていなかった。布団に残った人の形の滲《し》み。その体液は、布団からさらに畳、床下へと滲み通る。あるいは、こびりつき、固まる（この手の描写が苦手な人も心配はいらない。理由は後述する）。細菌の温床でもあるそんな痕跡を完全防備の上に特殊な薬品で洗浄し、遺品の仕分けをする様子が詳しく描かれる。

本書に登場する五つのケースはどれも状況が異なり、仕事の進め方も違う。具体的な作業は、誰がどのように亡くなり、清掃を依頼してきたのが誰かで大きく変わるのだ。そこに人間ドラマが生まれる。これがふたつめの読みどころだ。

後に迷惑をかけないよう、シートを敷き紙おむつを穿《は》いて縊《い》死《し》した青年の遺品を片付ける母親。事故による婚約者の突然の死を、一年経っても忘れたいのか忘れたくないのかわからない女性。オタクの弟の遺品の中に、金目のものが残っていないかだけを気にする兄。小さな子を道連れにした母を悼《いた》み、悲しむ大家……。

人の数だけドラマがある、というのは使い古された陳腐な表現だが、ここには人の死の数だけドラマがある。特殊清掃員の仕事は、死の〈痕跡〉を消すことだ。だが汚れは消せても、決して消せないものがある。消えないものがある。本書は浅井が、その〈消えないもの〉の存在に気づくまでの物語と言っていい。

これがみっつめの読みどころに通じる。浅井の成長を通して、死とは何か、を本書は考えさせてくれるのである。

前述したように、特殊清掃の現場の描写はなかなかにエグい。だが不思議なことに、嫌悪感も忌避《きひ》感もまったく感じなかった。気味悪さや恐ろしさより、悲しみの方が強く立ちのぼるのだ。

序盤、仕事初体験の浅井があまりの惨状《さんじょう》に嘔吐《おうと》し、這々《ほうほう》の体《てい》で逃げ出すのを読むと、かえって「早くきれいにしてあげて！」という気持ちになった。遺品は全部捨てていいという遺族の言葉に、本当にいいの？　と問い返したくなった。なぜか。

そこに人が生きていた、というのがわかるからだ。

浅井たちが現場に赴くときには、もう遺体はない。そこで暮らし、そこで亡くなった〈痕跡〉があるだけだ。だがそれがいっそう故人の最期《さいご》を浮かび上がらせる。どんな人だったのか、部屋が語る。家財道具が語る。何が好きで、何をしたくて、何が苦しくて、何を思って死んでいったのか、その思いが〈痕跡〉に宿る。浅井たちが向き合うのは単なる汚れではなく、そこに自分と同じように、何かを大事に思いながら生活していた人がいたという、厳然たる事実なのである。死は私たちにも、私たちの大切な人にも、等しく訪れる。浅井たちが清掃している場所は、私や私の大切な人が生活した場所かもしれない。だから気持ち悪くも怖くもないのだ。ただただ、悲しいのである。

遺品を乱暴に扱った浅井に、社長・笹川《ささがわ》や廃棄物収集運搬業者の楓《かえで》が口を揃《そろ》えて「誰かが大切にしているものを、自分も同じように大切に扱う」ことの難しさを説く。そして事務の望月《もちづき》は故人の思いを汲《く》む想像力がこの仕事には必要だと言い、「その想像力は優しさとか思いやりって言い換えられるかもしれない」と浅井に告げる。

これが、著者がこの物語に込めた思いだ。

他者に興味がなく、ただモノとして清掃していた浅井。だが自分もモノのように扱われるという経験を通し、少しずつその想像力を養っていく。そしてその想像力は――優しさや思いやりという名の想像力は、故人だけではなく今生きて目の前にいる誰かにも向けられるようになるのだ。その過程の温かさ、力強さたるや!

死とは何か、死によって残るものは何かを問いかけながら、物語はいつしか〈生きていく者たち〉を描き出す。自分と同じように他者を大切に思うこと、その想像力を持つこと。浅井たちが汚れをきれいに落としたあとには、そんなメッセージが残る。

その〈跡〉は、読者の胸から決して消えない。


（書評家）

主要参考文献
高江洲 敦『事件現場清掃人が行く』（幻冬舎アウトロー文庫、二〇一二年）
特掃隊長『特殊清掃　死体と向き合った男の20年の記録』（ディスカヴァー携書、二〇一四年）
おがたちえ『葬儀屋と納棺師と特殊清掃員が語る不謹慎な話』（竹書房、二〇一六年）

この作品は二〇一八年七月にポプラ社より刊行されました。

跡を消す

特殊清掃専門会社デッドモーニング

前川ほまれ

2020年8月5日　第1刷発行

発行者　千葉 均
発行所　株式会社ポプラ社
〒102-8519　東京都千代田区麹町4-2-6
電話　03-5877-8109(営業)　03-5877-8112(編集)
ホームページ　www.poplar.co.jp
フォーマットデザイン　bookwall
校正・組版　株式会社鷗来堂
印刷・製本　中央精版印刷株式会社

N.D.C.913/344p/15cm　ISBN978-4-591-16729-8

落丁・乱丁本はお取り替えいたします。小社宛にご連絡ください。
電話番号　0120-666-553
受付時間は月～金曜日、9時～17時です(祝日・休日は除く)。

P8101409

シークレット・ペイン

夜去《よさり》医療刑務所・南病舎

前川ほまれ

はからずも医療刑務所へ期間限定の配属となった精神科医の工藤。矯正医官となった彼が見たのは、罪を犯しながらも民間と同等の医療行為を受けている受刑者たちの姿。自身の過去から受刑者たちに複雑な感情を抱く工藤。さらに彼の気持ちをかき乱したのは、医師を志望するきっかけを作った男との鉄格子を挟んだ邂逅だった……。『跡を消す』で鮮烈なデビューを飾った著者が描く、社会派エンターテインメント大作。

ポプラ文庫好評既刊

きみはいい子

中脇初枝

17時まで帰ってくるなと言われ校庭で待つ児童と彼を見つめる新任教師の物語をはじめ、娘に手を上げてしまう母親とママ友など、同じ町、同じ雨の日の午後を描く五篇からなる連作短篇集。家族が抱える傷とそこに射すたしかな光を描き出す心を揺さぶる物語。

ビオレタ

寺地はるな

婚約者から突然別れを告げられた田中妙は、ひょんなことから雑貨屋「ビオレタ」で働くことになる。そこは「棺桶」なる美しい箱を売る、少々風変わりな店だった……。人生を自分の足で歩くことの豊かさをユーモラスに描き出す、心にしみる物語。第四回ポプラ社小説新人賞受賞作。

ポプラ文庫好評既刊

四十九日のレシピ

伊吹有喜

妻の乙美を亡くし気力を失ってしまった良平のもとへ、娘の百合子もまた傷心を抱え出戻ってきた。そこにやってきたのは、真っ黒に日焼けした金髪の女の子・井本。乙美の教え子だったという彼女は、乙美が作っていた、ある「レシピ」の存在を伝えにきたのだった。

ポプラ文庫好評既刊

あずかりやさん

大山淳子

「一日百円で、どんなものでも預かります」。東京の下町にある商店街のはじでひっそりと営業する「あずかりやさん」。店を訪れる客たちは、さまざまな事情を抱えて「あるもの」を預けようとするのだが……。「猫弁」シリーズで大人気の著者が紡ぐ、ほっこり温かな人情物語。